大唐秘梟
卷·4
世界之都
方白羽 著

大唐秘梟

卷·4 世界之都

目錄

小薇

第一章

任天翔見這個叫小薇的丫頭，不僅面如橘皮，還有一口大齙牙，唯一順眼的是她那一雙黑白分明的眸子，還算清亮透澈，這模樣莫說讓客人掏錢，就是倒貼錢恐怕都不會有人照顧，難怪到現在還是個清倌兒。

長長的墓道看不到盡頭，任天翔小心翼翼照著石板上的圖案，尋找著其中正確的圖案下腳。剛開始，那些圖案和數字的規律還很好尋找，任天翔幾乎不假思索就可以判斷。但是在走出十多步之後，其中蘊含的規律越來越難發現，需要經過長久的思索才能算清究竟。

任天翔走得越來越慢，常常還為那些難以確定的答案停下腳步，陷入冥思苦想而不得的困境。

火把的油脂即將燒盡，火光變得越來越暗，任天翔暗自焦急，卻又聽到身後突然傳來異響。他舉起火把回頭照去，但見身後自己走過的地方，那些原本沒有觸發的機關在漸次發動，每隔片刻，甬道上方就有弩箭突然射下，它們正向任天翔身後緩緩逼近。

任天翔心中大駭，想加快前進的速度，卻又怕一步算錯即命喪當場，焦慮之下，頭腦越發混亂，反應速度反而大不如前。

但見身後那一排排猝然射下的箭簇，就像是死神的腳步，正向自己一步步迫近。

抹抹額上冷汗，任天翔強令自己收勒心神，將全副注意力集中到腳下那些稀奇古怪的圖案上。

也許人在危急之下反而能激發更大的潛能，任天翔只感到自己頭腦在死亡的威脅下，突然變得異常敏銳，那些方才還需要冥思苦想的圖案，漸漸變得容易起來，令他精神振奮，腳下的步伐也漸漸變得自信而輕快。

前方出現了一道石門，將出路完全封閉，任天翔舉起即將熄滅的火把一照，但見石門上是一排數字，分別是四、五、八、十一、十六、十九、三十二、三十六。而在石門前方的地面上，則是一排活動石板，石板上篆刻著一到十共十個數字。

任天翔先是有些茫然，不過仔細看看地面，發現地上的石板明顯是一種機關，他這才明白，這應該是一種數字鎖，而石門上的數字，就蘊含著開鎖的密碼。

任天翔對數字最是頭痛，開始懊悔當初沒有跟老師認真學過算術。他對著門上那一排數字冥想了片刻，始終找不出其中的規律，這時，身後那從上而下射下的箭鏃，已經逼近到離他不及三尺遠，也就是說，他離死亡的距離已經只剩下三尺。

就在這時，他手中的火把也徹底燃盡，在最後一次炸亮之後突然熄滅，整個甬道陷入一片黑暗，那刺人心魄的箭鏃破空銳嘯，猶如死神的腳步漸漸逼近，離任天翔立身處已不足一尺！

也許只有在最危險的關頭，人才能迸發出最大的潛能，就在頭頂機簧喀喀暗響，箭鏃即將射下的瞬間，任天翔終於福至心靈，隱約猜出門上那一排數字中，有一個似乎與其他數字毫無關聯，是一個多餘的數字，那一定就是開門的密碼！

任天翔憑著記憶，毫不猶豫踏上石門前的兩塊活動石板，他先踩下「十」，跟著再踩下「一」，就聽頭頂機簧張開的聲音突然停止，石門後傳出「軋軋」的機械聲響，厚重的石門終於緩緩升起，有亮光從門外透了進來。

任天翔長舒了口氣，不等石門完全升起，他已彎腰滾了出去，就在他雙腳離開「十」和「一」兩個石板的同時，上方立刻傳來箭鏃破空的銳嘯，數十支弩箭雨點般釘在了他方才立足之處。緊跟著厚重的石門也隨之落下，將墓道又重新封閉。

任天翔驚魂未定，突聽前方傳來一聲淡淡的讚嘆：

「恭喜少堂主，終於通過了這次考驗。」

任天翔環目四顧，就見自己置身於一處寬敞的墓室中，室內燈火通明，一個青衫文士與一個鬚髮皆白的老者並肩而立，白髮老者殷切地望著自己，眼中閃爍著隱約的淚花。青衫文士則佝僂著腰身，不時發出一兩聲撕心裂肺的咳嗽，似乎病得不輕。不過他那雙深藏於眉稜下的睿智眼眸，卻隱然透出一絲掩飾不住的欣慰和讚賞。

「季如風！」雖然數年未見，任天翔依然一眼就認出面前這癆病鬼一樣的傢伙，同時也想起了自己在被綁架昏迷前看到的那個人，三年不見，他似乎清瘦衰老了不少。

任天翔怒不可遏，厲聲質問，「是你帶人綁架了我？還將我弄進埋葬任重遠的墓穴？」

季如風袖著雙手坦然點頭：「不錯！」

「為什麼？」任天翔厲聲問，「我已經不再是什麼少堂主，你為何還要陰魂不散？」

季如風嘶啞著嗓子道：「因為，你必須要通過這個考驗。」

「考驗？」任天翔怒極反笑，「你將我關入任重遠的墓穴，讓我冒九死一生的危險才逃到這裏，僅僅是個考驗？要是我一步失算死在墓道中，是不是就白死了？」

季如風坦然點頭：「如果你連這點智慧都沒有，那就只好白死。不過，我從小看著你長大，知道你一定能通過這考驗。人的智慧就像是身高或相貌，主要源自天生。雖然你從小不學無術，但是在江湖歷練了這麼些年，一定可以破解這些初級的考驗。」

任天翔恨恨地點點頭：「好，這次我僥倖沒死，也就不跟你計較。不過請你告訴我，為何要讓我經受這樣的生死考驗？是不是每個義安堂的子弟，都要通過這樣的考驗？」

季如風搖搖頭：「只有前任堂主指定的繼承人，才需要通過這樣的考驗。」

見任天翔有些茫然，季如風耐心解釋道，「要想率領義安堂在凶險莫測的江湖中立足，必須要有超高的智慧和在生死考驗面前破解迷局、找到生存之路的本能。這種能力是如此重要，以至於每一個繼任的堂主人選，都必須經過這樣的生死考驗。」

「等等等等！」任天翔急忙打斷對方，「誰告訴你我要做什麼堂主？」

季如風面色頓時肅然：「這是任堂主臨終前留下的遺命，指定你為他的繼承人，同時也指定季某和姜兄為輔佐和培養你的導師。」

一旁的姜振山連連點頭：「少堂主，你總算是回來了，從今往後，我姜振山必將竭盡所能，輔佐你成為一個偉大的堂主。」

任天翔不禁冷笑：「義安堂的基業雖然是由任重遠一手創立，卻並沒有說一定要他兒子才能繼承。你二人如此熱心要輔佐我，難道僅僅是為了滿足你們盡忠報主的願望這樣簡單？」

「當然不是！我們……」姜振山急忙要分辯，卻被季如風用目光阻止。

就見這個義安堂的智囊袖著手淡淡問：

「難道少堂主在懷疑我們的動機？」

姜振山的欲言又止，已經讓任天翔心生疑竇，不過在沒弄明白對方真正目的之前，他也不急著點破，冷笑道：

「自從任重遠死後，我跟義安堂就再沒任何關係。任重遠活著的時候，我都不將他的話放在心上，何況是由你們轉述的什麼遺命。對不起，我不會做什麼堂主，更不想成為你們爭權奪利的工具。」

見墓室對面還有一道墓門，隱約有清新的空氣從門縫中透進來。任天翔丟下季、姜二人往外就走。

就在他打開墓門正要出去時，卻聽季如風在身後淡淡問：

「你不想知道任堂主是怎麼死的嗎？」

任天翔腳下微微停了停，卻還是繼續往外就走。他不是不知道任重遠壯年早逝，其中定有蹊蹺，當初義安堂的所有人都對他避而不談，就使他心中充滿了疑問和好奇。

雖然他從沒想過要為任重遠做任何事，但還是很想知道這個人的死因。不過現在聽季如風突然提到這點，任天翔就知道對方是在利用自己的好奇心，他不想被人牽著鼻子走，所以腳下毫不停留。

卻又聽季如風悠然道：「你不在乎任堂主，難道也不在乎任小姐嗎？」

任天翔慢慢停下腳步，就聽季如風嘆道：

「自從任堂主過世後，義安堂的聲望和實力已大不如前，面對新近崛起的老對頭洪勝幫，義安堂已沒有與之抗衡之力。所以有人就想出聯姻這一俗不可耐的招數，以圖化解義安堂與洪勝幫的積年仇怨。如果你不想看到這事最終成為事實，就必須借助咱們的力量才能阻止。」

任天翔仰頭尋思片刻，心知自己在長安沒多少根基，如果沒有義安堂的人從內部協助，也許連見妹妹一面都很困難，何況那個日本武士還失陷在當年的任府、現在的蕭宅中，崑崙奴兄弟也下落不明，於情於理自己都不能撒手不管。

想到這，他慢慢轉過身來，對季如風冷冷問：「這是你們的條件？」

季如風聳聳肩頭：「如果你答應做義安堂的堂主，我們自然對你言聽計從，你要我們全力阻止任小姐嫁給洪邪，我們自然會竭盡所能。如果你不願做堂主，那麼我們就只能聽從蕭傲的命令，他要將任小姐嫁給誰，我們根本無權過問。」

任天翔知道這老狐狸是在趁機要脅自己，不過為了天琪，他不能一口回絕，默然片刻，他只得拖延道：「我現在還不敢輕易就相信你們，如果先幫我阻止妹妹嫁給洪邪，我會慎重考慮你們的建議。」

姜振山還想再勸，季如風已擺手笑道：「好！咱們就先從這事開始。畢竟阻止這件事，咱們與少堂主目標一致。」說著，他緩緩伸出手來，任天翔猶豫了一下，最終還是抬手與他一擊，與他立下了一個心有默契的君子協定。

馬車轔轔奔行，趁著夜色離開了郊外的墳場。

車中，任天翔回望著黑黝黝的山林，心有餘悸：「為何要將任重遠的陵墓修得如此浩大恢弘？還佈設下如此複雜的機關？這得多大的工程？」

姜振山嘆道：「這陵墓原是老鼠掏空的一座古墓，為了節省開支，便將它做了老堂主的墓室。那些機關是季先生後來設下的，除了防止有人去驚擾老堂主的安寧，也是要看看少堂主能否順利通過測試，以證明自己有資格繼承堂主之位。」

任天翔知道姜振山所說的「老鼠」，是指義安堂另一個元老，曾經以盜墓為業的蘇槐，因其從小苦練縮骨功，所以長相猥瑣，極像一隻大耗子，於是大家將他由「老蘇」叫成了「老鼠」。當年隨任重遠打天下的十八個兄弟，幾年前逐漸只存包括任重遠在內的七人，如今任重遠也早死，現在就只剩下包括季如風、姜振山、蕭傲和老鼠在內的六個人了。

想到季如風在墓穴中設下如此複雜的機關，就只為了考驗自己。任天翔不禁嘆道：「你們為何要在我身上花費如許心血？我只是個不學無術的紈褲，僅僅因為我是任重遠的兒子，你們就要將我扶上堂主之位，不怕我是個扶不起來的阿斗？」

「你能夠從那個墓道中平安出來，就證明你有著遠超常人的智慧。」夾雜這偶爾的一聲咳嗽，季如風啞著嗓子解釋，「只要有我們的指點和扶持，做個堂主綽綽有餘。」

「不僅如此！」姜振山也欣然插話，「我們答應過老堂主，一定要讓你繼承他的遺志，做個頂天立地的英雄！」

任天翔已經打定主意，如果只有做義安堂的堂主才能阻止妹妹嫁給洪邪，那麼暫時答應季如風也無妨。他暗忖：做一天堂主也算是做，只要達到了自己目的，再急流勇退也還不遲。

不過，聽姜振山對任重遠如此推崇，他心中就有不甘，尤其想起任重遠辜負了自己母親，他更是忍不住出言譏諷：「任重遠不過是個爭權奪利的江湖草莽，僥倖達到了一方豪強的地位，算得上什麼英雄？」

「你……」姜振山聽任天翔竟將他最敬重的人貶得一錢不值，雙眼一瞪就要發火，卻被季如風以目光阻止。

任天翔不理會姜振山的憤懣，不以為然地問：

「我對繼承任重遠的遺志一點也不感興趣，我答應與你們合作，只是想阻止天琪嫁給洪邪。現在請告訴我該怎樣去做？季叔在義安堂中一向以足謀多智著稱，一定早有切實可行的辦法。」

季如風淡淡道：「我先跟你講講義安堂現在的情況，請少堂主耐心聽我說完，咱們再來討論阻止義安堂與洪勝幫聯姻這事。」

在季如風簡明扼要的敘述下，任天翔這才知道，自任重遠蹊蹺暴斃後，義安堂內部便猜忌四起，謠言紛紛，甚至快到了分崩離析的地步。在任天翔意外摔死貴妃娘娘親侄兒，成為官府通緝要犯，不得不流亡他鄉的情況下，以季如風、姜振山、蕭傲等人為首的義安堂六大元老，皆有問鼎堂主之位的可能。

這時任天翔的繼母，也就是任重遠的遺孀蕭倩玉，便成了義安堂舉足輕重的人物。在她的鼎力支持下，她的堂兄蕭傲，最終成為了義安堂的新堂主，而她也以前任堂主遺孀、現任堂主妹妹的身分，成為了義安堂的特殊人物，被幫眾私下稱為女堂主。

由於義安堂私放了殺死貴妃娘娘侄兒的凶手，所以受到了來自楊家的打壓和報復，不僅有許多幫眾被官府以各種名義抓捕，而且傳統的經營場所和地盤也紛紛被取締，經濟來源受到極大的影響。在這種情形之下，就有不少幫眾另謀出路，另攬高枝，義安堂無論實力還是聲望都一落千丈。

這時，義安堂的宿敵洪勝幫便乘虛而入，不斷吞併義安堂的地盤和招納義安堂的弟子，並隱然有將義安堂趕出長安之勢。在這種情況下，蕭傲與蕭倩玉便想出了聯姻這一招，意圖與洪勝幫化解仇怨，保住義安堂在長安的根基。

「所以少堂主千萬不能在蕭傲和蕭倩玉跟前露面，」季如風最後叮囑，「以他們的為人，難保不會將你交給楊家，以化解來自官府的壓力。為了保住權勢和地位，蕭倩玉連自己的親生女兒都可以犧牲，何況你這個一向對她不敬的繼子。」

雖然曾經生活在一個屋簷下，不過任天翔對蕭倩玉這個繼母並不是很瞭解。只知道她是蕭傲的遠房堂妹，被蕭傲引薦給了當時已喪偶的任重遠，不過任重遠對她似乎並不上心，只把她作為外室養在府外，直到她為任重遠生下了女兒，這才被接入任府，不過直到任重遠意外身亡，也沒有公開承認她是自己的正室夫人。

任天翔從小叛逆，對任重遠這個父親都沒放在眼裏，何況一個來歷不明的女人。蕭倩玉似乎也清楚自己的身分，因此從不管任天翔的閒事。二人雖然同在一個屋簷下生活多年，但見面的時間加起來恐怕不超過十天。

倒是她的女兒任天琪，從小就對那個敢挑戰父親權威的異母哥哥，充滿了一種孩童般天真的崇拜，常常在任天翔闖禍受罰之後，偷偷帶著好吃的去探望他，讓任天翔倍感溫暖，因此他對這個妹妹，有著誰也無法替代的深厚感情。

但是，現在有人竟然要犧牲天琪的終生幸福，去謀求個人的利益，任天翔當然不會坐視，就算這個人是天琪的親生母親也不行！他暗暗發誓，定要阻止這場可以預見的悲劇，哪怕冒著殺頭的危險也在所不惜。

看著馬車已進了城門，任天翔示意停下車，然後對季、姜二人道：

「咱們先在這裏分手，你們先幫我將今天失陷在蕭宅的那個日本武士弄出來，再幫我打探那兩個趕車引開追兵的吐蕃人下落。等你們辦妥了這些事，我自然會去找你們。」

「少堂主，現在蕭傲已經知道你回來，你在長安將十分凶險。」姜振山急忙道，「你只有跟我們在一起才會安全。」

任天翔搖頭道：「我現在還不敢隨便就相信你們，先幫我救出我的朋友再說。你們放心，我從小在長安長大，就算蕭傲知道我回來，要找到我也不是那麼容易。」說完對二人拱手一拜，轉身就走。

望著任天翔傲然離去的背影，姜振山不禁喟然嘆息：「他越來越像堂主當年了。」

季如風一聲冷哼：「你要時刻牢記，他只是任重遠的兒子，能否成為義安堂的繼承人，現在還難說得很。」

「他不是已經通過了你的考驗？」姜振山忙問。

「那只證明他還算聰明，要成為義安堂的繼承人，僅僅聰明還遠遠不夠。」季如風袖起雙手，目光幽遠地望向漫漫虛空，眼中閃爍著一種異樣的微光，「義門一脈，多少次因誤託傳人而慘遭覆滅，若非出了個大智大勇的任重遠，幫助當今聖上奪回李唐江山，掃除武氏餘孽，義門要想中興，只怕是千難萬難。在選擇繼承人的問題上，無論咱們多麼謹慎都不為過，萬不能因義安堂暫時為庸材和女人把持，就可以降低選擇標準。」

姜振山微微頷首，遙遙望向任天翔消失的方向，滄桑的眼眸中滿是期待和希望。

轉過一個街角，任天翔忍不住回頭望去，遙見季如風與姜振山依舊在長街盡頭並肩而立，在遠處眺望著自己消失的方向。

那種殷切和希望之情，即使數十丈之外也能隱約感覺得到。這令任天翔十分不解，他不相信任重遠在過世多年後，還能令二人如此忠心追隨，甚至將這種忠心轉移到他那叛逆的兒子身上。諸葛孔明鞠躬盡瘁輔佐劉禪的典故，從來就只存在於歷史傳說之中，這世上哪有只講忠義，不講利益的蠢人？

就算姜振山是這種蠢人，季如風也絕對不是。如果說這世上還有誰令我任天翔也看不透，那季如風絕對算是一個。因任重遠臨終的囑託，就要輔佐我這個不學無術、忤逆不孝的紈褲做義安堂龍頭老大，這話也只有去騙騙三歲小孩。

遙見季如風與姜振山終於上車離去，任天翔這才繼續沿著長街漫無目的地前行。夜幕下的長街一掃白日裏的繁華喧囂，空寂蕭瑟猶如鬼城，遠方隱約飄來的一縷絲竹管弦，才使它稍稍有了點生氣。畢竟是大唐帝國的國都，即便在深夜也不乏醉生夢死的場所。

也許是出自習慣，又或者是出自本能。任天翔循著絲竹的幽咽徐徐走向那個方向，他突然發覺附近的房屋街道依稀有些熟悉，前方那亮著燈火的青樓，竟然就是自己兒時再熟悉不過的宜春院！

「有貴客上門，姑娘們快來見客了！」宜春院大門外，依舊是趙姨親自在招呼應酬。幾年不見，趙姨明顯比原來憔悴了許多，眉宇間也沒了當年的神采，雖然滿面堆笑，卻依然掩不去眼底的落寞和傷感。

任天翔心中湧出一種久違的溫暖，正待與趙姨相認，卻突然想起自己身負命案，要是直說自己就是當年在這裏出生的任天翔，反倒讓趙姨為難。他相信從小看著自己長大的趙姨，絕不會為了幾個賞錢就出賣他，但知情不報也是窩藏之罪，他不想給趙姨惹上麻煩，只得將湧到口邊的話又咽了回去。

還好他現在是胡人打扮，又黏了鬍鬚遮住了半邊臉頰，趙姨並沒有認出，面前這個落魄的胡人，就是當年風流倜儻的長安七公子。

「先生裏邊請，不知先生可有相熟的姑娘？」趙姨殷勤地將任天翔迎進門，一路熱情地招呼著。

任天翔想了想，以帶有西域口音的唐語問道：「不知翠霞姐姐有沒有空？」

趙姨有些意外：「先生以前是宜春院的常客？老身怎麼沒一點印象？」

任天翔忙掩飾道：「幾年前來過一兩次，所以認得翠霞。」

趙姨恍然點點頭：「難怪。翠霞早已離開了這裏，記得她的客人只怕不多了。」

「翠霞離開了？」任天翔有點意外，「幾年前她可是這兒最紅的姑娘啊！為什麼要離開？」

趙姨嘆了口氣：「不瞞先生說，自從洪勝幫將紅樓開到長安後，長安城所有青樓的生意都一落千丈，客人日漸稀落。稍有點姿色的姑娘都紛紛另謀出路，當年咱們宜春院的五朵金花，如今已走得一個不剩。」

意識到自己在客人面前自揭其短，趙姨急忙改口：「不過，老身最近又新物色了幾個更年輕漂亮的姑娘，而且經過老身親自調教，定不比當年的翠霞差上一分半毫。」

說話間，就見幾個姑娘無精打采地迎了出來，任天翔一見之下就暗自搖頭。難怪大堂中空空蕩蕩，沒見幾個客人，如果宜春院都是這些既不敬業又不漂亮的庸脂俗粉，怎麼可能留得住客人？

不過任天翔現在不是來尋歡作樂，只是想在長安城找個可靠的落腳之地，一個自己從小就熟悉，現在又沒多少客人的破落青樓，無疑是最好的藏身之地。他特意挑了個最醜的姑娘，對趙姨道：「就她吧，我先包她一個月。」

趙姨滿心歡喜，急忙將那姑娘推到任天翔面前：「先生真是有眼光，她是剛來的小薇，是個還沒下海的清倌兒。先生既然中意，老身這就讓她正式下海，一切儀式從簡。」

任天翔見這個叫小薇的丫頭，年歲雖然不大，不過模樣確實不敢恭維。不僅面如橘皮，眉似掃帚，還有一口大齙牙，撐得她連嘴也合不上，唯一順眼的是她那一雙黑白分明的眸子，還算清亮透澈，這模樣莫說讓客人掏錢，就是倒貼錢恐怕都不會有人光顧，難怪到現在還是個清倌兒。反正任天翔現在只是要找個可靠的落腳點，她越醜就越不引人注意，這正合任天翔心意。

不過任天翔又怕醜女多作怪，尤其這丫頭模樣雖然生得醜，但一雙清亮的眼眸，隱約透著一絲古靈精怪的神韻，與她的容貌形成了鮮明的對比。任天翔心中有些奇怪，隨口問：「你讀過書？」

「公子怎麼知道？」小薇有些驚訝。

任天翔故作神秘地笑道：「我能從一個人的眼睛看到她的內心，受到過書香薰陶的女子，她的眼睛透著一種靈氣，就像你這樣。」

小薇見任天翔直勾勾地望著自己的眼眸，她的眼中頓時有些羞怯，躲開任天翔的目光笑道：「我哪有什麼靈氣，不過是小時候常聽爺爺讀書，所以勉強算受到點薰陶吧。」

「原來還是出自書香門第。」任天翔更是好奇，「那你怎麼會淪落到這宜春院來呢？」

小薇眼神頓時黯然，低頭默然不語。

任天翔心知其中必有一段令人心酸的往事，便不好再問。想自己母親也是知書達理，不也同樣淪落這宜春院，這樣一想，他對這醜丫頭不由生出一絲同情，忙轉開話題問道：

「你都讀過什麼書？本公子要考考你。」

小薇頓時來了興趣，笑道：「我只是小時候聽爺爺讀過許多書，像《詩經》、《論語》、《春秋》之類，我從小就聽過不少。不過我自己才不想要讀書，讀書人最可憐了。」

任天翔笑問：「此話怎講？」

小薇臉上突然有些羞澀，紅著臉說道：「孔夫子在他的書中，要他的弟子『達則兼濟天下，窮則獨善其身』，這……這還不可憐？」

任天翔有些莫名其妙：「這話沒錯啊，有什麼可憐？」

小薇紅著臉扭捏半晌，小聲說道：「窮又不是什麼罪過，有必要獨騸其身進宮做太監嗎？古人還說『不孝有三、無後為大』呢。」

任天翔恍然醒悟，原來小薇是這樣理解「獨善其身」的，他差點笑岔了氣。想必小薇只是小時候聽爺爺讀書，卻從來沒人跟她講解，所以就按照自己的想法來理解了。

任天翔不禁邊笑邊喘地問道：「你對孔夫子還有什麼獨到的見解，一併說來聽聽。」

小薇歪頭想了想，一本正經地道：「孔夫子要大家做君子，不要做小人，卻不知道做君子實在是太難了。」

「這倒是真的。」任天翔點頭讚許道，「這世上稱得上君子的，只怕沒幾個人。」

「豈止沒幾個，我看是一個都沒有。」小薇見任天翔贊同自己的見解，越發興致勃勃，「孔夫子有句話叫做『君子坦蛋蛋，小人藏雞雞』。要照這標準，孔夫子自己也是個小人，不然幹嘛天天將他……那啥給藏起來？」

任天翔又是一愣，想了半天才明白小薇是將老夫子「君子坦蕩蕩，小人常戚戚」這句名言，給理解成了「君子坦蛋蛋，小人藏雞雞」。

他不禁捂住肚子笑彎了腰，喘著氣，衝小薇連連擺手：

「行了行了！你要再解下去，孔夫子非氣得從墳墓裏爬出來不可。本公子長這麼大，還是第一次聽人如此理解論語。」

任天翔總算明白，小薇所說的讀過書，原來只是聽別人讀過，根本不求甚解，想必連字也認不了幾個。這讓任天翔放下心來，他就需要一個這樣的女人，既不是太聰明，又不是太蠢。不怕她跟自己耍花樣，也不用擔心她太笨，什麼事也做不了。

問明小薇的身價，任天翔拿出幾塊散碎銀子塞入趙姨手中：「從今天起，我就將小薇包下了。給我安排到清靜的後院，莫讓不相干的人來打攪我的清靜。」

趙姨滿口答應著將任天翔領到後院，如今的宜春院早已沒了往日的盛況，後院中幾乎空無一人。任天翔挑了間雅靜的廂房，等趙姨剛一離開，他就疲憊地倒在床上。經過前半夜死裏逃生的考驗，他現在只想美美睡上一覺。

誰知朦朦朧朧正要入睡，突聽耳邊有人「叮叮咚咚」彈起了琴弦，嘔啞嘲哳，猶如木匠鋸木。任天翔睜眼一看，就見那個叫小薇的姑娘，正一本正經地坐在一架破琴旁，滿臉認真地在彈奏，看她彈琴那樣子就不像是經過認真的調教，難怪那琴音比彈棉花好聽不了多少。

「停停停！」任天翔急忙喝止，「半夜三更，誰讓你彈琴？」

小薇一本正經地望著任天翔：「趙姨教過奴家，客人上門要先彈琴奏樂，然後說笑唱曲。你是奴家第一個客人，奴家一定要好好伺候。奴家還會唱曲，要不我邊彈邊唱？」說著，就真依依呀呀地唱了起來。

雖然唱的是常見的香豔小曲，可由她嘴裏唱來，卻比烏鴉聒噪還難聽。如果說她的琴聲像彈棉花，勉強還可忍受，那她唱的小曲簡直就像是在哭喪，令人慘不忍聞。

「行行行！」任天翔趕緊打斷了她，「你琴也彈過曲也唱過，可以停止了。還有，你別再奴家奴家地叫自己，我聽著直起雞皮疙瘩。」

小薇滿臉無辜：「我聽姐姐們在客人面前都是這樣稱呼自己，先生為何不喜歡？要我不自稱奴家，那該叫什麼？」

要是一個漂亮姑娘自稱小奴家，倒也顯得嬌滴滴十分可愛，可這稱謂從面前這個醜丫頭口中說出來，卻令人大倒胃口。任天翔不禁搖頭苦笑：

「你還是稱自己小薇吧，其他稱呼都不適合你。現在天色不早，我有些睏了，你別再彈琴別再唱曲兒，別再打攪我睡覺。」

「可是，小薇總得做點什麼吧？」小姑娘囁嚅著，眼裏隱約有幾分羞澀。

任天翔想了想，指指自己腳下：「你要閒著沒事，就過來幫我捏捏腳，先前死裏逃生，多虧了我這雙腳。你幫它放鬆放鬆，現在我還覺著腿肚子在打顫呢。」

小薇答應著坐到任天翔腳下，毛手毛腳地脫去任天翔的鞋子，抬手便捏。

任天翔本已閉上雙眼，但跟著就雙眼圓睜，倒抽了口涼氣，急忙縮回雙腳：「停停停！你當我的腳是你們家菜地啊？這麼用勁！」

小薇手足無措地收回手：「那……我幫你捶捶背吧！」

「別！」有過一次教訓，任天翔不敢再讓這蠢丫頭練手，「咱們現在睡覺。」

小薇頓時有些扭捏，低著頭囁嚅道：「人家……還沒準備好嘛。」

「你想什麼呢？」任天翔趕緊打斷這蠢丫頭的綺念，抬手往大床中央一劃，「我睡這邊，你睡那邊，誰也不許越過中線。」

「哦！」小薇乖乖地在任天翔身邊和衣躺下，見任天翔已經閉上眼睛，她囁嚅著小聲問，「要是我越過了中線……那會怎樣？」

「那我就將你剝光了強姦！」任天翔惡狠狠地道。

不過話一出口，他立刻就後悔了。就見小薇滿心歡喜地擠了過來，將大齙牙湊到他耳邊，半是羞怯半是期待：「我……過線了！」

任天翔趕緊推開她翻身而起，滿臉懊惱：「行行行，我怕了你了。今晚你一個人睡床，我睡地上。早知道醜女難纏，我就叫個順眼點的了。」

將被子鋪在地上，任天翔對小薇義正辭嚴地警告：「不准過來，你今晚要敢下床半步，我立馬就走人！」

小薇委屈地撇撇嘴，不過總算沒有跟過來，任天翔這才放心地倒地而眠。

宜春院對他來說，就像是另一個家，在這裏，他不必像在別處那樣提心吊膽，對任何人都防範戒備，而且以小薇這蠢丫頭的心智，在他面前也玩不出任何花樣。不過他沒注意到，就在他轉過身去的時刻，那個叫小薇的醜丫頭眼中，竟閃出一絲狡黠和得意的微光……

疲憊加困乏，令任天翔很快就進入了夢想，正當他夢到童年時在宜春院長大的往事，以及記憶中已經十分模糊的娘，突聽耳邊傳來刺耳的呼喚：

「起來！快起來！」

任天翔迷迷糊糊地睜開雙眼，就見一個滿嘴齙牙的醜丫頭正湊到自己面前，對著自己大呼小叫，他嚇了一大跳，本能地將她推開，晃晃還有些迷糊的腦袋，這才想起這醜丫頭，就是那個叫小薇的蠢姑娘。

「大呼小叫幹什麼？你有病啊？」任天翔被她從美夢中吵醒，恨不得一巴掌將她扇到爪哇國。卻聽她滿面張惶地道：「官府來查房了，沒路條的人全都要抓起來！」

「什麼路條？」任天翔瞇著眼不想起來，留宿青樓又不犯法，他不知道這醜丫頭為啥要大驚小怪。

「就是京兆尹頒發的路條，」小薇急切地解釋，「楊相國當政後，就下令凡外鄉人進京，必須到京兆尹那裏領取路條。平時官府也不查，今日聽說他們是在找一個什麼人，所以要查所有外鄉人的路條。」

「找什麼人？」任天翔隨口問。

「聽說是要找個假扮胡人的年輕人。」小薇打量著任天翔的臉，「我發現你鬍子好像是假的，莫非……」

任天翔渾身一個激靈，立刻就清醒過來，急忙翻身而起。他對宜春院的地形再熟悉不過，知道後院有個隱秘的小門通往外面的長街，這也是他選擇住在後院的原因。誰知他匆忙來到那道門前，沒想到幾年時間，宜春院已經變了模樣，那道門已經被完全封死。

他暗暗叫苦，正不知如何是好，就見小薇在後面招呼：「快跟我來！」

聽到二門外傳來雜亂的腳步聲，任天翔不敢耽擱，立刻跟著小薇來到後院一個角落。

小薇往角落一輛停著的木板車一指：「快躲進去！」

任天翔還在猶豫，就聽雜亂的腳步聲正往後院而來。他只得跳上車，往車中一躺，小薇立刻將一筐垃圾往他身上一倒，小聲叮囑：「千萬別出聲，我去看看！」

這種車原是運送垃圾的牛車，平時宜春院的垃圾都倒在這車中，每天一大早送到門外，由專門的差役拉到郊外傾倒。車中除了那些垃圾，還滿是腐敗的惡臭。任天翔捂著鼻子不敢稍動，就聽那雜亂的腳步聲進了後院，徑直去往自己方才留宿的廂房，然後大聲盤問著什麼。

任天翔暗自祈禱那醜丫頭千萬莫出賣自己，而且還不能在官差面前露出任何破綻，不然自己可就無路可逃了。

好不容易熬到那些人離去，任天翔正準備坐起，卻又聽到有腳步聲來到近前。他不明來人底細，只得躺著一動不動，就聽「嘩」一聲水響，那人竟將一桶混合著殘羹剩飯的潲水傾倒進車中，兜頭潑了任天翔滿頭滿臉。

任天翔不敢暴露，只得強忍噁心一動不動，好不容易等那人離去後，他才翻身跳出垃圾車，落地後再忍不住，蹲在地上哇哇大吐不迭。

「他們都走了，只是例行檢查而已。你怎麼了？」小薇從黑暗中過來，見任天翔嘔吐不迭，急忙關切地問。

她正要上前攙扶任天翔，卻被那殘羹剩飯的味道熏得後退不迭，捂著鼻子問，「怎麼回事？怎麼這麼臭？」

任天翔沒心思解釋，只道：「快去給我打盆熱水，我要好好洗洗。」

小薇十分為難：「這個時候，廚房已經熄火了，沒法燒水。」

任天翔無奈，只得退而求其次：「冷水也成，我快受不了了！」

後院就有水井，小薇立刻去提了一桶過來，她看起來個子不大，力氣卻還不小。任天翔顧不得現在是初春，捧起水桶就兜頭淋下，就著那水洗去頭上臉上的汙物，這才稍稍感覺好受了一點。

小薇一連又打來三桶水，總算將任天翔衣衫上的殘羹剩飯洗淨。

這時任天翔已凍得渾身哆嗦，連說話也不俐落了。還好現在後院沒一個客人，不然這麼大的動靜，肯定讓人起疑。

「快扶我回房，」任天翔凍得上下牙齒直打哆嗦，「我、我實在冷得受不了了！」

在黑暗中摸索回到廂房，任天翔脫下濕透的外袍，正要脫下裏面的底衫，突見小薇正虎視眈眈地盯著自己，嘴裏還喃喃讚道：「原來先生如此年輕，而且還生得這般俊美。」

任天翔心中打了個突，這才意識方才那幾桶水，已將自己臉上的化妝洗淨。還好鬍子還在，不至於完全暴露本來面目。

見這醜女正滿臉酡紅地望著自己半裸的身子，他趕緊將衣衫裹緊。

以前他在女人面前脫衣從無障礙，但在一個虎視眈眈的醜女面前，他這衣衫卻怎麼也不敢再脫，只得拉過錦被裹在身上，狠狠瞪了小薇一眼：「非禮勿視，你媽沒教過你？」

小薇不好意思地轉開頭：「先生要不要喝點酒，酒可以驅寒。」

任天翔趕忙搖頭，他可不想給這醜女有任何可趁之機。要是跟這醜女酒後亂性，他寧願被活活凍死。一口吹滅火燭，他對小薇吼道：

「快睡覺！明天一早我就要離開這鬼地方！」

送信

第二章

任天翔無奈嘆道：

「我現在只有靠你幫忙了。你先去義安堂老大的府邸附近，打探昨日那兩個被他們追殺的吐蕃人的下落，如果你能見到義安堂堂主蕭傲的外甥女任天琪，就告訴她說三哥回來了，也帶她來這裏見我。」

這一夜總算再無狀況，天明時，任天翔從渾渾噩噩的夢中醒來，心裏記掛著妹妹，想早點出門打探消息，卻感覺渾身發軟，滿臉滾燙。原來昨夜的驚嚇加上冷水澡，再穿著濕漉漉的衣衫睡覺，一個紈褲子怎經得起這般折騰，終於感染風寒突然病倒。

雖然頭暈目眩，任天翔依舊堅持要起床出門。

來扶他的小薇見他滿臉通紅，忙摸摸他的前額，頓時嚇了一跳：「這麼燙，你生病了？」

任天翔晃晃暈沉沉的腦袋：「不礙事，你去幫我買套乾淨的衣衫回來，我要出門。」

小薇急道：「你現在病得這般嚴重，不先找醫生吃藥看病，要死在了我們這裏怎辦？」

任天翔啞然苦笑：「你放心，換上套乾淨衣衫我就走，不耽誤你們做生意。」說著，拿出幾十個大錢交給小薇，「快去快回，晚了說不定我真死在你房中了。」

小薇趕緊拿上錢出門，沒多久，果然拿了套半新不舊的衣衫回來，另外還拿回幾粒藥丸和一大包草藥。將衣衫和藥丸交給任天翔，她關切地道：

「這是濟世堂配製的驅寒丸，專治風寒感冒，你快吃了吧。」

任天翔推開藥丸，只將舊衣衫接過來，示意小薇轉過身去，這才將乾淨衣衫草草換上。掙扎著翻身下床，誰知兩腳軟得像棉花，眼前更是金星亂冒，剛走兩步便頭重腳輕摔倒在地。

小薇急忙將他扶起，手足無措道：「你、你病得這般重，就不要急著外出了。你先吃了這藥丸，我再給你煎藥，你可不能死在我這裏啊。」

任天翔還想掙扎著站起，卻感覺那種發自體內的邪熱，將他燒得渾身癱軟，頭也暈沉沉不辨東西，就連站起都十分困難。

小薇見狀，連拖帶拽將他扶上床躺好，連連埋怨：「你快把藥吃了，在這裏睡上一覺。我這就給你去請大夫。」

小薇轉身要走，卻被任天翔一把抓住了小手，他可憐巴巴地望著小薇：「快扶我起來，我還有很重要的事去辦。」

「什麼事比得上你的命重要？」小薇甩開任天翔的手，「都病成這樣你還想出去？反正你已包了我一個月，就安心留在這裏養病吧，天大的事也等病好了再去辦。」

「不行！」任天翔急得直搖頭，「我必須立刻去辦，不能有任何耽擱。」

「究竟是什麼事？」小薇奇道，「難道比你的命還重要？」

「我妹妹、被她舅舅許給了一個混蛋。」心中焦急加上頭暈目眩，任天翔神智已有些模糊不清，忘了再對人防範，拉著小薇的手喃喃道，「我要阻止這事，不然會害了天琪。」

小薇眼中隱約閃過一絲感動，略一沉吟，柔聲勸道：「你先在這裏休息，有什麼事，小薇替你去辦。」

任天翔還想掙扎下床，但渾身軟綿綿使不出半點力氣，他最後無奈嘆道：

「你叫小薇是吧？我現在只有靠你幫忙了。你先去原來義安堂老大的府邸附近，打探昨日那兩個被他們追殺的吐蕃人的下落，若有消息便帶他們來見我。就說他們的主人在這裏。如果你能見到義安堂堂主蕭傲的外甥女任天琪，就告訴她說三哥回來了，也帶她來這裏見我。」

「好的，你放心，這些事我替你去辦。」小薇用冷毛巾敷在任天翔滾燙的額頭上，「不過我得先將這藥煎了，看著你喝下去。不然要是我把人帶來了，你卻死在我這裏，那我跳進黃河也洗不清了。」

任天翔無奈，只得勉強答應。

就見小薇先煎了藥餵他，然後又給他送來早點，看著他都吃了下去，這才安心出門。

任天翔見小薇雖然醜陋粗鄙，不過似乎並不算笨，而且始終將客人當成衣食父母，並沒有因官府查房就將形跡可疑的客人交出去，想來現在也不會輕易就出賣自己，這樣一想，他心中稍寬，這才又迷迷糊糊地睡了過去。

晌午時分，任天翔稍稍有些清醒，就見小薇已捧著湯藥等在自己床前。見他醒來，這醜丫頭滿心歡喜，忙問：「感覺好些沒有？我又給你新煎了一付藥，大夫說吃了就沒事了。」

「我讓你辦的事呢？」任天翔記掛著妹妹，哪有心思吃藥。

「先吃藥，吃了我再告訴你。」小薇端起藥湊到任天翔嘴邊，卻被他一把推開。小薇猝不及防，藥碗頓時落在地上，「啪」一聲摔成碎片。

「我讓你去辦事，你去買什麼藥？」任天翔氣喘吁吁地呵斥，「要是你耽誤了我的正事，我、我絕不會放過你！」

小薇愣了愣，突然雙手叉腰，兩眼圓瞪，怒氣沖沖地罵道：

「不知好歹的東西，姑奶奶是看你病得可憐，才幫你看病抓藥，你不領情也就罷了，還敢對姑奶奶惡語相向？你不過就付了我一個月的花酒錢，可沒付錢讓姑奶奶來伺候你！」

「你、你……」任天翔氣得張嘴結舌，真恨不得一巴掌扇過去，可惜現在病得連床也下不了，只得無奈質問，「有你這麼對待客人的嗎？難怪到現在還沒人要你。」

「那又怎樣？」小薇越發惱羞成怒，抬手就將桌上剩下的湯藥一併摔落，「臭男人好稀罕麼？姑奶奶現在不伺候了！」

任天翔這才意識到，自己現在不是一呼百諾的義安堂少堂主，也不是姑娘們爭相獻媚的青樓豪客，而是個連床都下不了的病人。沒有這醜丫頭的幫助，自己恐怕連與外界聯繫的能力都沒有。

想到這，他只得收起往日的驕橫，扮出可憐兮兮的模樣：「我、我只是擔心妹妹的事，心中焦急，讓小薇姑娘受委屈了。」

小薇板著臉孔一言不發，顯然還沒從方才的怒火中平息下來。任天翔只得拿出當年在長安青樓中練就的溫柔手段，可憐巴巴地向這個一輩子遇到的最醜的青樓女子道歉：「對不起，姑奶奶，請原諒孩兒年幼無知，口無遮攔，惹惱了您老人家。」

小薇撲哧失笑，卻又立刻板起面孔，對任天翔不假辭色道：「要想知道任小姐的消息，先吃了藥再說。」

任天翔無奈，只得硬著頭皮點頭答應。小薇這才恨恨地哼了一聲，罵道：「敬酒不吃吃罰酒，土狗坐轎，不識抬舉。」

少時小薇重新又端來一碗湯藥，捏著任天翔鼻子一口便灌了下去。任天翔強忍噁心喝完湯藥，急不可耐地問：「我托你的事有什麼消息？」

小薇冷著臉道：「以前義安堂的任府我去打聽了，昨日確有兩個吐蕃人在外面鬧事。後來被義安堂的人趕走，再沒見到他們的下落。」

「我妹妹、就是任天琪呢？」任天翔急忙問。

「你妹妹是富貴人家的大小姐，你以為隨時都能見到？」小薇一聲冷哼，「不過你放心，我會去任府外面守候，一旦看到任小姐出來，我會將你的話帶到。」

任天翔心知，對小薇這樣一個鄉下來的青樓女子，沒有出賣自己就已經很不錯了，對她不可能要求太高。但是現在天琪跟洪邪在一起，上次見他們的模樣，天琪似乎對那個混蛋並不排斥，這令他無論如何也不敢再等。

想來想去，現在也只能借助季如風和姜振山了，便對小薇道：

「那麻煩你再去見一下義安堂的季如風季先生，就說我願答應他們的條件。」

小薇苦笑道：「你以為我是誰？我只是宜春院一個不起眼的醜丫頭，你以為誰都會爭著要見我？季如風是義安堂的重要人物，要見他，我也只能慢慢找機會。」

任天翔無奈嘆道：「那就拜託姑娘了，那藥……再給我煎點放床頭吧，我想早點好起來。對了，我的身分千萬不要讓任何人知曉，連趙姨也不要告訴，拜託了。」

「知道了！」小薇似乎很高興任天翔將她當成了自己人，轉怒為喜，高興地去廚房煎藥。

任天翔留在宜春院養病，不得不將所有事都託付給小薇，小薇這醜丫頭雖然長得醜點，人卻一點不笨，雖然沒能幫任天翔打聽到任何有用的消息，但至少也沒有洩露任天翔的任何秘密，即便宜春院其他人偶爾想起這個客人，也被她巧妙掩飾過去。

任天翔這次傷寒來得又急又重，一連數天都渾身發熱，神智迷糊，幸虧有小薇細心照顧，病情總算才沒有繼續惡化，直到第三天上才稍稍有所好轉。

三天後，小薇終於見到了季如風，並將任天翔的口信帶到。季如風聞訊，立刻趕到宜春院，見到了臥病在床的任天翔。

「都什麼時候，少堂主還不忘眠宿花街柳巷？」與季如風一同前來的姜振山，見任天翔居然住在宜春院，自然又生出那種恨鐵不成鋼的怨憤。

季如風細細打量著周圍的環境，微微頷首道：「這裏倒是個藏身的好地方。」說著將三根手指搭在任天翔腕上，略一探脈便知究竟，「是風寒所致。請少堂主隨我回去，有在下細心調治，少堂主很快就可以康復。」

「我不走！」任天翔斷然道，「就算我可以相信你們，也無法相信你們的家人和手下。」

姜振山急道：「你信不過咱們的家人手下，難道信得過這兒的妓女？」

任天翔怫然不悅：「妓女怎麼了？我看她們比很多人都要靠得住。別忘了，我還是個妓女的兒子，只怕擔當不起義安堂堂主的重任。」

姜振山自知失言，忙道：「我不是這個意思，我是怕這裏人多眼雜，暴露了少堂主行蹤。」

「這個倒不是問題。」季如風打量著周圍環境，若有所思地微微頷首，「自洪勝幫將紅樓開到長安，這宜春院的生意就一落千丈，堪稱門前冷落車馬稀。少堂主選擇這裏落腳，倒也是個不錯的去處。我再派兩個信得過的手下到這裏來伺候，可保萬無一失。」

「我只相信自己人。」任天翔忙道，「那天有兩個吐蕃人替我引開義安堂的弟子，他們有消息嗎？還有我那個潛入任府的朋友，他現在怎樣？」

季如風嘆道：「你那個潛入任府的朋友，還真是個潛行隱蹤的好手。義安堂總壇防守如此嚴密，他竟不動聲色地潛入到了內堂。若非當時義安堂所有好手都在內堂議事，還真拿不住他。至於那兩個趕著馬車為你引開注意的吐蕃人，也不是省油的燈，竟然在數十名好手的追蹤下安然逃脫。不過，現在我已找到他們的蹤跡，原來是跟長安城那幫乞丐混在了一起。」

任天翔聽說小川流雲落在了義安堂手中，急道：「他是替我給天琪送信，這才為我潛入義安堂總舵，還請季叔定要想法將他救出。」

季如風點點頭：「我心裏有數，不會讓你失望。」

任天翔放下心來，這才問起最關心的問題：「不知道天琪現在可好？她跟那姓洪的傢伙……究竟怎樣了？」

季如風嘆了口氣：「按說小姐也是聰明過人，不會不知道洪邪的本性。不過，蕭倩玉最是清楚女孩的弱點，所以一方面安排小姐打獵之時遭遇一幫盜匪，然後讓洪邪來個英雄救美，贏得小姐好感；同時又利用小姐的心軟和善良，讓她為義安堂的兄弟與洪勝幫聯姻。雙管齊下之下，小姐對這樁婚事也就不那麼抗拒了。」

「婚事？難道他們已經訂親？」任天翔忙問。

季如風點頭嘆道：「雙方已經商量好，將在下個月初九正式下聘，並宴請各路江湖中人觀禮。所以蕭倩玉才對你的突然出現感到緊張，不僅怕你威脅到她堂兄的地位，也怕你壞了這樁婚事。」

任天翔一拳擊在床沿上：「我不會讓她得逞！無論以任何藉口和理由，都不能以犧牲天琪的終身幸福為代價！」

季如風滿是期待地望向任天翔：

「你要想真正阻止這樁婚事，必先奪回堂主之位。雖然你以前年少輕狂，為人也十分荒唐，但好歹也是任堂主的親生兒子，更難得的是，你逃亡這些年，在沒有義安堂的幫助下，不僅毫髮無損，而且還頗有作為。憑這兩點，你會得到義安堂不少老兄弟的擁護。」

「可是，」任天翔有些猶豫，「義安堂的現任堂主已是蕭傲，我有什麼理由要取而代之？」

季如風微微一笑：「蕭傲雖是義安堂元老，但在堂中威望卻並不算高，他能做堂主，完全是因為蕭倩玉。她以堂主遺孀的身分轉述任堂主的遺命，並且拿出了任堂主的信物，要讓蕭傲繼任堂主。任堂主死得突然，而你又因那件意外不得不流亡他鄉，所以大家也就只好奉蕭傲為堂主。但是這三年多來，蕭傲毫無建樹不說，還對蕭倩玉言聽計從，以致大權完全為這個女人把持，大家早有怨言。如今你既然回了長安，只要能證明當年蕭倩玉是在假傳堂主遺命，大家自然會擁戴你為堂主。」

任天翔從小在市井打滾，對這番話只是半信半疑。他不相信季如風會毫無私心地扶自己上位，也許他只是想將自己當成傀儡，又或者把自己當成必不可少的那座橋，一旦過河就只有被拆的命運。不過現在救天琪要緊，只能借助他的力量。

這樣一想，任天翔便不動聲色地轉過話題：「我總聽說任……堂主死得蹊蹺，卻一直沒人告訴我他是怎麼死的，難道這其中有什麼隱情？」

季如風與姜振山對望了一眼，二人皆沉默不語，最後還是季如風打破尷尬，嘆息道：「任堂主死得確實有些尷尬，所以大家都不好跟你說起。不過現在你已經長大成人，這事也應該讓你知曉。」

季如風負手來到窗前，望向窗外的天宇黯然嘆道：「任堂主是死在一個女人的手裏，準確說，是先傷在一個女人的床上，被救回來後的第二天，就因傷重不治過世。」

任天翔十分震驚：「那女人是誰？」

季如風回過頭：「堂主沒有說，我們也不得而知。只知道那女人住在一處臨時租來的宅院中，沒人知道堂主為何要與她幽會，更沒人知道那晚究竟發生了什麼事。當我們在那裏找到堂主時，他已經身負重傷，而那女人也再無蹤跡。」

任天翔皺起眉頭，心中很是鄙夷任重遠的荒唐。身為義安堂老大，就算多娶一房女人也不是什麼大事，為何要在外面偷情？偷情也就算了，還出了這等意外，那女人看來只怕不是尋常外室這麼簡單。

想到這，他抬頭望向季如風，對方像猜到他想問什麼，立刻搖頭：

「沒人知道堂主在外面有女人，我們也調查了那個女人的底細，只從鄰居那裏打聽到，那女人叫如意夫人，看起來有三十多歲，長得很漂亮，除此之外，就一無所知了。」

任天翔對任重遠這個父親一直沒有多深的感情，所以對他的死並不感到太悲傷，也很難有為他報仇的動力。既然義安堂都查不到那個女人的下落，他也就懶得再費心思追究，轉而問道：「奪回堂主之位，需要我做什麼？」

季如風目光炯炯地望著任天翔眼眸：「蕭傲能坐上堂主之位，除了有蕭倩玉所說的任堂主遺命，還有一件更有力的信物，那就是由堂主獨自保管，義安堂代代相傳的聖物，那是一塊墨玉的碎片，不知少堂主見過沒有？」

任天翔心中「咯登」一跳，心思急轉。既然天琪已將那塊碎玉交給了自己，那蕭倩玉哪來的又一塊碎片？除非任重遠手上不止一塊，又或者蕭倩玉那塊根本就是偽造！難怪三年前自己離開長安時，龍騎軍會得到消息在第一時間追來，原來有人不僅想要自己死，更想要自己手上的這塊碎玉！

見季如風正盯著自己，任天翔強笑道：「我怎麼會見過什麼碎玉？就算它在我眼前，只怕我也不認識。」

季如風目光越發銳利，語氣卻越發平淡：「如果是這樣，事情只怕就不好辦了。那塊碎玉是任堂主的信物，不推翻它，你就很難動搖蕭傲。我是少數見過那塊碎玉的人，只一眼，我就知道它並不是任堂主手上那塊，但在沒有找到真的那塊碎玉之前，我也只能保持緘默。」

任天翔一聽這話，就知道自己沒有瞞過這老狐狸，只得強笑道：「我離開長安時，天琪曾交給我一塊不起眼的墨玉殘片，說是任重遠留給我的東西，不知道你說的是不是它？」

季如風目光一亮，急切地伸出手來：「給我看看。」

任天翔不好意思地笑道：「我不知道它竟有這般重要，便將它留在了洛陽。等找到我那兩個崑崙奴兄弟，我再派他們趕回洛陽去取來。」

季如風慢慢收回手：「不急，只要這個東西在你手上，我們就可推翻蕭傲最重要的信物。」

任天翔玩笑道：「是不是我拿出那塊玉片，就可以做堂主，取消天琪與洪邪那樁婚事了？」

季如風搖搖頭：「要想做義安堂的堂主，光有玉片還不夠，還得經過更多的考驗。因為堂主的身上，肩負著義安堂數萬幫眾的前途和命運，非有大智慧者不能勝任。就算你是老堂主的兒子，又有他的信物，也必須證明自己能夠勝任這副重擔。而且，你現在依舊還是朝廷通緝的逃犯，不將這事徹底解決，你也不能做義安堂的掌舵人。」

「你不是已經考過我了麼？」任天翔不悅地皺起眉頭，「還要經歷多少次考驗？」

季如風意味深長地拍拍任天翔肩頭：

「你現在安心養病，等病好了我會親自教你，直到你合格為止。明天我就將那兩個吐蕃奴隸給你找回來，有他們保護，你可保安全無虞。另外，我再給你留個地址，若有急事，你可以到那裏來找我。」說完，便將寫著地址和聯絡方式的紙條，交到任天翔手中，「你記下後就立刻燒掉，從現在起，你就要養成這種不留任何痕跡的習慣。像那種將親筆信留在別人身上的蠢事，千萬不要再犯第二次。」

任天翔知道季如風是在說小川流雲身上那封信，正是那封信暴露了自己。

他不好意思地點點頭，然後將看過的紙條湊到燈上燒毀，這才問：「不知我那朋友現在怎樣？」

季如風淡淡道：「蕭倩玉想從他身上查出你下落，不過你這個日本朋友是條漢子，無論用什麼辦法他都一言不發。他暫時沒有生命之虞，不過吃點苦頭恐怕是免不了。」

「季叔得想法子救救他！」任天翔急忙道。

「我在想辦法，不會讓他多受苦。」季如風說著拍拍任天翔肩頭，「你安心養病，有事就來找我。」

目送著季如風與姜振山告辭離去，任天翔心中漸生好奇，不知道季如風還要考驗自己什麼，難道自己離開長安這幾年來，完全靠一己之力取得的成就，還不足以證明自己的才能？

季如風沒有食言，第二天一早，就將崑崙奴兄弟領到了任天翔面前。

主僕三人再次相逢，自然都非常激動。任天翔感覺精神稍好，便堅持要去外面走走，一連幾天都關在房中，就算沒病只怕也會憋出病來。

小薇已將那件弄髒的袍子讓女傭洗淨，任天翔便換上那件長袍，依舊將自己打扮成胡人，給崑崙奴兄弟也換了身新袍，令二人外表煥然一新，他這才帶著崑崙奴兄弟出門。

漫步在既熟悉又有些陌生的長安街頭，任天翔心中百感交集，三年多了，總算隱姓埋名地回來，且不能堂堂正正以真面目示人，也實在令人憋屈。

漫步在街頭，任天翔突然想起在吐蕃遇到的長安人李福喜，以及他託付自己帶回長安的家信。這些年來，信一直貼身藏著，任天翔卻沒有機會回到長安。現在總算可以實現承諾，為李福喜將這封家信帶到。

照著信上的地址，任天翔慢慢來到一處僻靜的小街，按信上的地址找到了那家不起眼的「李府」。

敲開門一看，但見門內素雅別致，雅靜清幽，頗像是個修身養性的好去處。

「請問你找誰？」開門的是個年輕書生，看起來只有二十出頭，卻有著一種博學弘儒才有的優雅和睿智，又有幾分世外之人的超然和脫俗。

「請問，這裏可是李承休先生的宅邸？」任天翔在對方那種優雅超然的氣度感染下，說話也不自覺地客氣起來。

「那是家父。」年輕書生眼中閃過一絲傷感，「不過他已經過世多年。」

「那就對了。」任天翔拿出貼身藏著的書信，「這是李福喜先生托我帶給李承休的家信，他是隨當年金城公主陪嫁到吐蕃的侍從。」

書生眼中閃過莫名驚訝：「李福喜？那是我族叔，他還活著？他現在怎樣？」

「他在吐蕃過得很好，很受吐蕃新贊普的器重。」任天翔說著將信遞到書生手中，「既然李承休先生已經過世，你是他兒子，這封信就交給你吧。」

書生接過書信，忙對任天翔拱手道：「先生萬里送信，這份恩德令人感動。在下冒昧請先生入內喝杯清茶，容我再隆重致謝。」

任天翔估計對方是要打賞自己，這段時間花錢如流水，從洛陽帶來的銀子差不多已花完，而他又不好開口向季如風和姜振山討要。看對方雖非大富大貴人家，卻也家道殷實，想必出手不會太寒磣。

這樣一想，任天翔就連忙點頭答應，隨那書生進了大門。但見門內靜雅清幽，令人心緒安寧，與長安的奢華喧囂形成了鮮明的對比。

令崑崙奴兄弟留在二門外，任天翔隨那書生來到間書房，但見房內一塵不染，四壁全是書架，整整齊齊陳列著各種各樣的書籍，比任天翔一輩子看到過的還多，令他驚嘆不已。

「還沒請教先生尊諱？不知何以認識我族叔？」

任天翔正在貪看那些書籍，卻被那書生開口打斷。

任天翔先是有些茫然，不知何為尊諱。不過他也是心思敏銳之人，仔細一想就猜到其意，心中暗笑：書讀多了就是迂腐，連說話都跟常人不同。

任天翔不敢以實名相告，含糊道：「在下姓任，以前一直在西域做點小買賣，有幸去吐蕃見過令叔，受令叔委託，便替他送這封家信。」

書生意味深長地望著任天翔笑了笑：「聽說東都洛陽出了個姓任的年輕豪商，如流星般飛速崛起，不僅借陶玉之精美一夜暴富，而且還成了岐王和玉真公主的座上賓，更與商門鄭大公子及太白先生等名士相交莫逆，那就是你吧？」

任天翔嚇了一跳，急忙否認：「公子認錯了人吧？我只是個尋常胡商，跟那個什麼年輕豪商沒半點關係。」

書生淡淡笑道：「任公子雖然刻意化妝成胡人，但你的手指修長纖瘦，耳廓卻豐滿肥美，一看就是出生富貴人家，從小養尊處優，跟西域長大的胡人完全不同。而且，你的口音中有明顯的長安語調，雖然你刻意隱瞞自己的口音，卻又怎麼瞞得過同樣在長安長大的我？」

任天翔沒想到這書生目光如此之毒，只得強笑道：「就算我從小在長安長大，就算我是個假扮的胡人，你又怎麼能肯定我就是東都洛陽那個新近崛起的年輕豪商？就因為我們都姓任？」

書生笑著示意任天翔入座，然後親自為他斟上一杯茶，這才悠然道：「你外面的衣袍並非產自西域，而是買自洛陽專門經營各種胡服的百衣坊，從內裏的衣衫領口可以看出，那是洛陽錦繡莊的高檔貨，你腳上的靴子同樣是來自洛陽的福世鞋莊，它們的成色都很新，說明你才買不久。再加上你腰間、帽頂、脖子上那些價值不菲的嶄新佩飾，明明白白地告訴我，你是來自洛陽的新晉暴發戶，而你又姓任，加上年紀也與那賣陶玉發財的年輕豪商相符，所以我猜你就是那個姓任的豪商。」

任天翔聽得目瞪口呆，好半晌才合上嘴巴，吶吶道：「公子真神人也，任某佩服得五體投地！」

書生微微一笑：「我不僅知道你就是那個新近崛起的陶瓷豪商，而且還知道你是個朝廷通緝的逃犯，如果我猜得不錯，你應該就是三年前失手殺死貴妃娘娘的侄兒，因而逃離長安的義安堂少堂主任天翔。」

任天翔心中震駭，手中茶杯失手落地，他目瞪口呆地盯著那書生看了半晌，見對方似乎並無惡意，這才結結巴巴地問：「你……你怎麼知道？你……你究竟是誰？」

「原來果真是義安堂的少堂主，幸會！」書生拱手一禮，「在下李泌，很高興認識任公子。」

「李泌？」任天翔失聲驚問，「就是七歲即出入禁宮，為當今聖上賞識，十三歲便名傳京師的天才少年？」

書生淡淡一笑：「浪得虛名，不值一提。」

任天翔心中暗暗叫苦，沒想到對方竟然就是當年以絕頂聰明名揚京師的李泌，傳說他五歲就能作詩，七歲就得張九齡、嚴挺之等名臣器重，不到二十歲即入翰林，供奉東宮。難怪自己在他面前幾乎被完全看穿。

任天翔心中正自忐忑，不知該不該立刻告辭，突聽門外傳來一陣喧囂，跟著一個家人慌慌張張地進來，結結巴巴地向李泌稟報：

「李、李公子帶隨從前來做客，卻與閘外那兩個番奴發生了衝突，公子快去看看吧！」

說話間，就聽二門外傳來兵刃相擊的叮噹聲響，任天翔怕崑崙奴兄弟闖禍，趕緊起身出門，來到二門一看，就見崑崙奴兄弟正聯手圍攻一個使刀的漢子，但見那漢子身形彪悍如虎，一柄緬刀使得迅如旋風，以一敵二竟也不落下風。

在他身後，尚有四、五個帶刀佩劍的漢子在一旁圍觀，卻並沒有出手幫忙的打算。

任天翔雖然不會武功，但眼光並不差，一眼就看出這漢子刀法犀利，只怕崑崙奴兄弟占不到任何便宜。他急忙令二人停手，那邊李泌也出言喝止，那漢子這才收刀後退，神情倨傲。

任天翔忙以手語詢問崑崙奴，才知道原來二人守在二門外，突然看到有人不經通報，便帶著兵刃進來。二人以為又是主人的仇家，自然挺身阻攔，由於兄弟二人都是啞巴，雙方無法交流，便只有用刀子說話了。

那邊李泌也問明緣由，回頭對任天翔笑道：「李公子是我至交，出入皆不必通報，因而產生誤會。還好雙方沒有損傷，不然我這個主人罪過就大了。」

任天翔見李泌口中那位李公子，看模樣尚未到不惑之年，兩鬢卻已染霜，雙目也憔憔無神，竟有未老先衰之態，與豐神俊秀的李泌全然不同。不過其衣衫打扮和舉止氣度，卻隱然透露出一種頤指氣使的氣派，顯然不是尋常人。

任天翔已被李泌認出身分，不敢多做耽擱，正想開口告辭，李泌卻已挽著他的手笑道：「任公子不必急著就走，今日既然遇到我這朋友，也是一種緣分，大家坐下來喝杯薄酒，容我一盡地主之誼。」

那李公子擺擺手：「喝酒就算了，我今天是來喝茶。」

「喝茶？」李泌有些意外，「公子怎麼突然想起找我喝茶？」

李公子指向自己身後一人，笑道：「我知道你這裏藏有好茶，不過若是喝法不對，就是暴殄天物。所以我今天特意給你帶了個人來，喝過他親手烹製的香茗，才知道以前咱們都不過是在喝水而已。」

眾人順著他所指望去，才發現那只是個十六七歲的文靜少年，一身素淨白衣在眾多錦衣隨從中間，顯得頗有些特別。

李泌略一打量，微微頷首笑道：「看來李兄給我找了個真正的烹茶高手，不知如何稱呼？」

那少年不亢不卑地拱手一禮：「小人陸羽，見過李公子。」

李泌十分驚訝：「聽說京中出了個烹茶的少年，經他烹製的茶湯，天下無出其右，因而有茶仙之稱，那就是你了？」

少年有些羞赧地點點頭：「陸羽略通茶道，卻不敢自稱為仙。」

李泌大喜：「今日真是有口福了，知我者，李兄也！」

任天翔對茶從無興趣，正想趁機告辭，卻被李泌挽起就走。他只得隨李泌來到茶室。

李泌先將那李公子讓到首座，然後才與任天翔先後入座，而其他人除了陸羽，全都自覺地留在了門外，原來他們皆是那李公子的隨從，包括那個刀法犀利，彪悍如虎的漢子在內。

茶室素淨雅致，一塵不染。陸羽一個人有條不紊地煮水烹茶，舉手投足間透著一種莫名的優雅和從容，他的神情是如此專注，似乎那小小的茶枰便是他全部的世界。

他的神情舉止感染了三個等待品茶的貴客，包括任天翔在內，全都滿懷期待地看著陸羽一人在優雅地忙碌。

大約半炷香之後，陸羽終於將三杯香茗一一奉到三人面前。

任天翔捧起茶杯略聞了聞，就覺一股馨香直沁心脾，令人渾身舒坦，將茶杯湊到嘴邊小啜一口，頓覺一股暖流順喉而下，那種暖融融的茶香漸漸瀰漫全身，令人心曠神怡。

任天翔慢慢將茶一飲而盡，這才明白為何方才那李公子要說，喝過陸羽烹製的茶湯後，才知道自己以前不過是在飲水。

三人先後喝下第一杯香茗，李泌就微微感嘆：「沒想到這尋常茶葉，竟能烹製出天下無雙的味道，只怕瑤池瓊漿也不過如此吧。」

那李公子早已注意到任天翔，這時終於忍不住問李泌：「不知這位是誰？竟能成為你的座上客？」

任天翔急忙用目光示意李泌，要他幫忙掩飾，誰知李泌對他的目光視而不見，卻對那李公子笑道：「這位任公子是個不可多得的人才，李兄若能善待之，必能成為你用得著的朋友。不過現在他有麻煩纏身，急需得到李兄的幫助。」

那李公子皺了皺眉頭：「你我相交這麼久，還從未聽到過你如此誇讚一個人。不知他有何德何能，竟能令你如此推崇？」

李泌笑道：「他也沒什麼了不起，只不過是獨自在西域生存下來，而且似乎混得還不錯，現在又成了東都洛陽的新晉豪商，首創之公主瓷和公侯瓷，比傳統的貢瓷賣得還好。而在他離開長安之前，卻還是個什麼也不會的紈褲子弟，是當年長安七個最有名的花花公子之一。」

李公子有些驚訝地望向任天翔，眼中似乎還有些不信。

任天翔沒想到李泌竟向外人透露自己的底細，看這李公子的氣度，顯然出身富貴豪門，肯定與官府有千絲萬縷的聯繫。萬一他要告密，甚至當場將自己拿下，憑他那幾個隨從的本事，只怕崑崙奴兄弟也無濟於事。

李泌似看透了任天翔心中的忐忑，釋然笑道：「你別害怕，整個長安城中，能救你的恐怕就只有李公子了。」

第三章

定計

這要在別的女人，一定有無數個辦法來回絕，
也只有單純如她，才會不得已將名字告訴任天翔。
看來我在這太真觀，計畫定能完滿實現。
任天翔想到這，心中不免得意，
對即將進行的計畫充滿了信心。

任天翔正莫名其妙，就見那李公子有些不悅地望向李泌：

「我為何要救他？」

「因為他很聰明。」李泌笑道，「像這樣聰明的人，無論學什麼做什麼都比常人容易百倍，也就是說，他有成為某方面人才的潛質。而且憑我的觀察，只要李兄今天救了他，以後他定會加倍回報。」

那李公子皺眉問：「你說他只會加倍報答？」

李泌點點頭：「像這樣聰明的人，你很難讓他像狗一樣忠心耿耿，不問是非曲直。」

那李公子遲疑道：「他值得我救？」

李泌肯定地點點頭：「絕對值得。」

李公子終於不再猶豫：「好吧！我試試看！」

李泌忙對滿頭霧水的任天翔笑道：「還不快謝謝李公子，有他出面幫你，你身上的麻煩便不再是麻煩。」

李公子聞言，搖頭苦笑道：「你說得倒是輕鬆，他不麻煩我就有麻煩了！」

任天翔心思敏捷，終於從二人對話中猜到那李公子的身分，急忙起身一拜：

「草民任天翔，叩見太子殿下！祝殿下千歲千歲千千歲！」

「罷了！」李公子擺擺手，對李泌搖頭苦笑，「殺人償命，這是哪朝哪代都不會廢止的鐵律，況且死者又是權勢熏天的楊家子侄，你要我如何救他？」

「我沒有殺人！」任天翔急忙分辯，「當年我只是喝醉，自己都不知究竟發生了什麼。」

「你有沒有殺人已經不重要了，重要的是楊家願不願放過你。」李公子捋鬚沉吟道，「如果他們鐵了心要你抵命，只怕我也未必能幫到你。」

任天翔得知這李公子就是當朝太子李亨，心中驚喜若狂，不過聽他這樣一說，心情又急轉直下，如果當朝太子都幫不了自己，那還有誰可以救自己呢？

三人一時沉默下來，茶室中就只剩下茶水沸騰的聲音。

陸羽為三人再捧上一杯香茗，然後悄悄退了出去。

李泌端起杯品茗，對李亨笑道：「任公子不光是個聰明人，而且還是義安堂少堂主，我猜他這次冒險回長安，將有很大的機會坐上義安堂堂主之位，所以殿下幫他這一回，也許就會多了義安堂這樣一個朋友。」

李亨低頭沉吟良久，終於緩緩道：

「楊家最大的靠山是貴妃娘娘，只要她願放過你，那麼楊家其他人就拿你無可奈何。

不過要想讓貴妃娘娘放過你，就要看你自己的表現和運氣了。」

李亨捧起香茗默默飲盡，這才徐徐道：

「娘娘曾在驪山太真觀出家，也是在那裏被父皇接入禁宮，從此成為後宮之首，三千寵愛集於一身。因此娘娘對驪山太真觀有著特殊的感情，每年都會抽幾天時間去太真觀小住，既敬拜三清又趁機散心。現在正是春暖花開的時節，往年她都會在這個時節去太真觀，然後再去華清池。」

李泌若有所思地自語：「殿下是說，任公子可以在那裏見到她？」

李亨沒有直接回答，卻擺弄著茶杯繼續道：「雖然外邊對娘娘多有誤解，但實際上，娘娘是個多愁善感、心地善良的女人，即便是一隻小貓小狗也不忍傷害。」他抬頭望向任天翔，「好了，我只能幫你這麼多了。以你的聰明，應該有辦法見到娘娘，並求得她的諒解。」

「多謝殿下指點，草民將永遠銘記於心。」任天翔趕緊拜謝。

李亨推杯而起，對李泌道：「今日不請自來，原本是想與你品鑒茶仙的手藝，卻不曾想能認識任公子這樣的年輕俊彥，很是幸運。可惜我還有俗事纏身，不能久留，便先行告辭。改日若有時間，咱們再聚。」

李泌連忙起身相送，一直將李亨送出大門，看著他帶著隨從縱馬遠去，這才折身回來，對準備告辭的任天翔笑道：「你今日能巧遇太子殿下，真是天大的幸事。只要你想法子在太真觀見到貴妃娘娘，並求得她的原諒，楊家其他人殿下就可幫你擺平。」

任天翔若有所思地笑道：「李兄將我舉薦給太子殿下，只怕也不單單是為了救我吧？殿下雖然貴為太子，卻在而立之年就兩鬢染霜，可見這個太子也不好當啊。聽說在李相國當政時，曾大肆網羅罪名加害太子，天寶年間兩次大案，逼得太子兩次休妻，幸虧皇上寬厚，這才勉強保住太子之位。如今李林甫雖死，楊國忠恐怕也不是善良之輩，遲早與殿下勢成水火。所以李兄便幫殿下物色人才，網羅各方勢力，我任天翔是因為義安堂少堂主這身分，所以才為李兄看上吧？」

李泌哈哈一笑：「任公子果然聰明過人，我也就不必再多費脣舌。不錯，我見你冒險回長安，便知你多半是衝著義安堂堂主之位而來，就算你不想做堂主，只怕義安堂中也有人會推你上位。而現在義安堂正謀求與洪勝幫結親，洪勝幫又在積極投向楊國忠，而楊國忠與太子殿下，卻是政治上的死對頭……」

「所以你就讓太子殿下幫我這一回，一旦我有機會做義安堂龍頭老大，殿下便多了義安堂這股江湖勢力？」任天翔恍然醒悟，也暗自放下心來，他不怕出自利益考量的幫助，就怕那種看似不求回報的恩情。

離開李泌府邸，任天翔突然想到，自己原本是為阻止天琪的婚事才來長安，只要見到天琪，將洪邪的為人告訴她，天琪自然不會再嫁洪邪，何須捨近求遠兜那麼大一個圈子？還要欠下太子殿下那麼大一個人情。季如風不願替自己給天琪遞個口信，想必也是要利用自己幫他對付蕭氏兄妹吧？

慢慢在街頭停下腳步，任天翔仰天思索片刻，突然發足直奔蕭宅。他只想早點見到天琪，至於那個義安堂大龍頭的寶座，他還真沒怎麼放在心上。

蕭宅還是原來的老樣子，看不出有任何戒備森嚴。任天翔在離蕭宅一條街的一家酒館停了下來，他知道不能硬闖，不過他可以等。

示意崑崙奴兄弟輪流盯著蕭宅大門，任天翔自己則拐進酒館消磨時間，一直到黃昏時分，才終於聽到崑崙奴兄弟「啊啊」的呼叫。

他順著二人所指望去，就見幾個騎手正風塵僕僕由遠而至，領頭的是個英姿颯爽的紅衣少女，幾年不見，明顯高挑漂亮了許多，正是妹妹任天琪！

任天翔見與她同路的除了幾個義安堂弟子，還有他最不願見到的洪邪。

他不想引起洪邪注意，但是又不能放過這次難得的機會，便拿出貼身藏著的那塊碎玉，用吐蕃話低聲叮囑阿崑片刻，然後將玉片塞入阿崑手中。雖然任天翔知道這玉片十分珍貴，各方勢力均在覬覦，不過為了儘早見到天琪，他必須用它冒一回險。

阿崑雖然是個啞巴，人卻一點不笨。他照任天翔吩咐提上一壺酒，先將酒傾倒在頭上身上，然後裝成酒鬼跌跌撞撞地向任天琪迎了過去，在蕭宅大門外終於攔住了她，他故意跌倒在任天琪的馬前，驚得那馬人立而起。

任天琪見自己撞了人，趕忙下馬查看，就見這酒鬼向她亮出了掌心一塊不起眼的墨玉殘片，那玉片她依稀認得，好像就是爹爹臨終前托她轉交給三哥的東西。她正要動問，那酒鬼卻翻身起來就走，腳下步伐輕快，哪裡還有半分醉意。

「琪妹，咱們走吧，那酒鬼沒事了。」洪邪在一旁催促。

「你們在這裏等我，我去去就來。」任天琪翻身上馬，縱馬向酒鬼追去，見洪邪等人要跟上來，她急忙喝道，「你們誰也別跟著我，就在這等我回來！」

丟下眾人，任天琪縱馬追向那酒鬼，跟著那酒鬼轉過一個街角，突見街邊閃出一人。雖然是胡人打扮，但眉宇神情竟是那樣熟悉，任天琪呆立半晌，澀聲問：「哥，真的是你？」

任天翔取下頭上胡人的氈帽，微微頷首笑道：「沒想到吧？」

任天琪翻身下馬，快步來到任天翔面前，頃刻間，臉上已是淚花漣漣：「真的是三哥？這些年你到哪兒去了？為何一直了無音訊？我知道你是因為惹上麻煩不得不走，可你知不知道？這些年來我有多擔心你？」

任天翔心中湧過一陣暖流，這世上總算還有人關心自己的下落，讓他心中感動莫名。不過他不習慣流露心中的感情，裝出若無其事的樣子笑道：「你看我這不是好好的嗎？用得著大驚小怪，淚流滿面？」

任天琪破涕為笑，喜道：「你回來就好，快跟我回家！我媽和舅舅要知道你回來，一定會非常高興！」

任天翔苦笑搖搖頭：「現在任府已經變成了蕭宅，我哪裡還有什麼家？而且你媽和舅舅要見到我，只怕未必高興得起來。」

任天琪忙道：「你誤會了，三年前因為你那事，官府要查封咱們家，是舅舅花錢打通關節，將任府改到他的名下，這才免了被查封的命運，我和娘也才沒有被趕出家門。雖然任府不得不改名為蕭宅，可依然是我們的家啊。」

想起前兩天自己差點被義安堂的人抓獲的遭遇，任天翔張張嘴卻沒有出聲。他不想讓妹妹擔心，更不想令她在舅舅與哥哥之間左右為難。他想了想，淡笑道：

「我還是個被朝廷通緝的逃犯，暫時就不回去了，免得給你們惹麻煩。我今天來見你就為一件事，這件事你千萬要聽三哥的，哪怕它跟你媽和舅舅的意思完全相反。」

「什麼事這麼重要？」任天琪奇道。

「不要嫁給洪邪！」任天翔正色道，「他不是個好人，尤其不是個負責人的好男人。你要嫁給了他，遲早會後悔！」

任天琪有些意外：「你認識邪哥？你怎麼會認識他？」

聽妹妹竟稱那混蛋為邪哥，任天翔心中越發焦急，急道：

「洪勝幫做什麼買賣，你又不是不知道。洪邪既為洪勝幫少幫主，免不了整天混跡於青樓妓寨，這樣的男人你也不在乎？我在洛陽就認識洪邪，親眼見過他幹的那些逼良為娼的勾當！」

任天琪不以為然地笑道：「三哥你不也常常在青樓廝混，我看也不算什麼壞人啊。你對別人是好是壞我不管，我知道你對我好就行了。」

「那不一樣！」任天翔急道，「我對你好，那是因為你是我唯一的親人，我們從小一起長大，是至親兄妹。洪邪是你什麼人？你認識他才多久？你就相信他會一輩子對你好？」

「我相信！」任天琪堅定地點點頭，「邪哥沒有向我隱瞞過去那些荒唐事，那是因為他沒有遇到我，他向我保證過，只要我嫁給他，他不會再去青樓妓寨，更不會多看別的女人一眼。」

「這種騙小女孩的鬼話你也信？」任天翔連連苦笑，「這種話，你三哥也對別的女孩子說過，但從來就只是說說而已，你真以為男人會為一個女人放棄所有女人？要狗不吃屎容易，要男人不花心不好色，那比登天還難！」

「照你這麼說，這世上就沒一個好男人了？」任天琪天真地質問。

「好男人也好色，但是他會為了妻子兒女管住自己。好男人與壞男人的區別不是好不好色，而是他有沒有責任感，重不重感情。」任天翔耐著性子諄諄教導道，「你三哥雖然也被人稱為花花公子，但從不幹逼良為娼、搶男霸女的勾當。而洪邪幹這些事卻是家常便飯，他是一個心如鐵石、冷酷無情的狠角色，你在他面前就像是個毫無戒備的小羔羊，遲早被他吃得一乾二淨。」

「是誰在背後這麼說我壞話啊？」隨著一聲譏誚和喝問，就見洪邪施施然從街角轉了出來，他雙目炯炯地打量著任天翔，眼中滿是不屑和嘲笑。

「你怎麼跟來了？我不讓你在後面等著嗎？」任天琪責怪道。

「我這不是怕你有危險嘛？」洪邪換上一副關切的表情，可憐巴巴地道，「你去了這麼半天，我怎麼放心得下？萬一那醉漢對你不利，而我又不在你身邊，豈不危險得很？」

任天琪眼中閃過一絲感動，柔聲道：「我沒事，你先回去吧。」

洪邪不挪步，卻不懷好意地打量著任天翔，故意問道：「這位是誰啊？我好像在哪兒見過？」

任天翔知道他已經認出了自己，不由喝道：「洪邪！你少給我裝蒜！離我妹妹遠點，不然我不會放過你！」

「他是你哥？」洪邪轉問任天琪，見少女點了點頭，他頓時滿臉驚喜，畢恭畢敬地對任天翔鞠躬一拜，「琪妹的哥哥自然就是我洪邪的哥哥，小弟這廂有禮了！」

任天翔一把將少女拉到自己身後，對洪邪厲聲喝道：「我絕不會讓天琪嫁給你，你別他媽做春秋大夢了！」

洪邪慢慢抬起頭來，眼中滿是譏誚和調侃：「你妹妹我娶定了，誰也不能阻止！」

洪邪眼中的挑釁激怒了任天翔，使他徹底失去了冷靜，他怒不可遏地一拳擊向洪邪的面門。以洪邪的武功原本可以輕易避開，但他卻不避不讓，任由任天翔一拳擊中自己鼻子，他趁機以內力震破鼻腔血管，跟著捂住鼻子踉蹌後退。

「這一拳，我會在你妹妹身上找回來！」洪邪故意悄聲挑釁。氣得任天翔衝上去又是一陣拳腳，洪邪卻概不還手也不躲閃，故意讓任天翔劈頭蓋腦打得鼻青臉腫。

「快住手！」任天琪急忙攔在二人中間，將氣得渾身哆嗦的任天翔推開，然後掏出手絹為洪邪止血，並關切地問，「你怎麼樣？為什麼不躲？」

洪邪滿臉無辜地苦笑：「我以前幹過不少傷天害理、荒淫無恥的勾當，實在對不起琪妹，受點懲罰也是應該。我知道你哥哥這樣對我也是為你好，所以我不能躲，只要能讓他消氣，接受我這個妹夫，就是打死我都願意。」

任天琪又是心痛又是感動，含淚嗔道：「你真傻！」

任天翔見洪邪如此詭詐，自己的努力不僅沒能說服天琪，反而令她對洪邪更加死心塌地。他再抑制不住胸中怒火，指著洪邪喝道：「你願意為我妹妹死是吧？好！我如你所願！」說著，他向崑崙奴打了個手勢，以吐蕃語下令：「殺！」

兩個崑崙奴早在一旁虎視眈眈，一旦得到命令，當即一衝而出，兩柄短刀猶如蛇信，分左右直刺洪邪腰肋。這二人出手與任天翔有天壤之別，招招都是要命的殺著，洪邪不敢再裝可憐，趕緊縮身閃避。

崑崙奴兄弟猶如兩隻餓狼，從兩側向洪邪發出致命的攻擊，洪邪左擋右閃，卻哪裡擋得住兄弟二人暴風驟雨般的攻擊。數招之間便被刀鋒所傷，不斷有血珠飛濺而出。

「住手！快住手！」任天琪見洪邪危險，突然奮不顧身撲入戰團，毅然擋在洪邪身前，完全封死了崑崙奴出手的線路，並對任天翔嘶聲高呼，「你要殺他，就先殺了我吧！」

崑崙奴兄弟知道這少女是主人的妹妹，不敢再貿然出手，只得將目光轉向主人。

任天翔沉聲道：「天琪，這混蛋是隻白眼狼，今天我要不替你除掉他，以後你一定會被他吃得連骨頭渣都不剩。」

「我願意！」任天琪滿臉通紅，對任天翔厲聲喝道，「你要還是我哥，就不要再管我的事，不然我永遠都不會原諒你！」

望著妹妹攙著受傷的洪邪一步步離去，任天翔氣得一拳砸在牆上，手被石牆震得血流如注也毫無所覺。他原本以為只要見到天琪，將洪邪的真面目告訴她，就可以讓天琪遠離那混蛋，卻沒想到最終適得其反，不僅未能說動天琪，還讓她對洪邪的感情因自己的阻止而變得更加牢固。

看來，只剩下最後一個辦法了！任天翔在心中暗嘆。

照著季如風留下的地址，任天翔找到那家不起眼的小酒館，那是一家偏僻冷清的酒館，大堂中只有三四張搖搖晃晃的桌子，既簡陋又破敗。還不到吃飯的時間，所以店中除了一個伏在櫃檯後打盹的猥瑣的老頭，沒有一個客人。

任天翔拍拍桌子，對睡眼惺忪的老掌櫃道：「我要九十九年的狀元紅，有沒有？」

老掌櫃眼神一亮，睡意倏然而沒，點頭道：「九十九年的狀元紅不是尋常之物，不知客官為何要它？」

任天翔照著季如風留下的暗語道：「江湖救急！」

老掌櫃再無懷疑，抬手示意：「客官裏面請。」

任天翔示意崑崙奴兄弟留在外面，然後隨老掌櫃進了後院。但見後院除了廚房茅廁，還有兩間廂房，老掌櫃示意：「客官請稍候，老朽這就給你準備。」說著帶上房門，悄然而去。

任天翔好奇地從門縫中往外張望，就見老掌櫃在後院最高處升起了一盞大紅燈籠，想必是為傳遞訊息之用。大約等了半個時辰，就聽外面門扉響動，打扮得像個窮酸書生的季如風已推門而入。

「若無急事，你不要輕易來這裏。」季如風進門後就提醒道，「這是我苦心經營多年的聯絡點，就連姜振山都不知道。」

「我有急事！」任天翔開門見山道，「我需要一筆錢，以及一個跟義安堂沒有任何關係的殺手。」

「殺手？」季如風皺起眉頭，「你打算對付誰？」

「這個你不要多問，你只需幫我找個與義安堂毫無關係，出刀夠準夠快的殺手即可，武功高低倒在其次。」任天翔決然道。

季如風神情略顯不悅：「咱們現在是一條道上的盟友，最重要的是相互信任。你不告訴我原因，讓我如何幫你？」

任天翔趕忙陪笑：「季叔多心了，我將如此重要之事託付給你老，就是對季叔最大的信任。不過，這是我自己的事，所以我希望靠自己的力量去完成，這就當是又一次考驗吧。」

季如風默然片刻，終於點頭答應：「既然是你自己的事，所有的開銷就都要你自己去承擔。現在義安堂因楊家的打壓，各種生意都十分艱難。雖然我有權支配總舵部分財物，但也不能拿兄弟們的血汗錢隨便給你玩。」

任天翔沒想到季如風會來這一手，不過他也理解季如風的顧慮。他在心中算了算洛陽那邊大概的收益，應該夠他還這筆額外的開銷，便笑道：「沒問題，不過我沒帶那麼多錢，季叔得先替我墊上。」

季如風淡淡問：「你用什麼來擔保？」

任天翔一愣，遲疑道：「你看我有什麼值錢的東西？季叔儘管開口。」

季如風將任天翔上下一打量，木然道：「除了義安堂少堂主這身分，只怕你也沒什麼值錢的東西了。如果你還不上，就拿那片代表任堂主臨終遺托的玉片抵債吧。」

任天翔心中又是一跳，看來季如風對那塊玉片的興趣，並不在司馬瑜和公輸白之下。不過再珍貴的東西與妹妹的幸福比起來，也是微不足道，所以他毫不猶豫地答應下來：

「沒問題，一言為定！我等你消息！」

驪山太真觀，因貴妃娘娘曾經在這裏出家而變得尊崇無比，尤其每年這個時節，貴妃娘娘都要輕車簡從到觀中小住幾日，更讓太真觀成為了皇家專屬的修行之地。

「快快清潔打掃，尤其後院所有廂房和雅居，必須以龍涎香細細薰蒸。娘娘明日就要到太真觀清修小住，任何人不得有絲毫失禮和懈怠。」

一大早，太真觀住持宮妙了就在裏外忙碌。作為貴妃娘娘曾經的道門師傅，她在同道中有著無比的尊崇，但同時也擔負著更多的責任。像這每年都免不了的接待，便是她一年中的頭等大事。

「師傅，昨日那個到觀中為爹娘做道場的任公子怎麼安排？」大弟子慧心在問。

宮妙子躊躇起來，按說貴妃娘娘駕臨，太真觀不容任何閒雜人等逗留，不過那個任公子出手實在豪闊，令見過大場面的她也難以拒絕。

太真觀雖有皇家供奉，但畢竟只是個普通道場，不能像玉真公主修行的道觀那樣大肆鋪張，因此開銷上一直很拮据。而宮妙子一直有野心將太真觀擴建為道家名觀，所以對資金一直很看重。

躊躇良久，她終於想到個權衡之計，便對慧心小聲吩咐：

「你讓任公子和他那兩個隨從，暫時扮成個火工道士在外館居住，不得進後院一步。待娘娘走後，再繼續為他的爹娘做道場。」

太真觀雖然是女道士修行之所，不過很多粗活以及看門護院的重任，卻也少不了身強力壯的男人，所以宮中也有不少火工道士和護院道士。讓那個任公子暫時扮成道士，倒也不失為兩全之策。

安排完這一切，宮妙子心中卻不禁有些忐忑，畢竟她對那個任公子並不瞭解，更不知道他的身世和來歷，不過看在錢的份上，她只能在心中祈禱，千萬別出什麼亂子才好。

第二日午時剛過，一小隊飛龍禁衛便護佑著一乘軟轎來到了太真觀。觀中自觀主宮妙子以下，皆到觀門外迎接。在煌煌皇家威儀面前，即便是方外修行之人，也不得不暫時放下世外高人的身段。

小轎尚未停穩，宮妙子便急忙上前，屈身拜道：

「貧道宮妙子，給貴妃娘娘請安！恭迎娘娘臨幸太真觀，祝娘娘千歲千歲千千歲！」

轎簾撩起，素衣如蘭的楊玉環已低頭而出，但見她頭上除了一根挽髮的玉簪，並無多餘飾物，面上也沒有任何脂粉裝飾，卻依舊溫潤白皙，光彩照人。尤其柳眉下那雙似嗔似怨的眸子，彷彿深藏著千言萬語，令人有種不由自主沉溺其中的危險。

見宮妙子拜倒在自己面前，她急忙上前親手攙起：「師傅折殺弟子了，玉環怎敢勞師傅大禮相迎？」

宮妙子急忙再拜：「娘娘早已還俗，貧道豈敢再以師傅自居？」

楊玉環連忙屈身還拜道：「聖人云：一日為師，終身為父。請師傅受玉環一拜。」

就在二人在觀門外客套的當兒，一雙滴溜溜的眼睛正隱在太真觀的高牆後，正透過琉璃瓦的縫隙向外張望。

雖然宮妙子已嚴令閒雜人等回避，但這命令怎能約束得了別有用心的任天翔？只見他站在崑崙奴兄弟的肩上，剛好搆到高牆的琉璃瓦，這個精心挑選的位置，正是偷窺貴妃娘娘的好去處。

就見楊玉環在宮妙子的引領下，由觀門外徐徐行來。雖然還看不清她的面容，但那一步三搖、風擺楊柳的手姿，令任天翔的心也不由自主跟著她的款款蓮步蕩漾起來。

就見兩旁迎候的眾道姑也都看傻了眼，呆呆的目光全落在楊玉環身上，一瞬不瞬地追隨著楊玉環的身影，全然沒了出家人該有的矜持和淡定。

楊玉環對眾道姑的目光似見怪不怪，坦然自若地從她們中間穿行而過，款步走向觀門。

任天翔剛開始被眾道姑擋住了視線，只能看到楊玉環綽約的身影，直到她越過眾道姑的迎候，任天翔才終於看清了她的面容。

他只感到眼看所有的景物盡皆消失，眼中就只有楊玉環那燦若明月般的面容，就在此時，楊玉環似有所覺地往任天翔藏身處望了一眼，目光有如實質般越過十餘丈距離，準確地射中了那雙偷窺的眼睛。

任天翔渾身如遭雷擊，身子一軟便往後倒，身不由己從牆上摔了下來。幸虧崑崙奴兄弟反應迅捷，急忙伸手將他接住，總算沒有讓他摔個半身不遂。

見主人兩眼癡迷地望著虛空，崑崙奴兄弟急得哇哇呼叫。好半晌任天翔才元神歸位，急忙對崑崙奴兄弟道：「快！快扶我上去再看一眼。」

崑崙奴兄弟急忙蹲下身子，任天翔忙踩上二人肩頭，依舊由兄弟二人送上牆頭。

任天翔急忙往觀門方向張望，卻見楊玉環已經在眾道姑的蜂擁下，徐徐進了觀門，再看不到任何背影。

任天翔失望地嘆了口氣，在心中連連感慨：我的個乖乖！果然不愧是天下無雙的大美女！雖只是遠遠地看了一眼，也差點要了本公子小命，難怪皇上會為她神魂顛倒，連人倫綱常都已不顧。

掐指算來，她的年紀應該也在三十好幾，可怎麼看也讓人無法猜到她的真實年紀。她的面容依舊如少女般嬌美柔嫩，不過舉手投足間，卻又透著一種悠悠歲月浸潤出的成熟和優雅，那種少女的嬌媚與貴婦的雍容如此和諧地集合於一身，不愧是令一代雄主也不禁沉溺其中的絕世尤物啊。

目送著眾道姑蜂擁貴妃娘娘進了後院，任天翔這才從崑崙奴兄弟肩上跳下來。他正忍不住向崑崙奴兄弟用吐蕃語形容楊玉環之美，卻發現兄弟二人正尷尬地望著自己身後。任天翔回頭望去，就見一個十七、八歲的年輕道姑，正滿臉鄙夷地瞪著自己。

任天翔正要解釋，就見對方一聲冷哼，抬手便抽出背後長劍：「大膽狂徒，竟敢違抗觀主之命在此偷窺，還不快束手就擒，讓貧道綁了交給觀主處置。」

任天翔不以為然地笑了笑：「姑娘，俺只是一時好奇，用不著這麼大驚小怪吧？我相信是個男人都想看看貴妃娘娘長什麼樣，甚至女人也不例外。我相信你也想知道貴妃娘娘究竟有多美吧？」

見對方似有所動，任天翔湊近一步，詭秘地笑道：「過來，我告訴你一個秘密，是我剛剛才發現的，與貴妃娘娘和你都有關的秘密。」

那道姑猶豫了一下，不過天性中的好奇終究占了上風，果真將身子稍稍湊近了一點。就聽任天翔一本正經地道：「我剛剛才發現，其實你比那名傳天下的貴妃娘娘美多了。這秘密你可千萬別告訴別人，不然我就死定了。」

那道姑一愣：「為什麼？」

任天翔可憐巴巴地道：「要是這秘密讓皇上知曉，他一定將你關進深宮，從此萬千寵愛集於一身，再不讓旁人多看一眼。我為了再看你一眼，不得不每天等在禁宮之外，好不容易等到你出來，誰知剛看了一眼就被人發現，將我抓到皇帝面前，問了個偷看娘娘之罪，當場推出午門斬首示眾。」

小道姑紅著臉啐了一口，這才明白任天翔是在變著法子誇自己。雖然她不敢相信自己會比貴妃娘娘還美，不過好話誰都愛聽，她心中頓時對任天翔多了幾分好感。想到真要將任天翔交到觀主那裏，萬一讓皇上知曉，就算不至於殺頭，他也必定遭受重罰。

想到這，她便收起劍，紅著臉低聲道：「你……走吧，我可不想你為了偷看我一眼而送命。」

「不行，我不能走！」任天翔再湊近一步，「我要是就這樣走了，也必定是個死！」

「為什麼？」小道姑有些莫名其妙。

「因為，我要不知道你的名字，回去後一定會朝思夜想，輾轉反側，拼命去猜去想你的名字。」任天翔一本正經地道，「可惜我很笨，怎麼也猜不到，最終抑鬱成疾，一命嗚呼。橫豎我早晚是死，你不如現在就一劍殺了我吧，這樣，我以後就可以一直跟在你身邊，你睡覺的時候，我給你托夢，你走路的時候，我在你後面幫你擋風，你吃飯的時候，我看著你吃，就是你去茅廁……」

「你別再說了！」小道姑臉都嚇白了，從小就在太真觀長大的她，哪裡遇到過任天翔這樣的浮滑浪子，頓時亂了方寸，趕緊問，「我告訴你名字，是不是你就不用死了？也就不用在死後跟著我了？」

任天翔笑著點點頭：「那是自然。我都知道了你的名字，以後咱們就是朋友。是朋友就要相互幫助，有朋友幫助，我當然不用死了，就算我想死，也必須先告訴你這個朋友不是？」

小道姑想了想，終於一跺腳：「我叫慧儀，你……你以後不准來找我！」說完轉身就跑，似乎生怕再被這個無賴給纏上。

慧儀！任天翔在心中默默念了一遍，立刻就記住了這個名字。雖然這小道姑沒法跟貴妃娘娘比豔，不過難得的是天真爛漫，也沒有世俗中那種庸俗的脂粉氣，所以任天翔才忍不住向她索問名字。

這要在別的女人，一定有無數個辦法來回絕，也只有單純如她，才會不得已將名字告訴任天翔。看來我在這太真觀，又多了個可以信賴的朋友，我的計畫定能完滿實現。任天翔想到這，心中不免得意，對即將進行的計畫充滿了信心。

入夜的太真觀，燈光如晦，暗淡昏黃。

雖然宮妙子已經十分用心，但是太真觀還是不及皇城舒適奢華，不過楊玉環卻還是喜歡這裏。只有在這供奉三清的方外之地，她才可以忘卻宮廷中的爭媚固寵和陰謀詭計，以及永無休止的爭權奪勢和勾心鬥角，只有在這裏，她才不必擔心那不知來自何方，令人防不勝防、心力俱疲的明槍暗箭。

雖然已是三千寵愛集於一身，雖然以她為首的楊家已經是大唐帝國第一豪門，但她知道，這種地位和權勢來得容易，去得也可能會更快，所以她每年總是要離開那權力中樞幾天時間，除了是因為懷念那一生中不多的一段修行日子，也是為休整身心，並借機看清哪些人會在自己背後使壞。

不過，即便是在這方外之地，也無法避免紅塵俗世的陋習。這裏每一個人，包括師傅宮妙子，從來就沒有將她當成一個普通的求道者，而是將她視為大唐皇帝的附庸和替身，而實際上也正是如此，如果拿掉附在她身上的貴妃光環，也許她就什麼也不是。

每想到這，楊玉環就萬般無奈，唯有竭盡所能保住這個身分和附著在這個身分上的種種光環。要做到這點，就必須時時讓那個人對自己始終保持新鮮感，而偶爾離開幾天，拉開一點與他的距離，也正是她的小手段之一。

「娘娘，夜深了，早些歇息吧。」侍兒在一旁小聲提醒。

「我睡不著，想出去走走。」楊玉環卸掉髮簪，將如瀑的長髮披散下來，然後用彩繩將長髮稍稍挽起，恢復了做姑娘時的髮式。

「娘娘，這兒雖不是宮中，卻也不該壞了觀中的規矩，不然傳到不相干的人耳朵裏，又不知會生出怎樣的閒話。」侍兒小聲提醒道。也只有這個跟了她五、六年的小丫頭，才敢跟貴妃娘娘這樣說話。

「咱們就在後院走走，多大個事？」楊玉環嗔道，「整天在宮中像個囚犯，不得輕易出宮門半步，現在好不容易出來了，你還拿宮中的規矩來壓我？」

「侍兒哪裡敢？奴婢只是怕……」

「好了好了，咱們悄悄地出去，再悄悄地回來，神不知鬼不覺。」見侍兒情有所動，楊玉環輕輕環住她的脖子，在她耳邊軟語相求：「好侍兒，乖侍兒，姐姐求你了。」

侍兒無奈嘆了口氣：「待侍兒出去偵察一下，將不相干的人都支走。」

侍兒出門後，將門外伺候的宮女內侍紛紛打發走，這才回頭向屋內招了招手。

楊玉環換了身素雅輕便的衣衫，悄然隨侍兒出了蘭房。但見外面月明星稀，微風習習，是個難得的好天氣。

楊玉環貪婪地呼吸著帶有花香的空氣，不禁喃喃感慨：「這裏的花香比宮中溫馨多了。」

侍兒啞然笑道：「娘娘又在亂說，宮中的花草是全國各地進獻的珍稀品種，這小小道觀怎麼能與之相提並論？」

楊玉環知道沒法跟這沒心沒肺的小丫頭解釋清楚這其中的差別，也懶得多費口舌。她貪婪地順著後院那些不知名的花草嗅過去，心情感到從未有過地舒暢。不過這好心情沒有維持多久，就被後院外隱約飄來的琴音徹底破壞。

行刺

第四章

就在這時，突見三清殿上方房梁之上，
一個黑影如鬼魅般飄然落下，人未至，
一道刀光已直指楊玉環胸膛，並伴著一聲厲喝：
「妖婦，納命來！」
這一下變化突然，眾人盡皆僵立當場。

楊玉環從小精習音律和舞蹈，尤其對音律最是敏感。這後院外飄來的琴音，手法幼稚粗糙，毫無音律的美感，令人心生煩躁，好心情頓時被它破壞殆盡。不過聽那弦音，那琴卻是難得一見的珍品，如此珍品卻被如此幼稚的手法彈奏，不禁讓人感慨暴殄天物。

侍兒也聽不下去，忍不住罵道：「哪個混蛋半夜三更還在彈琴？彈得還這般難聽。我讓觀主將他趕走！」

楊玉環連忙阻攔：「算了，不是每個人都能像李龜年那樣善於操琴，況且，妙絕天下的琴音，也是從嘔啞嘲哳而來。聽這琴聲像是個初學者在練習，手法幼稚粗糙也就可以理解了。不過那琴卻像是出自長樂坊的極品，這等名琴不是初學者可以操弄，真是奇怪。」

「估計是個錢多了燒得慌的主兒，以為買把好琴就可以成名師。」侍兒滿是鄙夷地冷哼道，「這水準也敢彈琴，侍兒都比他彈得要好。」

「要不，你去教教他！」楊玉環童心頓起，慫恿道，「讓他見識一下，什麼才是真正的彈琴。」

「別！」侍兒連忙擺手，「深更半夜，我才不想讓人誤會。」

「這太真觀大多是女道士，其中不少是富貴人家的千金小姐，有什麼可誤會的。」楊玉環拉起侍兒就走，「咱們偷偷去看一眼，也無需暴露身分，誰知道你侍兒是誰？」

侍兒被逼不過，只得隨楊玉環來到後門。

後門是從裏面插上，要出去倒也不難。二人悄悄打開後門，借著如銀的月光循聲而去，但見後山一座古樸雅致的涼亭中，一個道士打扮的少年正全神貫注地垂手撫琴。他的神情是如此專注，以至於有人來到近前也不自知。

二人悄悄接近，借著花草樹木的掩護遮住身影，然後從樹木縫隙中望出去。就見那少年手下果然是一副長樂坊出產的名琴，不過在他那生疏幼稚的手法操弄下，只發出一串不成曲調的琴音，實在讓人為那琴叫屈。

侍兒再忍不住，一聲嬌斥從藏身處跳出來：「喂，彈不來就不要勉強，實在是虐待別人的耳朵。」

那少年嚇了一跳，慌忙長身而起，目光落在侍兒身後的楊玉環身上，頓時目瞪口呆，傻在當場。

楊玉環見多了這樣的男人，臉上一紅正要回避，卻見那少年「撲通」一聲跪倒在地，納頭便拜：「神仙姐姐在上，小、小人不小心冒犯姐姐，實在罪該萬死，還、還望姐姐恕罪！」

憑著貴妃娘娘的光環，楊玉環見慣了別人在自己面前的惶恐模樣，不過其他人大多尊稱「貴妃娘娘」，這少年為何卻稱自己為神仙姐姐？她很快意識到是自己身著素袍，身上也沒有任何耀眼的飾物，想來這少年並沒有認出自己的身分來歷。

「我不是神仙，」她皺起眉頭，反詰道，「你看我哪裡像個神仙？」

少年抬頭將她細細打量片刻，紅著臉連連搖頭：「姐姐騙人，不是神仙怎麼可能有這般漂亮？」

「放肆！」侍兒大聲呵斥，「不開眼的東西，見了……」

楊玉環急忙示意侍兒不得暴露身分，總算將侍兒後面的話給截住。

這時那少年目光總算轉到侍兒身上，眼中閃過同樣的驚訝：「姑娘一定就是神仙姐姐身邊的小仙女吧？難怪也這般好看。」

侍兒一向在宮中伺候貴妃娘娘，平日裏見到的除了太監就是宮女，從沒有誇過她長什麼樣，今聽一個陌生男子如此誇讚自己，自然是又驚又喜，連忙追問：「我真的很好看？」

少年肯定地點點頭：「你比那畫上的美女還要好看，除了天上，我實在想不出凡間哪裡還有這等好看的女孩子。」

侍兒笑了起來：「我生活的地方，也確實不是尋常人間。」

楊玉環打量著那架不多見的名琴，奇道：

「我看你也是剛開始學琴，怎麼會有長樂坊出產的名琴？而且看這成色，起碼在二十年以上，初學者實不該以這琴練手。」

「姐姐果然是神人！」少年恭敬一拜，「實不相瞞，我其實只在小時候跟我娘學過幾天琴，今日是因為思念我娘，所以才妄動此琴，希望能重溫我娘教我時的溫馨。」

見楊玉環露出探究之色，少年臉上泛起一絲悲切，黯然道：

「這琴其實是我娘留給我的傳家之物，平日一直細心收藏，從不敢亂動。不過今日是我娘祭日，所以拿出來撥弄，以寄託我對我娘的思念。可惜這琴當年在我娘手中，猶如天籟之音，到了我手裏卻怎麼也不成曲調，真後悔當初沒跟我娘好好學學。」

這話半真半假，也不完全是瞎編。他年幼時也確實隨母親學過琴，而且他母親也確實已經過世，所以這話說來情真意切，不容人不信。

不用說，這少年自然就是別有用心的任天翔，自得知貴妃娘娘住進了太真觀，他就已經盤算好至少三種與之相見的辦法，用琴聲將她引來，這只是其中最簡單的一種，沒想到會這般順利。

見她問起這琴，任天翔心中暗笑：幾千貫錢買來的名琴啊，常人一輩子也賺不到這麼多，還好這大美人識貨，不然可就白瞎了。

聽到任天翔的解釋，楊玉環心下釋然，頓為這少年的孝心感動。

任天翔見狀，忙小心翼翼地徵詢道：「神仙姐姐一定也精通音律，能否替我奏上一曲，以表達我對我娘的思念？」

楊玉環正待推辭，侍兒卻在一旁慫恿道：「姐姐就彈上一曲，讓這沒見過世面的傻小子，知道什麼才是真正的天籟之音。」

名琴當前，楊玉環也不禁有些手癢，見這少年神情殷切，她便半推半就地點點頭：「我試試看，很久不曾撫琴，只怕已經手生了。」

侍兒連忙將亭中座椅抹淨，這才請娘娘落座。但見楊玉環手撫琴弦靜默良久，然後才輕輕撥動琴弦，就聽音符如一顆顆珍珠，從她纖纖十指間從容迸出，令人心神為之一振。

楊玉環的琴技只能算嫺熟流暢，還沒有達到真正的高絕境界，不過也足以令任天翔心旌搖曳，在心中連連讚嘆：乖乖，比當年宜春院的當紅姑娘也不差多少，她要到宜春院去坐檯子，必定是當仁不讓的頭牌。全長安，不，整個大唐帝國的有錢人，恐怕都要排著隊到宜春院捧場。

楊玉環只是專心撫琴，哪知道這少年的齷齪心思。

一曲末了，任天翔已是熱淚盈眶，不等餘音散去，他已一拜倒地：「多謝神仙姐姐，讓我再聞天籟之音。這琴聲與我娘當年幾無二致，總算讓我得償心願！」

侍兒笑道：「你這傻小子不知是哪輩子修來的福氣，居然能讓我們貴……姑娘親自為你奏琴。你要真心感謝，就將這琴送給我們姑娘吧，這琴留在你手裏真算是明珠投暗了。」

任天翔大喜過望，連連點頭：「這琴在神仙姐姐手中，才算是遇到明主。若能將此琴獻與神仙姐姐，那是我一生最大的榮幸！」

侍兒故意調侃道：「這琴怕是要值不少錢，你捨得？」

任天翔急忙表白：「今日能得見神仙姐姐，那是我天大的幸運，若能將此琴奉獻給姐姐，更是我莫大的福分，有何捨不得？」

楊玉環悄悄擰了侍兒一把，對任天翔笑道：「這琴是你娘留給你的遺物，我怎敢接受？你還是自己留著吧，你的好意我心領了就是。」

任天翔還想再說什麼，侍兒已笑道：「這琴在你們凡人眼裏雖然珍貴無比，但在我姐姐眼裏卻是不值一提。所以你也不用再客氣了，我姐姐是不會要的。」

任天翔滿是遺憾地收回琴，神情略顯尷尬。楊玉環見狀笑問：「你是哪位師傅的弟子？道號怎麼稱呼？」

任天翔吶吶道：「在下、在下是觀主宮妙子師傅的弟子，道號、道號慧聰。」

楊玉環見他吞吞吐吐，奇道：「看你言談舉止，不像是出家多年的有道之士啊，新來的？」

任天翔忙道：「不敢欺瞞神仙姐姐，我其實不是出家人。那個慧聰的道號，也是觀主臨時給我取的。」

見楊玉環與侍兒皆露出探究之色，任天翔急忙解釋道：

「我原本是來太真觀為早逝的爹娘做道場，哪想觀中近日有貴人到訪，聽說好像是當今皇上最為寵愛的楊貴妃，所以觀主就讓我暫時扮成道士，以免驚擾了貴妃娘娘。我這個道士其實是假的，讓神仙姐姐見笑了。」

楊玉環與侍兒對望一眼，都從彼此眼中看到了忍俊不禁的笑意。侍兒對任天翔調侃道：「你見過貴妃娘娘嗎？她漂不漂亮？」

任天翔傻傻地搖搖頭：「我沒見過，只聽說她是天下第一的大美人，不過我想她再漂亮，最多也只是凡間第一，沒法跟神仙姐姐相比。」

楊玉環與侍兒不禁相視而笑，侍兒促狹地問：「要是貴妃娘娘跟我姐姐一樣漂亮呢？」

任天翔連連搖頭：「不可能！不可能！凡人怎麼能跟神仙相比？她要有神仙姐姐一半漂亮，以後我就……我就……」

「你就怎樣？」侍兒故意追問。

「我就給她當牛做馬，一輩子都任她打罵役使！」任天翔一本正經地道。

「那你可要記住自己的話，別到時候反悔啊！」侍兒還想繼續逗這傻瓜，卻被楊玉環悄悄擰了一把，這才收起戲謔之心。

楊玉環原以為這少年是觀中道士，所以才毫無防備，如今得知他竟是個俗人，再與之接觸就多有不便，所以便起身告辭。

任天翔見她要走，忙問：「不知何時還能再見姐姐，再聞姐姐妙絕天下的琴音？」

侍兒斥道：「你既知我們不是凡人，僥倖得見已是萬幸，你還要得寸進尺？」

任天翔囁嚅道：「我聽到姐姐的琴音，便不由自主想起了過世的母親，所以才……」

他欲言又止，可憐巴巴地望向楊玉環，眼中那種企盼和希冀，令人不忍拒絕。

楊玉環略一遲疑，這才道：「我可以再見你一次，不過，那將是最後一次，你得答應將今晚之事全部忘掉，不得對任何人提起。」

任天翔急忙點頭：「答應！我答應！」

攙扶著楊玉環離開涼亭後，侍兒忍不住小聲問：「娘娘真要再見他一次？」

楊玉環眼中閃過一絲惡作劇的笑意：「我想知道，當他得知貴妃娘娘竟跟他心目中的神仙姐姐生得一模一樣，他會是什麼表情？」

侍兒忍不住咯咯大笑：「他還說娘娘要真有神仙姐姐那麼漂亮，他就給她當牛做馬，一輩子供她打罵役使。我看不如就將他淨了身帶回宮裏，留在娘娘身邊伺候。」

楊玉環意味深長地白了侍兒一眼：「我看是你想將他帶回宮裏吧？方才看別人時，眼珠子都差點掉了出來。」

「我哪有？」侍兒大窘，連忙分辯，「我只是看他呆頭呆腦，弄回去可多個逗趣的活寶。你不知道侍兒整天對著那些口蜜腹劍、醜惡詭詐的老太監，煩都煩死了。」

「那何必將他帶進宮？淨了身後，跟其他太監也就沒有多大區別了。」楊玉環調侃道，「不如我讓皇上下道聖旨，將你早些打發出宮，你就可以去找他了。」

「娘娘又在戲弄侍兒，不理你了！」侍兒滿臉通紅，不敢再多說半個字。

楊玉環卻不依不饒，故意調笑挑逗。

侍兒大窘，反擊道：「我知道娘娘為何答應再見那小子，你是想讓他知道神仙姐姐跟貴妃娘娘其實是一個人。他不發誓要貴妃娘娘有他的神仙姐姐那麼漂亮，就願終身為奴，在娘娘身邊侍候嗎？娘娘莫非就是想將他淨身後留在身邊？」

楊玉環心中一動，沉吟道：「要是他真願為我淨身入宮，我還真想將他留在身邊使喚。宮中那些太監沒一個算得上我的心腹，這孩子倒是可以培養培養。」

侍兒見貴妃娘娘說得認真，不敢再開玩笑，小心建議道：

「那就等娘娘下次見他時跟他挑明，他要信守諾言，自願淨身入宮侍候娘娘那是最好，不然就問他個欺上之罪，給他吃點苦頭，免得他以後再信口開河。」

楊玉環似笑非笑地問：「你捨得？」

侍兒急忙表白道：「無論誰敢欺騙娘娘，侍兒都恨不能割了他的舌頭，何況只是個不相干的外人。」

楊玉環抬手在侍兒臉蛋上擰了一把：「算你這丫頭有良心，姐姐沒白疼你。」

二人一路說笑，原路回到了太真觀。

就在兩個女人離開涼亭之後，一個黑影從涼亭上方的陰暗角落滑落下來，像個幽靈般悄無聲息。

任天翔對此似乎並無意外，目視楊玉環離去的方向淡淡問：「看清楚了？」

黑影隱在月光照不到的角落，啞著嗓子反問：「你為何不下令動手？」

任天翔搖搖頭：「現在不是最好的時機，達不到應有的效果。」

「什麼時候才是最好的時機？」黑影不悅地追問。

「快了，你等不了多久。」任天翔無聲一笑，「中間人說你是目前長安最好的殺手，連這點耐心都沒有？」

黑影一聲冷哼：「既然要等，就得按時間加錢，每天一百貫！」

任天翔毫不在意地笑了笑：「錢不是問題，只要你的刀夠快夠準，千萬別出任何差錯，不然你一個銅板也拿不到。」

黑影不悅地道：「這個你儘管放心，道上第一快刀，絕非浪得虛名。」

任天翔點點頭，負手望向楊玉環離去的方向，淡淡道：「事成之後，你必須立刻離開長安，最好永遠都不要回來。」

第二天一早，宮妙子早早來到貴妃娘娘的蘭房外請安，誰知娘娘尚未起床，只讓身邊的宮女侍兒出來交代：「娘娘說了，每次來太真觀，都給大家添了不少麻煩，為了表達對太真觀道友的歉意，娘娘決定每人打賞一套全新的道袍和鞋襪，請觀主將所有道友的名號和道袍尺碼報上來。」

宮妙子大喜過望，連忙謝恩而去，不到一個時辰，就將觀內所有人的名號報了上來。此時娘娘方才起床，就見她邊在侍兒的服侍下用著早點，邊翻看著那一張寫滿名號的名單，看罷突然問：「怎麼少了一個叫慧聰的道友？他莫非不是太真觀的人？」

宮妙子一愣，實不知娘娘怎麼會知道那個假冒道士的慧聰，她不敢細問，只吶吶道：「這個、這個……大概是下面的人辦事不小心，給遺漏了。」

「以後千萬不可如此大意。」楊玉環意味深長地笑了笑，將名單還給宮妙子，「你拿去再核對一遍，萬不可遺漏任何一人，不然讓人心生怨憤就不好了。」

「是！」宮妙子額上冷汗涔涔而下，不禁為貴妃娘娘耳目之廣感到恐懼，她不敢再耍花樣，老老實實將慧聰的名字給加上後，再將名單送了上來，陪著小心解釋道，「那慧聰原本不是觀中道友，只是……」

侍兒抬手打斷了她的解釋：「娘娘已經知道，你不必再多做解釋。娘娘並沒有怪罪，只是吩咐下來，以後再來觀中小住，希望一切如常，觀主不必為娘娘趕走其他香客。」

宮妙子急忙一揖：「貧道遵旨！」

侍兒收起名單，又道：「這批道袍過兩天便會送來，屆時娘娘將親手分發到觀中所有道友手中，以示對諸位道友的尊重。這期間讓大家不要離開，以免到時候找不到人。」

宮妙子連忙答應，陪著小心匆匆告退，離開後院後一直沒想明白，貴妃娘娘怎麼會知道那個臨時留下來的任公子？

皇家辦事效率極高，不過七天時間，那批新趕製的道袍就已經送到觀中。宮妙子親自住持贈袍大典，由貴妃娘娘將每一件道袍，親手分發到觀中所有道姑和道士手中。

在三清殿前方寬闊的廣場之上，上百名道士道姑肅穆而立，等待著進入三清殿領賞。隨著宮妙子一個個念名，太真觀修行的道姑和負責粗使活的道士們便魚貫而上，在三清殿中拜見貴妃娘娘，並接受娘娘的親手賞賜。

終於念到「慧聰」這名字，侍兒與娘娘不禁相視而笑。

就見前日見過的那個假道士滿臉惶恐地來到三清殿，低著頭不敢看人一眼。侍兒故意喝問：「來的是何人？」

「小人慧聰，拜見貴妃娘娘！」那少年學著身邊另外幾個道士的模樣，恭恭敬敬地拜倒在地。也許是因為假道士的緣故，神情甚是惶恐。

侍兒從貴妃娘娘手中接過道袍，一件件分發到各人手中，然後對眾人道：「你們可以下去了，慧聰道友請留下。」

眾道士滿心歡喜地退了出去，大殿中就只剩下那個叫慧聰的年輕道士。侍兒笑吟吟地問：「傻小子，還記得神仙姐姐答應你的事嗎？」

似乎覺得聲音有些耳熟，那少年終於抬起頭來，當他看到面前的侍兒，不禁瞠目結舌，一時愣在當場。再看到侍兒身後端莊美麗、笑意盈盈的貴妃娘娘，他更是滿臉煞白，僵立當場。

「還記得你當初發下的誓言嗎？」侍兒問道，眼中滿是促狹的微笑。雖然娘娘身邊不乏甘願做牛做馬的奴才，但像這少年那樣，因打賭輸了而做奴才的笨蛋，卻還是頭一個。

見少年呆呆地點了點頭，侍兒故意追問道：「是什麼誓言？你能否再說一遍？」

少年吶吶道：「如果貴妃娘娘有神仙姐姐那麼漂亮，小人願從此做牛做馬，供她任意打罵役使。小人沒、沒想到神仙姐姐就是貴妃娘娘，還望娘娘恕罪。」

侍兒笑語晏晏地擺擺手：「娘娘也不要你做牛做馬，只想召你進宮在身邊侍候，不知你可願意？」

少年頓時僵在當場，他當然知道召進宮的意思，就是要他淨身做太監。他曾預想過各種可能，卻怎麼也沒算到貴妃娘娘竟然要召自己進宮，一時間愣在當場。

侍兒見他猶豫，頓時面色一沉：「你可知欺騙貴妃娘娘，該當何罪？」

任天翔躊躇良久，最後一咬牙，終於決心豪賭一把。他抬頭望向楊玉環，正色道：「小人對神仙姐姐除了敬仰，還有發自內心的愛慕。這種愛慕乃是源自男女之情，小人願為娘娘做牛做馬，卻不願失去這份愛慕之情，請娘娘成全。」

侍兒沒想到任天翔不僅拒絕了淨身做太監，還公然向貴妃娘娘示愛，這要讓別人聽見，不光他小命不保，只怕貴妃娘娘也要清譽受損。她面色大變，斥道：「混賬東西，你、你可知自己在說什麼？」

任天翔坦然望向楊玉環，正色道：「我知道無論是欺騙貴妃娘娘，還是對娘娘產生不該有的愛慕，都是死罪。但小人願以自己性命向神仙姐姐表明心跡，就是寧死也不想失去這份愛慕的本能。」

楊玉環天生麗質，對她心生愛慕的男子多不勝數，但卻很少有人像這陌生的少年般坦誠和真摯，這讓她多少有些感動。正想改變主意放他離開，侍兒已自作主張地高聲呼叫侍衛：「來人！快將這不知禮數的傢伙趕了出去。」

楊玉環知道侍兒是怕自己惱怒問罪，所以在借機保護這少年。她也不點破，任由侍兒將侍衛叫進來。

就在這時，突見三清殿上方房梁之上，一個黑影如鬼魅般飄然落下，人未至，一道刀光已直指楊玉環胸膛，並伴著一聲厲喝：

「妖婦，納命來！」

這一下變化突然，眾人盡皆僵立當場。

唯有離貴妃娘娘最近的任天翔，突然上前擋在貴妃娘娘身前，奮力高呼：「姐姐快走！」

話音未落，那一柄利刀已刺入了他的胸膛。那殺手一招失手，略愣了一愣，就這片刻功夫，聽到呼救的侍衛已蜂擁而上，向黑巾蒙面的殺手包圍過來。

殺手見狀，急忙丟下目標飛身躍上房梁，揭開房頂琉璃瓦一衝而出，待眾侍衛追出大殿，卻哪裡還有殺手的影子。

任天翔捂著刀口慢慢伏倒在地，周圍的混亂和喧囂變得異常遙遠，就像來自另外一個世界一般恍惚。任天翔將傷口緊緊壓在地面，這是那個綽號快刀的殺手教他的辦法，可以阻止大量失血。

他祈禱這一刀能像那殺手保證的那樣，從第五和第六根肋骨之間刺入，雖然刺得極深，卻避開了最致命的心臟，以及胸腔中多處重要的血管，以保證這一刀不會要了自己小命。

不過即便如此，他還是感受到失血帶來的眩暈，神智也漸漸迷糊，在徹底昏迷之前，他隱約聽到貴妃娘娘焦急的聲音：

「一定要救活他，無論花多大代價……」

幽幽黑暗不知持續了多久，任天翔終於從昏迷中醒轉。一睜眼便見一個面容姣好的女子，正關切地望著自己。

見自己醒轉，那女子趕緊退開一步，任天翔這才看清，那是個身材婀娜、容貌清秀的小道姑。

「我、我這是在哪裡？」任天翔吃力地問。

「你是在太真觀外的別館。」那小道姑小聲道，「觀主已經看過你的傷勢，雖然極重，卻沒傷到心臟，也算不幸中的萬幸。」

任天翔已認出，這小道姑就是前日那個要將自己抓去見觀主的慧儀，他勉強笑笑：

「你為何在這裏，是不是害怕我死了，會每天都纏著你？」

慧儀臉上微紅：「是觀主讓我來照顧你，免得你死在觀中，貴妃娘娘定會怪罪。你拼死替娘娘擋了一刀，娘娘下令無論如何也要將你救活，所以你很走運。」

任天翔喘了口氣，又問：「凶手抓住沒有？」

慧儀搖搖頭：「殺手武功極高，而且是有備而來，一擊不中便飄然遠去，在眾多侍衛眼皮底下安然逃脫，真令人氣憤。」

任天翔放下心來，只要快刀不被人當場抓獲，自己的計畫就成功了大半，接下來就要看他的隨機應變了。

他閉上眼歇了片刻，在心中將計畫又重新走了一遍，這才問：「我睡了多久？」

「你昏迷了差不多一天一夜，現在好了，你總算醒過來，我這就去稟報觀主。」慧儀說著匆忙而去，沒多久，果然就將宮妙子帶了過來。

宮妙子先探了探任天翔的額頭，然後將三根手指搭上任天翔手腕，探了片刻脈搏後，她微微頷首道：

「除了失血過多，傷勢已無大礙。那一刀離你的心臟不到半寸，離你胸腔中的大血管不及一分。你的運氣可真是夠好，這一刀無論往哪邊偏上那麼一點點，你都必死無疑。」

任天翔聞言，心中暗自害怕，為了將這苦肉計演好，他不惜買通殺手將刀刺入自己胸膛，幸虧那殺手的手藝過關，不然只要稍微出點偏差，他就成了有史以來第一個買凶刺殺自己的大傻瓜。

與宮妙子一同前來的還有侍兒，見任天翔總算保住了性命，她懸著的心也才稍稍放了下來，示意宮妙子與慧儀先行退下，她這才轉向任天翔，柔聲問：

「你替娘娘擋了一刀，這等忠心令娘娘感動。娘娘讓我問你需要什麼樣的賞賜？無論你想做官還是想入翰林院，娘娘都會想法子幫你辦到。」

見侍兒不再提讓自己淨身入宮，任天翔放下心來，知道自己這一把又賭對了。他吃力地搖搖頭：「我不想做官，也不想入什麼翰林，只想……只想再見神仙姐姐一面。」

侍兒笑道：「我會將你的話給娘娘帶到，不過，神仙姐姐會不會再見你，那就不敢保證了。不過你儘管放心，娘娘絕不會虧待她的救命恩人。你現在安心養傷，等傷好些再說吧。」

侍兒與宮妙子離去後，任天翔心情舒暢，不禁對慧儀道：「我感覺傷似乎好了不少，你能不能扶我起來走走？」

慧儀連忙搖頭：「你才躺了一天，哪能這麼快就好？你千萬不要亂動，小心傷口崩裂，再出危險。」

任天翔稍稍動了動身子，頓覺傷口處痛入心脾，這一刀傷得果然不輕，他只得放棄這個念頭，無奈嘆道：「這麼躺著實在無聊死了，你能不能給我講講故事，我心情一好，傷口也好得快些。」

「我哪會講什麼故事？」慧儀嗔道，「我在觀中每天除了功課，就是打坐靜修或幫師傅煉丹，一年也難得離開太真觀一步，從沒聽過什麼故事。」

「那就講講你的身世吧，像你這麼年輕漂亮的女孩子，怎麼會到太真觀來修道呢？」任天翔好奇地問。雖然道教在當代十分興盛，各大名山名觀也都不乏女道士在修煉，不過像慧儀這樣的妙齡女道士卻還是很少見。

慧儀眼眶微紅，搖頭道：「聽師傅說我是個孤兒，是她在觀門外撿到我，因此我從小就在太真觀長大，天生就是個女道士，也沒什麼身世可言。」

任天翔沒想到慧儀竟是個從小在太真觀長大的孤兒，難怪單純清澈得像個不諳世事的傻瓜。想到這如花少女竟要一輩子侍奉三清，他竟有些為之不平，冷哼道：

「你師傅也真是自私，就算是她將你養大，也不能將你永遠留在身邊，讓你幫她煉丹修行啊！」

慧儀搖頭笑道：「這也不能怪我師傅，因為我師傅在大門外撿到我時，我身上就裹著一件半舊的道袍，而且與我包在一起的還有半塊八卦玉佩，這都是道士用的東西，想來我的父母多半也是道門中人，因此我做個女道士也是順理成章的事。我師傅還希望將來我能繼承她的衣缽，做這太真觀的下一任觀主。」

似乎是怕任天翔不信，慧儀拿出掛在脖子上的一片飾物，那果然是半塊中間鏤有八卦圖案的玉佩，看其質地非常普通，不過因為是與慧儀的身世有關，也難怪她如此珍視，一直將之貼身戴著。

任天翔看到這八卦玉佩，突然就想到了自己手中那兩塊墨玉殘片，暗忖那玉片，是否也像慧儀手中這半塊玉佩一樣，是前人留下來的某種信物，需要全部湊齊才能知道它的奧秘？

慧儀見任天翔盯著自己的玉佩發愣，便將那半塊玉佩遞到任天翔面前，殷切地問：「你說憑著這半塊玉佩，是否能找到我的父母？」

任天翔接過玉佩仔細看了看，心知像這樣的八卦玉佩，多是道門中人的飾物，世上只怕多不勝數，要想找到另外半塊只怕是難如登天，不過他不忍讓慧儀失望，便笑道：「那是自然，你父母一定也帶著另外半塊，只要你們相遇，定會認得出來。」

慧儀聞言甚是開心，不過跟著又滿面陰霾，幽幽嘆道：

「我父母當初將我留在觀門外，一定有萬不得已的苦衷，這麼些年過去，他們一直沒有回來找過我，只怕是已經不在人世。」

任天翔忙寬慰道：「那也未必，他們也許是遇到棘手之事，暫時不能回來找你，也可能他們沒想到你留在了太真觀，總之，這事有千萬種可能，也未必就是你想的那樣。」

慧儀聞言破顏而笑：「希望真如你說的那樣，我總有一天會見到自己的爹娘。」

見慧儀性情如此隨和，任天翔心裏非常高興，很為宮妙子安排她來服侍自己感到慶幸。不過他很快就想到，宮妙子定是見貴妃娘娘對自己如此關切，不知自己與娘娘有多深的淵源，所以才特意派出愛徒來盡心服侍，只盼著讓自己早點養好傷，以便將這次行刺的不良影響減小到最小。

這樣一想，任天翔便心安理得起來，很為宮妙子的安排感到開心。雖然他身邊尚有崑崙奴兄弟服侍，可怎及得上慧儀的細心和溫婉，而且還如此秀色可餐？

在慧儀的精心照料下，任天翔的傷好得很快，第三天便已經可以下地行走。也就在這天，貴妃娘娘突然微服到訪，身邊僅帶著侍兒一人。

貴妃娘娘面上帶著白紗，遮去了她那絕世的容顏，不過依舊掩不住渾身上下煥發出的那種獨特風韻。見到任天翔後，她逕自問：「聽說你想再見我一面？為什麼？」

任天翔急忙拜道：「小人只是仰慕神仙姐姐的絕代風華，不敢肯定娘娘是否與神仙姐姐是一人，所以才想再見娘娘一面，望娘娘恕罪！」

楊玉環淡淡道：「你是我的救命恩人，我該好好謝你才是，再見你一面又何妨？聽說你不要任何賞賜，這倒令人有些難辦，我該怎樣報答你的救命之恩才好呢？」

「能為娘娘效命，那是在下天大的榮幸！」任天翔急忙拜道，「在下豈敢要娘娘報答。」

楊玉環打量著誠惶誠恐的任天翔，若有所思地問：「你不要賞賜，豈不是要我心中不安？對了，一直沒問過你真正的名字，不知該如何稱呼？」

「在下任天翔，拜見貴妃娘娘！」任天翔忙道。

「任天翔？」楊玉環秀眉微顰，喃喃自語，「這名字好像在哪兒聽過，依稀有些耳熟。」

任天翔大膽迎上楊玉環探究的目光，懇聲道：「不敢對神仙姐姐有任何隱瞞，在下便是幾年前因故不得不離開長安，在江湖上東躲西藏的義安堂少堂主任天翔。」

楊玉環終於想起了什麼，失聲問：「你就是那個害死江玉亭的任天翔？」

任天翔趕緊拜倒在地：「娘娘在上，三年前，我與江玉亭一同飲酒宜春院，最終他失足墜樓不假，但當時究竟發生了什麼，在下實在想不起來。但我自問與玉亭情同兄弟，就算在酒後也絕不會將他推下樓去。在下並非是為自己開脫，只是這麼些年來，我已厭倦了江湖流浪的生活，所以才悄悄回到長安。今日在太真觀與娘娘巧遇，那是小人前輩修來的福分，娘娘若要我為江玉亭抵命，在下也絕無怨言。」

楊玉環臉上陰晴不定，冷冷問：「你原本可以繼續隱瞞身分，為何要對我直言相告？」

任天翔懇切道：「因為你在小人眼裏不僅僅是尊崇無比的貴妃娘娘，也是小人心目中的神仙姐姐。就算貴妃娘娘知道我身分後，要取我性命為侄兒報仇，我也不能欺騙神仙姐姐。」

楊玉環心中突然生出一絲莫名的感動。這少年僅僅因為見過自己一面，就將自己奉為心目中的神仙姐姐，面對死亡的威脅也不忍欺騙，難怪他能在刺客面前，勇敢地替自己擋了那一刀。雖然她對這少年並無一絲男女間的情愫，也不禁為這份癡情感動。

她轉過身避開對方那火辣辣的目光，遙望窗外的天空默然良久，最後緩緩道：「你替我擋過一刀，也算救過我一命，這次我就當不知道你的身分。不過，你最好趕緊躲得遠遠的，下一次我未必會放過你。」

任天翔淒然一笑：「姐姐既然如此痛恨天翔，儘管將我送官便是。若我的死能稍稍平息姐姐失去侄兒的悲傷，我甘願一死為江玉亭償命！」

楊玉環猛然轉回頭：「你這是要陷我於不義？」

任天翔決然道：「姐姐不用為難，只要你說聲要我為江玉亭抵命，我立刻自刎謝罪。」說著，他拔出一把匕首，抵在自己咽喉之上，目視楊玉環決然道，「小人是生是死，就在神仙姐姐一句話。你要我生我便生，你要我死我便死。」

楊玉環神情複雜，澀聲道：「我不信你真會自刎。」

任天翔慘然一笑：「姐姐這是要我證明給你看？」說著手上用勁，刀鋒慢慢刺入肌膚，鮮血頓時從刀尖慢慢滲了出來。

「哎！你千萬別亂來！」一旁侍兒早已嚇得六神無主，一方面是天性怕血，另一方面也是對這少年有幾分好感，不忍見他就這樣白白送命。她急忙望向楊玉環，「娘娘，你、你不是真要他死吧？」

楊玉環想起這少年曾為自己擋了一刀，沒準真會因自己一句話而自刎。侄兒在她記憶中已十分模糊，而面前卻是一條鮮活的生命，她心中終有些不忍，無奈嘆息：

「罷了！你既然替我擋過一刀，玉亭的恩怨在我這裏便一筆勾銷，我不再追究玉亭的事，你也可以不用死了！」

任天翔懸著的心總算放了下來，如果楊玉環再堅持片刻，這齣戲就會穿幫了。他心中暗自慶幸，急忙拜道：「多謝娘娘不殺之恩，在下將永遠銘記在心。」

楊玉環哼了一聲：「雖然我不追究，並不代表我姐姐也會放過你。玉亭是她親生兒子，只要她願意，依舊可以調動官府乃至皇室的力量，輕易將你撕成碎片！除非……」

見楊玉環欲言又止，任天翔忙問：「除非什麼？」

楊玉環遲疑道：「我姐姐最是愛財，除非你有足夠多的錢，多到令她也沒法拒絕的程度，也許她會看在錢的份上，放過你這個仇人也說不定。」

任天翔暗自鬆了口氣，他相信錢能解決的問題就不算什麼大問題，雖然他現在還沒有太多錢，但他堅信通過自己的努力，一定可以達到富可敵國的地步。

「多謝姐姐指點，姐姐的恩情我將永遠銘記。」任天翔恭恭敬敬地對楊玉環一拜，這一拜不再是客套和演戲，而是完完全全出自真心。

「我今日暫且放過你，並不代表楊家其他人也會放過你，你好自為之吧。」楊玉環說著轉身就走，不再停留。

任天翔衝落在後面的侍兒恭敬一拜，暗中感激她方才出言相助，侍兒哼了一聲，小聲說了句：「算你命大！」然後便追上楊玉環的步伐，隨她匆匆離去。

直到將二人送出房門，任天翔才徹底鬆了口氣，抬頭往上方拍拍手，就見崑崙奴兄弟從上方房梁隱身處輕盈落下。

這是任天翔設下的後手，萬一方才那齣苦肉計演不下去，崑崙奴兄弟就會在他的暗示下出場，扮成綁匪帶他離開，以免被楊玉環看穿自己假自殺的苦肉計。

現在終於贏得楊玉環的承諾，不再追究他與江玉亭的往事，只要貴妃娘娘不追究這事，楊家其他人，太子殿下就可以幫自己擺平，自己在長安也就不必再東躲西藏、隱姓埋名了。

想到這，他不禁對崑崙奴兄弟笑道：「準備一下，咱們總算可以大搖大擺地回長安了。」

慧儀送藥進來，剛好聽到了任天翔的話。她小聲問：「你要走？」

任天翔點點頭，見這小道姑神情似乎有些失落，他笑道：「你放心，我會隨時來看你。」

慧儀眼眶微紅，背過身去：「誰稀罕，你又不是我什麼人。」

「對啊！你我無親無故，來看你也沒藉口啊！」任天翔故意調侃道，「要不你做我妹妹吧，哥哥來看望妹妹，便算是合情合理了。」

「不要！」慧儀連忙搖頭。

「不做妹妹？那就是要做我媳婦了。」任天翔一本正經地點點頭，「聽說貴妃娘娘當年就是在太真觀還俗，一步登天成了貴妃。看來太真觀的女道士還俗嫁人，也是順理成章的事情。」

「討厭！不理你了！」慧儀大窘，紅著臉丟下任天翔匆忙而逃。

任天翔望著她婀娜的背影，想起她師傅竟要她做下一任觀主，任天翔心中便生出一絲遺憾：可惜如此青春少女，竟要終身侍奉三清，實在是天妒紅顏。

奪位

第五章

「這原本是一塊完整的玉璧，一面篆刻著鐘鼎文的『義』字，所以它也被稱為義字璧。」厲不凡神情異常肅穆，「它原本屬於義安堂的先輩，只因千年前那場變故從此散落江湖。賢侄現在該知道，它應屬於誰了吧？」

得到貴妃娘娘的原諒，加上有太子殿下庇護和李泌相助，任天翔對楊家不再那麼顧忌。

算算洪家與蕭倩玉商定的日子已經沒有幾天，任天翔顧不得傷勢尚未痊癒，便帶著崑崙奴兄弟匆匆趕回長安。他要趕在天琪出嫁之前奪回堂主之位，然後以堂主的身分取消這樁婚事。

長安城已經沒了任天翔的家，所以他依舊選擇在宜春院落腳。反正他已經付了那個醜丫頭一個月的身價錢，不能白白浪費。

宜春院還是老樣子，依舊冷清得門可羅雀。任天翔在門外翻身下馬，趙姨立刻歡天喜地地迎了上來：「歡迎貴客大駕光臨，不知公子……」

趙姨說到這突然住口，目瞪口呆地盯著任天翔，沒有化妝的任天翔她從小就熟悉，不過一時間卻還不敢肯定。

「是我，趙姨，我回來了。」任天翔若無其事地笑了笑，笑容如遠遊歸來的孩子般純真。

「你、你、你是天翔？」趙姨驚訝地捂住自己的嘴，依舊不敢相信。

任天翔笑著點點頭：「我要在趙姨這裏暫住幾天，我依舊還住後院，儘量不要讓任何人來打攪。」

看到與任天翔一同回來的崑崙奴兄弟，趙姨總算認出這就是前不久留在宜春院的那個胡商。她急忙招呼小薇：「小薇快來，你的貴客回來了！」

那醜丫頭小薇應聲而出，一見之下呆了一呆，跟著斥道：

「你死哪兒去了？你走後沒多久，就有一個自稱是你朋友的傢伙來找你。他已經在此等了你三天，趕都趕不走。」

任天翔順著小薇所指望去，就見屋簷下盤膝坐著一個衣衫襤褸的年輕男子，滿面污穢蓬頭垢面，像個落拓潦倒的流浪漢，不過他腰裏那一長一短兩把樣式怪異的刀，卻使他與尋常的流浪漢區別開來。

任天翔一見之下大喜過望，失聲驚呼：

「小川！你、你沒事了？」

原來這男子正是失陷在蕭宅的小川流雲，見到任天翔，他冰涼的眼眸中閃過一絲溫暖，微微頷首道：「是一個身分不明的蒙面人助我逃了出來，他還托我告訴你一個口信——日子提前到四月初六了。」

任天翔先是一愣，跟著恍然大悟，急忙問一旁的趙姨：「今天是初幾？」

趙姨想了想：「今天便是四月初六。」

「糟糕！」任天翔面色頓變，匆忙向小川一拱手，「送信之恩，容後再謝，小弟先行告辭。」說完轉身便走，竟不及與趙姨和小薇道別。

小川流雲高聲問：「公子這是要去哪裡？」

任天翔翻身上馬，回頭道：「我要再去蕭宅！」

小川流雲劍眉一挑：「我隨你去！」

任天翔略一沉吟，慨然應允：「好！咱們走！」

兩人兩騎縱馬而去，崑崙奴兄弟雖不知就裡，也跟著飛奔追了上去。

二人縱馬馳過半個長安城，馬不停蹄來到原來的任府，現在的蕭宅。但見蕭宅大門外拴著幾匹駿馬，任天翔認出其中一匹正是洪邪的坐騎，心中更是焦急，翻身下馬便往裏闖。

兩個把門的義安堂弟子急忙阻攔，任天翔不及解釋，只對崑崙奴兄弟下令：「衝進去！」

崑崙奴兄弟推開二人便往裏闖，立刻招來更多義安堂弟子，手執兵刃聯手阻攔。小川見狀拔刀而出，與崑崙奴兄弟護著任天翔一路往前，四人一直衝進二門，終被一個黑衣漢子攔住去路，那漢子手執雙戟，凶猛如虎，崑崙奴兄弟聯手圍攻，竟也占不到半點上風。

「住手！」任天翔喝退崑崙奴兄弟，然後對那大漢喝道，「郝天虎，你不認識本公子了嗎？」

那漢子一愣，仔細將任天翔一打量，頓時十分詫異：「少堂主，你、你怎麼會在這裏？」

任天翔冷笑道：「這裏原是我的家，難道我現在連回家都不能夠了嗎？」

那漢子遲疑片刻，終讓開一步：「不敢！少堂主請！」說完示意一名手下，飛速進內通報。

任天翔與小川流雲一路往裏闖，徑直來到內堂，但見內堂外守衛的除了義安堂的弟子，還有幾名洪勝幫幫眾。

見任天翔一路闖將進來，眾人正待阻攔，就聽內堂中傳出一聲尖銳如梟的冷喝：

「讓他進來！」

任天翔推開攔路的洪勝幫幫眾，傲然跨入內堂。

但見寬闊的內堂中早已有十餘人相對而坐，高踞主位的正是碧眼如鷹、身形頎長瘦削的義安堂現任堂主蕭傲。他的左首是義安堂幾名重要人物，任天翔大多認識，右手則是幾名洪勝幫的人物，洪勝幫少幫主洪邪也赫然在座。

見任天翔闖了進來，蕭傲眼中閃過一絲驚詫，跟著若無其事地笑道：

「賢侄什麼時候回來的？為何不早點通知蕭某一聲？為叔也好排下酒宴，為賢侄接風洗塵。」

任天翔笑道：「小侄上次在蕭叔府外差點被生擒活捉，我一個朋友就為給天琪送封信，也不幸失陷在蕭府，若非他機靈得以逃脫，只怕這會兒還是蕭叔階下之囚，我哪敢上門送死？」

蕭傲尷尬地笑道：「這其中定是有什麼誤會，我一定讓人查清楚。不過今日是大喜的日子，這事咱們容後在說。賢侄回來得正好，咱們正在商量任小姐的終身大事。今日洪幫主令洪公子親自送來聘禮，可見洪幫主對這樁婚事的重視。你既為小姐的兄長，也定為她感到高興吧？」

任天翔一聲冷喝：「我不同意這樁婚事！」

蕭傲不以為然地笑道：「我是天琪的舅舅，而且天琪還有親生母親在堂，你雖為天琪同父異母之兄，你的意見似乎也不是那麼重要吧？」

任天翔心知僅憑血緣親疏，自己在這事上根本沒有多大發言權。他深吸口氣，從懷中拿出任重遠留給他的那塊玉片，他已經沒有時間籌措謀劃，只能冒險一賭。他將那塊玉片高舉過頭，對蕭傲正色道：

「我現在不是以天琪的兄長在跟你說話，而是以任重遠的繼任者在對你下令。交出你竊取的義安堂堂主之位，將你假冒任重遠信物，偽傳任堂主遺命的經過，向刑堂厲長老一一說明，以求得寬大處理。」

此言一出，眾人盡皆愕然，唯有蕭傲若無其事地笑了笑：

「賢侄雖為任堂主之子，但你過去的所作所為，大家想必依舊還記憶猶新，試問任堂主怎會將義安堂的前途命運，交到你這樣一個紈褲子弟手裏？你隨便拿一塊玉片出來，就以為能假冒任堂主信物？假傳任堂主遺命？」

任天翔微微笑道：「沒錯，僅憑一塊這樣的玉片，我並不能代表任堂主臨終遺願。不過試問蕭叔叔，那你又如何能憑著一塊玉片，就代表了任堂主的遺命呢？」

蕭傲一時啞然，就聽有人出言相助道：「任堂主手中那塊玉片，乃義安堂代代相傳之聖物，不是誰都可以偽造。少堂主何不將你手中的玉片，交給大家一辨真偽呢？」

眾人循聲望去，卻是義安堂以足智多謀聞名江湖的季如風。

任天翔知他是在暗中幫助自己，便將玉片遞到左手第一個鬚髮皆白的老者手中，那是義安堂的刑堂長老，有「冷面金剛」之稱的厲不凡，一向以耿直公正聞名於世，即便是任重遠在日也要懼他三分，是義安堂自堂主以下最為尊崇的人物，論威信甚至還在蕭傲之上。

任天翔心知只要爭取到他的支持，那自己的冒險之舉，才算有了一點點勝算。

厲不凡接過玉片一看，臉上微微變色。

他將玉片交給身旁的季如風，然後順次傳遞到每位長老手中。最後又重新交回到他的手裏。他正掂量著玉片，就聽一旁有人冷哼道：

「就這麼一塊玉片，能說明什麼問題？」

說話者是義安堂幾位長老之一的歐陽顯，他一向對任天翔這個不學無術的紈褲最是反感，自然對任天翔的一切言語都充滿了質疑。

厲不凡將目光轉向其餘幾位長老，就聽姜振山道：「我相信少堂主所言，這塊玉片太像堂主當年所藏那塊了。」

「姜兄這話是什麼意思？」蕭傲勃然變色。

姜振山冷冷道：「我的意思已經非常明白，少堂主手中這塊玉片，跟蕭堂主手中那塊頗為相似，難免讓人心存疑慮。」

蕭傲怒問：「你莫非是說我手中這塊是假的？」

姜振山淡淡道：「不敢，是真是假，拿出來做個對比就知真偽。」

話音剛落，就有歐陽顯拍案而起，厲聲喝問：「姜振山！你知道以下犯上該當何罪？」

姜振山冷笑道：「老夫只是想澄清那塊玉片的真偽，以維護蕭堂主威信。如果這也算以下犯上，那老夫就犯一回好了。」

「大膽！」歐陽顯怒而拔劍，忍不住就要動手。誰知劍尚未出鞘，已被厲不凡按住了劍柄，就聽這刑堂長老一聲呵斥：「坐下！莫讓人看咱們義安堂的笑話。」

這一喝聲音不大，卻異常肅穆威嚴。歐陽顯悻悻地將劍推回劍鞘中，依言坐了下來。

厲不凡這才對洪勝幫眾人抱拳道：「義安堂有點家務事要處理，還請外人暫且回避。」

洪邪不以為然地笑道：「洪勝幫與義安堂已經是盟友，有什麼事不能讓咱們知道？」

厲不凡淡淡道：「就算是盟友，貴幫也不能干涉義安堂家務事，除非你將義安堂當成了洪勝幫一處分堂。」

洪邪還想爭辯，任天翔已對小川流雲拱手道：「還請小川兄暫且回避，帶我兩個隨從先行退下。」

小川流雲點點頭，立刻帶著崑崙奴兄弟退了出去。

洪勝幫領頭的銀髮老者見狀，只得起身對蕭傲拱手道：「咱們在外面等候，希望蕭堂主儘快處理完家務事，然後再接著商量洪少幫主與任小姐的婚事。今天是個難得的好日子，洪幫主不希望有任何拖延。」說完對洪勝幫眾人一揮手，「咱們走！」

洪勝幫眾人離去後，廳中頓時靜了下來，眾人的目光都落在厲不凡身上，等著他的裁決。

就見他向蕭傲拱手一拜：「事關重大，不知能否請蕭堂主將你所藏那塊玉片拿出來，與任公子這塊玉片做個比較？」

蕭傲尚未答話，歐陽顯已不冷不熱地質問：

「厲兄，蕭堂主與咱們是相交多年的老兄弟，當年咱們一同追隨任堂主創下義安堂這片基業，他的為人難道你還有什麼懷疑？任公子雖然是老堂主親生兒子，卻從未叫過老堂主一聲爹，而且他的為人……嘿嘿，不說也罷。難道你相信一個紈褲甚於知根知底的老兄弟？」

厲不凡冷冷道：「當年老堂主讓厲某執掌刑堂，就特意告誡過厲某，刑堂是維護義安堂規矩的最後屏障，公正嚴明是它的最基本要求。它須監督義安堂上下所有人，甚至包括堂主在內。身為刑堂長老，不能有絲毫偏頗和私情。蕭堂主雖是厲某多年兄弟，任公子雖為老堂主不肖之子，厲某也要一視同仁，不敢有半點偏私。」

這番話義正辭嚴，令歐陽顯也啞口無言。

蕭傲點頭笑道：「厲兄剛正嚴明，果然不愧為刑堂長老，小弟佩服。這就是老堂主傳我那塊玉片，請厲兄過目！」說著從懷中掏出一塊玉片，信手拋給了厲不凡。

玉片掠過數丈距離，穩穩落入厲不凡手中。就見他將兩塊玉片相對一看，頓時面露驚詫。只見兩塊玉片質地相同，花紋相似，就連厚薄和成色也幾乎一模一樣，顯然是同一塊玉璧的不同部分。

他將玉片交給季如風，然後幾個長老依次傳看，最後傳到末尾那個身形佝僂、模樣猥瑣的灰衣老者手中。幾個人都將目光落到他身上，似乎在等待他的最後判斷。

就見他將兩塊玉片分別湊到鼻端，瞇著沾滿眼屎的雙眼使勁嗅了嗅，嘶啞著嗓子喃喃道：「都是千年前的古物，材質一模一樣，雕工也完全相同，它們都是義字璧的碎片。」

老者長得雖然猥瑣，面容看起來像隻大老鼠，但卻是這方面的權威，原來他便是綽號

「老鼠」的蘇槐，盜墓世家出身，對古玉的判斷天下無二。

幾個長老交換了一下目光，厲不凡捋鬚沉吟道：「這麼說來，這兩塊玉片都是真的，可哪一塊才是任堂主手中那塊呢？」

任天翔目視季如風，希望他站出來指證，就聽季如風清了清嗓子，袖著手沉吟道：「很多年前我見過任堂主手中那塊玉片，好像與現在這兩塊都有些不同。不過那是很多年前的事了，也許是我記錯了也說不定。」

任天翔沒想到季如風會這樣說，不知道他是老奸巨猾還是因為別的原因，如此一來就更讓人難以判斷，不過也足以讓人對蕭傲產生懷疑了。

蕭傲聞言怒道：「季兄這話是什麼意思？難道也懷疑本座在偽造堂主信物？」

歐陽顯也喝道：「大家原本是出生入死的好兄弟，就因為任公子突然拿了塊玉璧殘片回來，便要懷疑蕭堂主的人品，是不是太不應該？傳言義字璧當年被裂為七塊，從此散落江湖，再沒有完整過。任公子完全可能因機緣巧合得到其中一塊，便拿回來刁難蕭堂主，假任堂主之名謀奪堂主之位。他將這堂主之位視同他任家的私產，憑這等卑鄙手段，他配做義安堂龍頭老大嗎？」

姜振山拍案而起：「你憑什麼就說少堂主手中的玉片，就不是任堂主親傳？蕭傲憑那塊玉片接任堂主，不也是憑他妹子轉述的遺言？兩相比較，姜某倒是相信少堂主多些。」

「你……」歐陽顯還想爭辯，卻被厲不凡抬手打斷：「好了，都是自家兄弟，爭執起來只會讓外人笑話。」他掂了掂手中的玉片，不緊不慢地對任天翔和蕭傲道，「你們看這樣行不行？這兩塊玉片暫且放在老夫這裏，厲某一定要查出這其中的蹊蹺。」

將如此寶貴的東西放到別人手中，任天翔當然不願意，不過事已至此，他也只能無奈答應，不然就真成了假傳任堂主遺言的卑鄙小人。

蕭傲也大度地擺擺手：「厲兄儘管留下，不過，我希望你能儘快查明其中誤會。」

厲不凡見雙方皆沒有異議，便將兩塊殘片仔細收入懷中，在貼身處藏好。這才對任天翔道：「還請任公子這兩天留在這裏，千萬不要到處亂走，以方便厲某調查。」

任天翔點頭答應道：「沒問題，不過還請厲伯儘快拿出結果才是。」

厲不凡點點頭，轉向蕭傲道：「今日堂中發生這等變故，實不該在這個日子與洪勝幫訂親結盟，還請堂主暫將與洪勝幫的聯姻往後推遲吧，待厲某澄清了堂主之冤屈，再下聘不遲。」

事已至此，蕭傲也不好反對，只得順水推舟道：「那就讓洪勝幫的人進來吧，我讓他們等等再說。」

得到傳喚，洪邪帶著眾人魚貫而入，當聽到蕭傲的決定，洪邪勃然變色，冷冷道：「蕭堂主要想清楚，聯姻可是你們提出來的建議。如果家父得知你們出爾反爾，只怕洪勝幫與義安堂再無結盟的可能。」

面對這赤裸裸的威脅，蕭傲忙陪笑道：「少幫主誤會了，我們沒有要反悔之意，只是堂中出了一點小狀況，需先予以解決，請少幫主給我三天時間，三天後咱們再議如何？」

洪邪還像爭辯，那個滿頭銀髮的洪勝幫老者已開口道：「那好，三天之後我們再來，希望屆時不會再變卦。」

「那是那是！」蕭傲連忙答應，他知道這老者綽號「銀狐」，在洪勝幫中地位崇高，僅在幫主洪景之下，所以不敢怠慢，親自起身將他與洪勝幫眾人送出大門，這才與之拱手道別。

大廳之中，任天翔與季如風交換了一個意味深長的眼神，是雖然未能立刻讓蕭傲交出堂主之位，不過能暫時拖延義安堂與洪勝幫的聯姻，也算是有所收穫。

送走洪勝幫眾人後，厲不凡重新拿出那兩塊玉片，對季如風等人道：「我想儘快查明這兩塊玉片的來歷，請眾位兄弟助我。」

眾人齊聲道：「厲兄儘管開始，我等必定全力配合。」

厲不凡點點頭，望向任天翔淡淡問：「我想知道，任公子這塊玉片是從何得來？我記得任堂主臨終之前，好像並沒有見到過公子。」

任天翔知道這刑堂長老已經開始在審案，不敢再有任何隱瞞，便將自己當年從妹妹任天琪手中得到玉片的經過，老老實實向厲不凡說明。

厲不凡聞言，立刻對一名義安堂弟子吩咐：「速請任小姐出來對證。」

那弟子如飛而去，少時便將任天琪領到了廳中。

突見任天翔也在這裏，任天琪有些意外，不過廳中的氣氛顯然不適合兄妹二人相認，所以她只對任天翔點了點頭，然後對眾長老屈膝一禮：「天琪見過諸位叔叔伯伯。」

厲不凡點點頭，將任天翔那塊玉片遞到她手中：「小姐請仔細看看，還認得這塊玉片嗎？」

任天琪接過玉片看了一眼，卻微微搖頭道：「從沒見過。」

任天翔聞言大急，連忙提醒：「天琪，你仔細看看，這不就是幾年前你交給我的那塊玉片嗎？」

任天琪躲開了任天翔的目光，吶吶道：「爹爹去世那年我還小，很多事都不記得了。」

「你在撒謊！」任天翔怒道，「那一年你也有十三歲了，這麼大的事怎麼會不記得？你還說它是任重遠留給我的東西，而且還叮囑你誰都不要告訴。你是不是受到誰的指使，要故意陷你三哥於不義？」

任天琪咬著嘴唇一言不發，神情似有些猶豫。廳中頓時靜了下來，眾人的目光都落在任天琪身上，只等她出言作證。

就在這時，突聽後堂傳出一個軟膩膩的聲音：「我以為是什麼了不得的大事，非得讓小姐親自出來，原來是天翔回來了。」

話音未落，一個滿頭珠翠的貴婦已來到廳中，眾人急忙起身相迎，任天翔循聲望去，就見她渾身翠綠衣衫，看年紀已近四旬，卻依舊不失成熟的風韻。白皙的面龐上五官輪廓分明，與中原人有明顯的區別，尤其一雙深邃的眼眸，像寶石一般碧綠晶瑩。

「夫人好！」眾人紛紛問候，她的目光卻落在任天翔身上，淡淡笑問：「幾年不見，天翔好像懂事了不少，見了你蕭姨還不快請安？」

雖然任天翔一直對這個女人並無好感，但畢竟是任重遠的女人，經過這麼多年的江湖生涯，他已不再是當年那個狂放不羈的紈褲浪子，當著這麼多人，他也不能失了基本的禮數。只得拱手一拜：「天翔見過蕭姨，給蕭姨請安了！」

蕭倩玉咯咯一笑：「乖孩子，難得你還記得你蕭姨。這些年流落江湖，一定吃了不少苦吧？」說著從手腕上褪下一隻金鐲子，遞到任天翔面前，「可惜現在義安堂經濟狀況很不理想，蕭姨也沒有多的錢給你，這只鐲子你拿去當了，當是蕭姨打賞你的一點零花錢吧。」

任天翔沒想到蕭倩玉竟將自己當成了上門要錢的無賴，也不知是無心還是故意，又或者是故意打岔，讓本來已打算說實話的任天琪，重新又閉上了嘴。

他推開蕭倩玉的金鐲子，淡淡道：「多謝蕭姨好意，只是天翔這次回來，不是來跟蕭姨要錢。」說著他轉向任天琪，「我只想要天琪告訴大家，我那塊玉片的真正來歷。這不光對我非常重要，對你也非常重要。」

任天琪別開頭，咬著嘴唇道：「我不知道，我從來沒見過那塊玉片。」

廳中響起一陣竊竊私語，除了垂頭不語的季如風和手足無措的姜振山，所有人望向任天翔的目光，都充滿了不加掩飾的鄙夷。

任天翔知道自己這次賭輸了，被自己至親至愛的妹妹出賣，他又是心痛又是失落，義安堂的得失還在其次，天琪的背叛才讓他心如死灰。枉自己費盡心機要救她幫她，沒想到她卻在最關鍵的時候，與自己的對手站在了一起。

任天翔轉回頭，向厲不凡伸出手，澀聲道：「還我那塊玉片，我從此離開義安堂，與義安堂再無任何關係。」

厲不凡正要將玉片遞還任天翔，卻聽有人開口道：「等等！」

說話的是蕭倩玉，就見她悠然來到大廳中央，對眾人款款道：

「我聽說這種墨玉殘片共有七塊，合稱義字壁，只因當年始皇帝不惜焚書坑儒、冒千年罵名也要得到它，所以義門中人才將義字壁裂為七塊，以免它落入始皇帝手中。它原本就是義門代代相傳的聖物，義安堂與義門一脈相承，所以它毫無疑問應屬於義安堂。」

她略頓了頓，優雅地捋捋鬢邊秀髮，碧眼往場中徐徐掃過：「雖然我不知道天翔是從哪裡得來這塊殘玉，但毫無疑問，它正是義字壁的一部分，既然如此，它就必須由義安堂的人來保存。任天翔既然不願再做義安堂的人，那麼他也就沒有資格再擁有這塊殘玉。」

任天翔十分驚訝：「你什麼意思？莫非是要當著大家的面，強奪原本屬於我的東西？」

蕭倩玉嫣然一笑：「它原本就屬於義安堂，我們很感激你能將它送回。為了表達這份感激之情，我們可以在其他方面給予你補償，我想蕭堂主和幾位長老絕不會吝嗇。」

蕭傲此時已醒悟過來，忙接口道：「對對對！無論賢侄是要錢還是別的什麼東西，只要義安堂拿得出來，就絕不會吝嗇，賢侄儘管開口。」

任天翔將目光轉向季如風，就見這義安堂的智囊，此時竟低著頭不敢看自己一眼。他將目光轉向姜振山，就見這脾氣一向火爆的老者，此時竟也尷尬地轉開頭，他只得將目光轉向厲不凡，澀聲道：

「厲伯伯，我記得義安堂上下，就你最是公正嚴明，剛直不阿，就是任重遠在日，對你也是敬重有加。我現在只想問你一句，那塊殘玉究竟是誰的東西？」

厲不凡沒有直接回答，卻伸出一根手指在自己面前的檀木桌上畫了個圈，並在圈中一筆一畫地用手指寫下了一個字，然後他抬手向任天翔示意：

「賢侄請看。」

任天翔低頭望去，但見木桌上是個入木三分的圓圈，圓圈內是一個筆劃繁雜的古文字，由於是刻在圓圈內，字體有些變形，任天翔一時間竟沒認出那是個什麼字。

就見厲不凡將手中那兩塊殘玉放到圓圈不同的位置，任天翔這才驚訝地發現，那殘玉上的花紋，竟與桌上的字跡基本吻合。

「這原本是一塊完整的玉璧，一面篆刻著鐘鼎文的『義』字，所以它也被稱為義字壁。」厲不凡神情異常肅穆，「它原本屬於義安堂的先輩，只因千年前那場變故而被裂成了七塊，從此散落江湖。賢侄現在該知道，它應屬於誰了吧？」

任天翔冷笑道：「千年前的往事，我怎麼知道真假？就算你所說屬實，那也說明義安堂在千年前就已將它遺失。我沒聽說過失落了千年的東西，還要別人物歸原主。若千百年前歷代帝王的後輩子孫，都來找大唐皇帝歸還江山，那這天下豈不是亂了套？」

厲不凡不善言辭，被任天翔問得啞口無言。

這時，蕭倩玉笑吟吟地上前解圍道：「天翔所說不無道理，只是歷代帝王的後輩子孫若真有實力，你以為他們不會要大唐皇帝歸還江山？天下乃天下人之天下，唯有德者可得之；義字璧就算屬於天下人，那也需有德者才配擁有，不知天翔怎麼證明自己德高望重，理所當然該擁有它？」

任天翔嘿嘿冷笑道：「其實你是想說強者通吃吧？在座諸位都是江湖上有名的高手，任誰只需一根手指頭就可以將我任天翔摁倒在地，所以你們理所當然可以強奪我的東西。既然如此，我與義安堂從此恩斷義絕，我今日被搶走的東西，他日必要加倍奪回！告辭！」

不顧眾人的挽留，任天翔毅然轉身就走，門外小川流雲與崑崙奴兄弟早已等得不耐，見他神情憤懣地出來，也不敢多問，連忙隨他大步出門。

但見門外暮色四合，長安城已籠罩在一片朦朧昏暗之中。

「任兄弟，咱們現在是要去哪裡？」見他翻身上馬，小川流雲忍不住問道。在大唐生活日久，他已經能說簡單的唐語。

「喝酒！」任天翔說著揚鞭就走，兩人兩騎剛轉過街角，就見一騎快馬從斜刺裏衝將出來，徑直衝向跑在最前面的任天翔坐騎。

任天翔趕緊勒馬避讓，就見那騎快馬在自己面前突然停步，跟著長嘶人立，將他驚得差點從馬鞍上摔落下地。

小川流雲連忙橫身探手，幫任天翔拉住馬韁，總算拿住了失驚的坐騎。任天翔驚魂稍定，定睛望去，才發現那匹突然出現的駿馬上，竟然就是自己最痛恨的洪邪。

「對不起，沒有嚇到你吧？」洪邪哈哈大笑，儀態甚是狂傲。

見是小川流雲幫任天翔拉住了馬韁，他不禁喝問道，「小川，我待你不薄，你為何要離我而去？」

小川流雲淡淡道：「道不同不相為謀，少幫主的所作所為，與小川的為人甚是相悖，所以小川只好與少幫主分道揚鑣。」

洪邪一聲冷笑：「忘恩負義的東西，當初若非是我救你，只怕你已餓死街頭了。哪還有機會跟我談為人處世？」

小川流雲沉聲道：「少幫主一飯之恩，小川已加倍報答。不僅替你殺過人，還為你重創商門鄭大公子，小川早已不再欠少幫主什麼了。」

洪邪無言以對，便轉向任天翔笑道：「洪某一直等在蕭宅之外，就等任公子出來，好請你喝上一杯，希望任兄賞臉。」

任天翔冷笑道：「你我似乎並無交情，這酒不喝也罷。」

洪邪嘿嘿笑道：「話不能這麼說。雖然任兄對小弟有成見，但你我即將成為姻親，我還得跟著天琪叫你一聲三哥，你總不能連這點面子都不給吧？」

任天翔心中無名火起，但卻拿洪邪無可奈何。他只得強壓怒火喝道：「你有什麼話儘管直說，不必拐彎抹角浪費大家的時間。」

「爽快，我就喜歡任兄這性格！」洪邪豎起拇指，跟著悠然笑道，「我知道你不想讓我做你妹夫，只可惜你在義安堂說不上話，根本無法阻止此事，所以你的臉色才這般難看。不知我說得對不對？」

任天翔冷著臉一言不發，就聽洪邪繼續笑道：「我知道你心氣難平，可惜你現在只是個可有可無的小角色，沒有誰會將你的話當回事。要想阻止義安堂與洪勝幫聯姻，你現在只剩下最後一個辦法，想不想知道？」

任天翔知道洪邪是在欲擒故縱，他本不想上當，不過心中的好奇終究還是占了上風，終忍不住問道：「什麼辦法？」

洪邪意味深長地笑道：「你可以試著來求我，只要讓我高興，說不定我會放棄這門親事。」

任天翔心中一動，立刻就明白了洪邪的企圖。他冷笑道：「你有什麼條件儘管開出來，我不習慣瞎猜。」

洪邪哈哈一笑：「既然如此，那我就開門見山。我很羨慕你能找到陶玉這棵搖錢樹，把它讓給我，我就放過你妹妹。」

「想也別想！」任天翔打馬就走。他剛被人搶去了一塊義字璧殘片，怎甘心再讓人搶走陶玉？那是他唯一的基業，也是他在江湖上安身立命的基礎。現在他已經與義安堂徹底決裂，更不能放棄這最後的根基。

洪邪還想阻攔，卻見崑崙奴兄弟已逼了過來，他只得讓開去路，衝任天翔的背影不甘地叫道：「你會為今天的決定後悔，永遠後悔！」

任天翔頭也不回，只衝洪邪高高地豎起中指，這手勢充滿了無盡的輕蔑和嘲弄，氣得洪邪嘴角抽搐，恨不能將之立斃當場。

「少幫主，要不要……」一名隨從感受到洪邪的憤懣，連忙上前請示。卻見洪邪擺了擺手，對他淡淡道：「讓人跟著他，我想知道他的落腳之處。」

那隨從向同伴悄聲吩咐了兩句，那人立刻追往任天翔的方向追去，轉眼便消失在長街盡頭。隨從笑問：「少幫主是不是想給他點教訓？」

洪邪搖搖頭，意味深長地陰陰一笑：「咱們應該去拜望一下韓國夫人了。聽說她最喜歡宴請賓朋，這會兒她的府上一定是高朋滿座、賓客盈門，咱們便去湊個熱鬧好了。」

那隨從有些莫名其妙，不過見洪邪已縱馬直奔韓國夫人府邸，他也只得率眾追了上去。

長安城無論在什麼時候，永遠不乏喝酒消愁之所。即便在深夜的街頭，也有零星的酒肆在街邊散發著寂寞昏黃的微光。任天翔就在這樣一處孤寂昏黃的酒肆前翻身下馬，將馬韁扔給崑崙奴兄弟，然後對懨懨欲睡的老闆高叫：

「上罈好酒，下酒菜每樣來一碟。」

這樣的酒肆也沒什麼下酒菜，不過是豬頭肉、花生米、松花蛋和涼拌黃瓜，酒也是剛烈如火的燒刀子，一碗下去直從喉嚨燒到肚子，然後再從肚子燒遍全身。對這種烈酒，任天翔一向是淺嘗輒止，但今晚他只想盡興狂飲。

「任兄弟，這樣喝下去，你很快就會醉倒。」當喝到第三碗的時候，小川流雲忍不住按住了他的手。

任天翔推開小川，紅著眼瞪著他笑道：「你知道嗎？長這麼大，我從來沒有像今晚這樣吃癟，雖然我也被人算計、羞辱過，卻從來沒有像今晚這樣憤懣和窩囊，你知道為什麼？」

小川茫然搖頭，就聽任天翔冷笑道：「因為我被自己敬重的人算計了，被最親近的人出賣了。現在我總算明白，為了名利地位或權勢利益，什麼公理道德、友情親情皆可犧牲，義安堂的人今日總算教會了我這一課。」

小川不明所以，只得勸道：「任兄弟心裏有不痛快，小川陪你慢慢喝。不過千萬莫喝得這麼急，我還要等你幫我去找阿倍大人呢。」

想起小川的使命，任天翔大著舌頭道：「對！我還要幫你去找那個阿倍什麼侶，你放心，這事包在我身上，明天我就帶你去見那個阿倍什麼大人。」

第六章 活祭

四周陰風慘澹，唯有韓國夫人獨自的飲泣。
不知過得多久，她終於收淚止哭，
一個隨從忙小聲問：「如何處置這傢伙？」
韓國夫人抹去淚水，眼望陵墓淡淡道：「照原計劃，活祭！」

憤懣的時候，酒總是喝得很快，一罈酒沒多會兒便已告罄。當任天翔大著舌頭還想再來一罈的時候，卻發現周圍響起雜亂的腳步聲，從四面八方包圍過來。

小川最先警覺，跟著崑崙奴兄弟也察覺到異狀，三人的手本能地扶上刀柄，往四周望去，就見數十百號人正從四面八方包圍過來，眾人大多穿著制服，顯然是官府的人。

「將欽犯拿下！」有人一聲令下，十多名官差便爭先恐後向任天翔撲來，鎖鏈、鐐銬、哨棒均往他身上招呼。

誰知尚未碰到他一片衣角，小川與崑崙奴兄弟便先後出手，將衝在最前面的幾個捕快手中刑具三兩把奪下，還有官差不知深淺，繼續上前搶功，立刻就被小川流雲三拳兩腳打翻在地。還好是官府的人，小川流雲沒有痛下狠手。

三人將任天翔護在中間，卻見圍上來的官差越來越多，雖然他們的能耐不值一提，但架不住人多勢眾，又是官府的人，多少令人有些顧忌。

任天翔此時酒已醒了大半，連忙示意小川和崑崙奴兄弟不可輕舉妄動，然後對眾官差拱手笑道：「諸位大哥認錯了人吧？不知這裏是誰負責？」

眾人讓開一條路，就見一個衣著考究、冠冕堂皇的刑部捕頭越眾而出。

那捕頭看起來不到三旬年紀，面目英俊瀟灑，身材高挑頎長，一身皂黑的官服穿在他身上，也依然風度翩翩，在眾捕快中猶如鶴立雞群。就見他示意眾手下退開，然後對任天翔抱拳笑道：「老七別來無恙？」

任天翔一見之下又驚又喜，急忙拱手一拜：「是高兄！小弟見過大哥，幾年不見，沒想到大哥竟做了刑部的捕頭。」

那年輕的捕頭不以為意地擺手笑道：「你知道我家世代在刑部供職，我這也是子承父業，沒什麼了不起。」

原來這年輕的捕頭，竟然就是當年長安七公子之首的高名揚，他家世代在刑部供職，祖上三代皆是刑部名聲在外的大捕頭，所以他繼承父業做個捕頭也不算奇怪。只是沒想到二人竟在這種情況下重逢。

任天翔與之寒暄畢，不由指著周圍眾官差遲疑道：「不知大哥這是什麼意思？」

高名揚無奈嘆了口氣：「刑部接到有人舉報，說有朝廷欽犯在此露面，所以兄弟奉命前來捉拿，沒想到竟然是老七。這事既然已經在刑部備案，兄弟也不能徇私，所以還請兄弟隨為兄去刑部走一趟。兄弟放心，我定會關照兄弟，絕不容你受半點委屈。」

任天翔環目四顧，但見周圍的官差黑壓壓不下百人，其中還雜有不少非官府中人。顯然不全是高名揚的手下，在這種情況下，就算是親兄弟也不敢公然私放欽犯，強行突圍的話也是難如登天。他想了想，只能退而求其次：

「我跟你走，不過，我這三個朋友跟此事無關，還請大哥高抬貴手，讓他們離開。」

高名揚略一沉吟：「沒問題，他們可以走。」

「多謝大哥！」任天翔拱手一拜，「能否讓我跟他們道個別？請諸位官爺暫且退後。」

高名揚一揮手，立刻帶著眾人退出十丈開外。

任天翔這才對小川流雲道：「我隨他們去刑部，還請小川幫忙給我一個朋友送個口信，讓他立刻趕來救我。」

小川看看四周環境，硬闖顯然不太現實，只能點頭答應：「沒問題，任兄弟儘管吩咐。」

任天翔將李泌的住處告訴了小川，叮囑道：「你要儘快見到李公子，一刻也不要耽誤。」說完，他又轉向崑崙奴兄弟，將貼身藏著的另一塊殘玉塞入阿崑手中，以吐蕃語低聲吩咐，「你二人帶上我的信物連夜趕回洛陽，讓褚剛帶錢來救我，記住，帶上所有錢，越多越好！」

交代完畢，任天翔讓三人立刻就走，崑崙奴兄弟雖是啞巴，人卻不傻，知道眼前形勢緊急，只得含淚與主人道別。

有高名揚的吩咐，眾捕快對三人倒也沒有阻攔，任由三人安然離去。目送著三人徹底消失在夜幕之中，任天翔這才回頭對高名揚笑道：「請大哥前面帶路，我隨你去刑部。」

有捕快想給任天翔戴上刑具，卻被高名揚出言喝止：「老七是我兄弟，任何人不得無禮。去將我的馬車駛過來，我要親自護送他去刑部。」

高名揚的馬車是輛裝飾考究的舒適豪車，車中鋪著厚厚的波斯地毯，甚至還藏有美酒和下酒菜。任天翔很高興有這樣的兄弟，即便是去坐牢也心甘情願。

馬車在長街緩緩而行，任天翔與高名揚在車中對坐而飲。二人均不提眼下的官司，只談過去在一起花天酒地、吃喝嫖賭的美好日子。二人邊喝邊聊，不知不覺又喝完了一小罈美酒，任天翔注意到兩旁的街燈越來越少，最後完全消失。他探頭往窗外看了看，發現馬車竟出了長安城，周圍的捕快也都換成了不知來歷的黑衣人。

「大哥這是要送我去哪裡？」任天翔笑問。

「是西郊的墓地。」高名揚嘆了口氣，「韓國夫人指明要將你送到那裏，你知道韓國夫人的權勢，就是刑部尚書也要給她面子，不然尚書大人都要換人。我相信兄弟一定能理解為兄的苦衷。」

任天翔心在下沉，面上卻不動聲色地笑道：「理解，我非常理解。我要是大哥，也會這麼做。畢竟一個早已失勢的兄弟，怎比得上正權勢熏天的韓國夫人？」

高名揚神情有些尷尬，跟著若無其事地舉杯笑道：「所以我給兄弟準備了你最愛喝的女兒紅，以及你最愛吃的白切羊肉和水晶肘子。咱們兄弟難得再聚，今日一定要喝個痛快。」

二人依舊像久別重逢的兄弟那樣舉杯暢飲，直到馬車在一座占地極廣的奢豪陵墓前停了下來。就見陵墓四周燃著十多盞慘白燈籠，將陵墓周圍的人影映照得朦朦朧朧，極像是半夜裏出遊的牛頭馬面。

借著那昏暗的燈光，隱約可見那些朦朧的人影蜂擁著一個雲鬢高聳的宮裝女人，就見她端坐陵墓前方，兩邊各有十餘名大漢呈雁陣排開，雖然燈火朦朧看不清她的面目，但從眾人的肅穆中已能感受到她的威儀。

馬車尚未停穩，就聽她在喝問：「人呢？」

「回夫人話，人已帶到！」高名揚連忙答應。

「帶上來！」她的嗓音一下子提高了許多。

不等旁人來動手，任天翔已跳下馬車，坦然來到那宮裝女人面前，但見對方雖昭華不再，卻依舊不失成熟的風韻，難怪坊間盛傳她與當今聖上關係匪淺。

見她在冷眼打量著自己，任天翔不亢不卑地拱手一拜：

「小侄任天翔，見過韓國夫人。」

「你就是任天翔？」她冷著臉問。

「正是小侄。」任天翔坦然點頭。

韓國夫人轉向一旁的高名揚道：「你果然能幹，我不會虧待你。現在你可以走了。」

高名揚急忙拜謝，卻又猶豫道：「不知……夫人要如何處置任天翔？他可是朝廷欽犯。」

韓國夫人鳳眼一翻，神情頓時冷厲如刀：「這輪不到你來過問，莫非你要替他求情？」

高名揚默然片刻，最後還是默默拱手而退，獨自上車離去。

待他走遠後，韓國夫人這才一聲冷喝：「上香！」

有隨從立刻點上早已準備妥當的香蠟紙錢，借著蠟燭的微光，任天翔終於看清了那座墓碑上的銘文——愛子江玉亭之墓，母江楊氏泣立。

任天翔感到自己的心已沉到谷底，他默默點起三支香，對著江玉亭的陵墓拜了三拜，然後一言不發將香插到陵墓前的香爐中。

「兒啊，你今日總算可以安息了。」韓國夫人撫著墓碑，獨自在喃喃自語，「娘說過，無論如何也要將殺害你的凶手帶到你陵前，要他為你殉葬。你泉下有知，一定會非常開心吧？」

四周陰風慘澹，陵中無人作答，唯有韓國夫人獨自的飲泣。

不知過得多久，她終於收淚止哭，一個隨從忙小聲問：「如何處置這傢伙？」

韓國夫人抹去淚水，眼望陵墓淡淡道：「照原計劃，活祭！」

幾個隨從立刻動手，在陵墓後方挖掘出一個一人多深的大坑。然後將任天翔手腳綁牢放入坑中，跟著幾個人鐵鍬翻飛往坑中填土，轉眼之間就將土填到了任天翔腰際。

一切進行得非常順利，不過令他們奇怪的是，自始至終作為陪葬的活俑，居然不掙扎不嚎叫，也不知道是嚇傻了還是徹底放棄了掙扎。

活祭沒了祭品的掙扎哀號，復仇的快感便少了很多。韓國夫人原本是想以祭品的哀求哭號告慰九泉之下的兒子，沒想到那小子卻始終一聲不吭，讓她盤算了多年的復仇儀式了無情趣。眼看泥土就要埋過那小子的脖子，她終忍不住來到任天翔的面前，冷冷問：

「你還有什麼話要說？」

任天翔強忍著恐懼的本能，在被活埋之時也咬著牙一言不發，一聲不吭，就是要激起這女人的好奇心，讓她主動來問自己。

他知道自己無論怎麼哀求、怎麼辯解都毫無用處，只會無端地滿足這女人變態的復仇欲望，所以他一直在等，等這女人主動來問自己。只有這個時候，這女人才會用心來聽，自己言語才不會變成這女人早已預料到的廢話。

現在，他終於等到了這個機會，他知道自己所說的每一句話，每一個字，甚至每一個語氣，都關係著自己的生死和命運，自己的性命就維繫在這三寸不爛之舌上，命懸一線也不過如此。

他深吸口氣，將心中早已醞釀多時的言語又重新梳理了一遍，這才開口道：

「夫人要以我活祭六哥，小侄毫無怨言，唯有一個小小的要求，希望夫人予以滿足。」

「什麼要求？」韓國夫人冷冷問，心中卻已打定主意，絕不答應仇人任何要求。

「我只求夫人在活埋我之前，先剝去我的面皮。」任天翔淡淡道。

「為什麼？」韓國夫人十分吃驚，活埋已經是慘絕人寰的酷刑了，沒想到這小子還要在活埋之前，讓人先剝去他的面皮，莫非他已經被嚇傻了不成？

任天翔嘆了口氣，平靜道：「夫人照做就是，何必再問為什麼？反正我橫豎是個死，就請夫人稍微麻煩一點，滿足我這個微不足道的願望吧。」

「不行！你不告訴我原因，我絕不會答應你。」韓國夫人斷然道。她的好奇心已經被激起，無論如何也要知道其中的原因。

任天翔被逼不過，只得嘆道：「小侄自覺無顏去見九泉之下的六哥，所以還請夫人先剝去小侄面皮，再用我來活祭。」

韓國夫人仔細打量著任天翔，只見他神情沒有一絲愧疚或害怕，只有無盡的遺憾和惋惜，更加讓人摸不著頭腦。

她抓住任天翔的髮髻抬起他的頭，盯著他的眼眸質問：「你不是因殺害玉亭而內疚，卻為何要這樣說？」

任天翔坦然迎上韓國夫人冷厲的目光，苦笑道：「反正我今日已是難逃一死，夫人就多費點功夫讓我死得心安吧。在目前這形勢下，無論我說什麼夫人都不會相信，何必還要多問呢？」

聽任天翔話裏有話，韓國夫人更不能讓他就死。她抬手就給了任天翔一個耳光，喝道：「你必需說，至於信不信那是我的事，能騙過我的人，這個世上還沒有生出來。」

任天翔默然良久，終於嘆道：

「六哥死的那天，正是任重遠意外過世之後沒幾天。如果沒有六哥這事，我不會失去義安堂，更不用逃離長安。我這次冒險潛回長安，除了是因為我妹妹的事，更主要是想查明六哥的死因，沒想到剛到長安沒幾天，就有人向夫人告密，看來有人一直就想要我死，只不過是假了夫人之手而已。」

韓國夫人皺起眉頭，她聽懂了任天翔話中之話，那是在懷疑義安堂有人在栽贓陷害，為了奪位而陷害他。她遲疑道：「你這樣說，可有什麼根據？」

任天翔苦笑著搖搖頭：「我沒有任何根據，而且六哥去世時，我早已喝得酩酊大醉，對究竟發生了什麼事，沒有任何發言權。我只是覺得，六哥死得太巧了，因此很想查明那晚除了我之外，宜春院是不是還有不速之客。所以我回到長安後就一直住在宜春院，也正是為此。」

韓國夫人冷冷打量了任天翔片刻，這才淡淡問：「你有什麼發現？」

任天翔苦笑道：「宜春院早已物是人非，當年的姑娘早已不在，所以我還沒有任何發現。不過回想當日情形，有一點我一直感到奇怪，近日重回宜春院實地考察，更加讓我感到疑惑。」

韓國夫人忙問：「哪一點？」

任天翔沉吟道：「當年宜春院是長安城的名樓，按說在任何情況下，都要有人在貴客身邊伺候，可是六哥出意外那晚，除了我們兩個醉鬼，竟沒有宜春院的人在身邊。而且我們飲酒的後院繡樓，最高處也僅有三層，樓下又是厚厚的草坪，要想將人摔死當場，還真不是一般的容易。」

韓國夫人秀眉緊皺：「你意思是說，殺害玉亭的另有其人？」

任天翔連忙搖頭：「我沒這麼說，只是對六哥的死一直心存疑慮和愧疚，尤其是我對那晚喝醉後的情形完全沒有印象，所以才想查個水落石出。為了這個原因，我顧不得打理東都洛陽那如日中天的陶玉生意，甚至令同伴將所有賺到的錢都送到長安，就為查明六哥的死因。」

韓國夫人有些驚訝：「最近在東都洛陽賣得最火的陶玉，竟是屬於你的？」

任天翔不以為然地道：「準確說，是我與它的發明人陶玉先生共有，陶玉先生負責生產，我負責銷售，獲利我與他對分。」

韓國夫人望向任天翔的目光頓時有些不同，那種薄如蟬翼、胎質如玉的陶玉已經傳到了長安，什麼公主瓷、公侯瓷的噱頭，更是成為長安富豪們津津樂道的話題，沒想到這種名瓷的東家，竟然就是眼前這個不起眼的紈褲公子。

現在任天翔在韓國夫人眼裏，已經不單單是殺子仇人，同時也是一棵結滿銀子的搖錢樹。將這棵搖錢樹就這樣埋掉，實在有些浪費，如果能先搖錢後報仇，豈不兩全其美？

韓國夫人想到這，神情不再那麼冷厲，若有所思地淡淡問道：

「你編造玉亭之死另有其人的故事，就是想拖延時間，趁機逃脫吧？可惜你這樣的人我見得多了，你讓我如何相信？」

任天翔苦笑道：「我從來就沒有奢望夫人放過自己，所以只求夫人在我臨死前滿足我毀容的小小願望，僅此而已。」

韓國夫人沉吟良久，最後道：「如果玉亭的死另有隱情，就這樣殺了你，只會讓真凶逃脫制裁。但如果就這樣放過你，又怎麼能讓我甘心？」

任天翔想了想，遲疑道：「我可以拿一大筆錢給夫人作為擔保，如果殺害六哥的另有其人，我會將他押送到夫人面前。要是夫人查明六哥確實是因我而死，小侄願在六哥陵前自裁謝罪！」

見韓國夫人神情已有所動，任天翔又貌似隨意的補充了一句：

「這兩天，我的人就將帶著鉅款來長安，差不多明後天就該到了吧。如果夫人今晚將我活祭，還請轉告他們我的遺言，就讓他們用那筆款子繼續追查六哥的死因，找出真凶為六哥報仇。」

韓國夫人聽說這兩天就有錢送到長安，終於頷首道：

「好！我暫且留你一命，如果查明玉亭的死，真凶另有其人，我會放過你。不過在查明真相之前，你得留在我府中，直到找出真凶為止。」

任天翔知道韓國夫人更多是看在那筆錢的份上，讓自己多活兩天就能得到一筆鉅款，這買賣對她來說非常划算。就算自己是緩兵之計，在她來說也只是多拖延兩天而已。不過，現在他已沒有資格談條件，只能暗自慶幸地答應：

「我願留在夫人府中，直到找出殺害玉亭的真凶為止。」

任天翔已經打定主意，定要將這份嫌疑往義安堂身上引，既然他們不仁，就別怪自己不義，而且就目前看來，義安堂也確實有不小的嫌疑。如果不是江玉亭這意外，自己根本不必離開長安，義安堂的繼承人也就不一定會是蕭傲了。

任天翔正胡思亂想，就見韓國夫人已對隨從招了招手，眾人立刻七手八腳將任天翔從坑中重新挖了出來，然後給他戴上鐐銬，塞入馬車連夜載回長安。

死裏逃生，任天翔在暗自慶幸之餘，心中依然忐忑不安，不知道自己的好運還能堅持多久，能否在下一次危機到來之時，再次轉危為安。

韓國夫人的府邸坐落在長安的富庶區，極盡奢華富麗，就是關押任天翔的柴房，也遠好過刑部的大獄。比起被活埋的命運，這裏已經算是天堂了。

躺在充滿馬糞味道的後院柴房中，享用著韓國夫人打發下人的粗陋食物，任天翔心情稍稍放鬆了一點。他已經找到那個女人的弱點，正像她妹妹楊玉環說的那樣，就是極度的貪婪，只要有弱點，就不怕沒機會攻克，任天翔對此深信不疑。

遵照任天翔所說，韓國夫人派了人到宜春院去等候，第二天便等到了帶著錢連夜趕來長安的褚剛。韓國夫人立刻讓人將褚剛帶到自己府中。

看在錢的份上，她特意讓下人給任天翔洗了個澡，換了身乾淨的衣衫，這才讓他與褚剛在府中相見。為了防止二人串通，她故意設宴款待二人，這樣她便可以憑主人的身分，監視二人相會時的所有言辭。

在一間雅致的客廳中，韓國夫人高居主位，任天翔與褚剛分坐左右。二人雖然對面相望，但每一句對話都必先讓韓國夫人聽到。褚剛心中雖有諸多疑問，卻也只得壓在心頭，見任天翔神情有些疲憊，他不由關切地問：「兄弟你沒事吧？」

任天翔舉杯笑道：「有韓國夫人盛情款待，我當然沒事。對了，洛陽的生意如何？」

褚剛見任天翔沒有多餘的暗示，只得實言相告：

「生意已經上了軌道，現在不光洛陽的豪門爭購陶玉，就是長安、揚州、廣州等地的達官貴人也紛紛托人前來購買，現在陶玉不愁沒人高價搶購，只愁產量跟不上。」

任天翔知道褚剛是因為有外人在場，所以閉口不談具體的盈利數字，不過，現在他是要激起韓國夫人的貪婪之心，所以便直接問：

「我離開這段時間，景德陶莊大概賺了多少錢？」

褚剛遲疑道：「公子離開這一個多月，陶莊大概賺了有五千多貫，這次我都帶了來。」

注意到韓國夫人似乎有些不屑，任天翔故意道：「才這麼點？我以為最少也該有萬貫以上。」說話的同時，對褚剛微微眨了眨眼。

褚剛雖然木訥，人卻不笨，便順著任天翔的話往下說道：

「是少了點，主要是因為陶窯才剛開始擴建，產量還沒跟上來，所以很多人拿著錢也買不到。如果明年陶窯產量上來後，我估計賺的錢至少可以翻倍。」

任天翔嘆道：「可惜景德陶莊在長安沒有店鋪，不然憑著長安城南來北往的各路客商，起碼可以將陶玉的銷量提高十倍，要是再能成為大內的貢瓷……」

注意到韓國夫人終於有所心動，任天翔卻故意閉口不談，舉杯對褚剛苦笑道：「算了，這都是我不切合實際的幻想。現在我一身麻煩，又是朝廷欽犯，沒被夫人送去刑部坐牢已經是天大的僥倖，哪還敢有這些不切實際的奢望。還是喝酒要緊，乾了！」

二人齊乾一杯，任天翔又對褚剛道：「錢你都帶來了吧？在哪裡？」

褚剛點點頭：「就在外面的車上。」

任天翔喝道：「那還不快送進來。」

褚剛連忙起身出門，少時便與崑崙奴兄弟和幾個夥計抬著一箱箱銀錠來到廳中，五千多貫錢換成銀錠有五千多兩，足足裝了四、五大箱，擺在廳中白花花的，令人眼目眩暈。

任天翔很是愧疚地對韓國夫人道：「這點錢真不好意思拿出手，還請夫人暫且笑納。待小侄生意擴大後，再給夫人一個驚喜。」

韓國夫人沒想到這棵搖錢樹這麼有貨，還沒怎麼搖就吐出五千多兩銀子，要是如他所說，將景德陶莊開到長安，那該有多少進項？如果自己再幫他將陶玉送進大內，成為大內貢瓷，那豈不是財源滾滾，而且還是細水長流？

只可惜這小子是殺害玉亭的仇人，要是、要是凶手果真另有其人，倒也不妨與他合作，幫他將景德陶莊開到長安，成為一棵更大的搖錢樹！

韓國夫人臉上每一個細微的變化，都沒有逃過任天翔的眼睛，見她已經心動，任天翔故意對褚剛道：「可惜我是朝廷欽犯，隨時有可能因事發而坐牢，實在沒必要在生意上過分操心。陶莊就維持目前的規模吧，每個月有幾千兩進項就已經足夠咱們吃喝花用了。」

褚剛心領神會，故意嘆息道：「公子不趁陶玉大賣的勢頭，擴大規模賺更多的錢，實在是令人惋惜。這種機會一輩子可遇不到幾次，公子甘心就這樣白白放過？」

任天翔搖頭苦笑道：「我現在更多心思是在追查我六哥的死因上，錢只要夠用就好。再說，現在因為六哥的事，夫人還要留我在府上住一段時間，我哪有心思打理生意？」

韓國夫人清了清嗓子，終於忍不住插話道：「任公子不要太過擔心，如果真如你所說，玉亭的不幸是另有原因，我也不會為難你，甚至可以幫你將陶玉舉薦到大內，使之成為皇家貢瓷。」

任天翔大喜過望，連忙拱手拜道：「若真如此，我願將陶玉在長安的銷售全權託付給夫人，長安的景德陶莊將以夫人為最大東家。」

韓國夫人雖然沒做過什麼大買賣，卻也知道長安是世界之都，本身就富庶天下不說，各地往來的商賈更是無數，如果所有景德陶窯的瓷器都由自己來經手，哪怕只賺一成的利，那也將是一筆巨額財富，只怕比亡夫留下的地租和俸祿加起來還多。她不禁怦然心動，卻又猶豫道：「我很願意接受你的建議，可你要變卦怎麼辦？」

任天翔呵呵笑道：「夫人的妹妹是皇上最寵愛的貴妃，兄長是當朝相國，小侄巴結你還來不及呢，哪會變卦？況且陶玉要想賣到長安，沒有夫人牽線搭橋，傾力舉薦，只怕也是寸步難行。所以無論從哪個方面來講，小侄都沒有變卦的理由。」

韓國夫人微微頷首，面露得色道：「只要是在長安，我還真不怕你耍花樣。」說著，她緩緩舉起酒杯，「好！我接受你的建議，從今往後，長安城的陶玉，就由我指定的人來經營，任何人不得再插手。」

「一言為定！」任天翔連忙舉杯答應，雖然他知道這樣一來自己損失了不少潛在的利益，不過為了滿足這女人的貪欲，讓她忘掉兒子的仇恨，也不得不付出這必要的代價。

二人齊乾了一杯，正待繼續商議合作的細節，就見一個老家人氣喘吁吁地進來稟報：「夫人，大理寺少卿柳少正大人求見！」

韓國夫人有些意外：「我一向跟大理寺沒什麼往來，他來做甚？」

老家人遲疑道：「柳大人好像是得到消息，說有欽犯被夫人擒獲，所以特來押解，希望帶回大理寺審訊。」

韓國夫人更是意外：「大理寺消息倒是很靈通，不過它一向是審官不審民，為何這回卻要來提一個非官非胄的通緝犯？他這不是要搶刑部的飯碗嗎？」

老家人答不上來，只得唯唯諾諾不知所對。只有任天翔立刻就猜到，定是小川流雲將自己被刑部捕快所擒的消息，通過李泌送到了太子李亨那裏，李亨不好親自出面，只得讓大理寺出面向韓國夫人要人。這原本是自己夢寐以求的好事，不過現在似乎有些多餘了。

韓國夫人卻不知究竟，起身對任天翔道：「我去看看，定不容大理寺的人將你帶走。」

任天翔聞言，不禁搖頭苦笑，昨天他還盼著太子殿下將自己從韓國夫人手裏救走，不過現在他倒是希望不要再節外生枝。見韓國夫人要走，他忙道：

「夫人暫且留步，我好歹還是受官府通緝的欽犯，要是夫人為我與大理寺起了衝突，小侄心中實在有些不安。而且，現在若是要將陶莊開到長安，我這欽犯的身分也實在有些不便。所以我有個兩全其美的法子，希望夫人成全。」

「什麼法子？」韓國夫人忙問。

任天翔沉吟道：「我是因六哥的事才遭到官府通緝，如果夫人能告訴大理寺，六哥的死是一場意外，就可以脫去我欽犯的身分，我願為此付十萬貫錢作為夫人養老之用。」

韓國夫人一聲冷哼：「你花十萬貫錢，就想買我兒一條命嗎？」

「夫人誤會了！」任天翔忙道，「這十萬貫是我替六哥孝敬夫人的養老錢，如果將來夫人查明殺害六哥的凶手確實是我任天翔，無須夫人動手，我自己到六哥陵前自刎謝罪。」

韓國夫人冷冷問：「我憑什麼相信你？」

任天翔笑道：「就算這次夫人幫我脫去欽犯的身分，將來要將我重新定罪，也只是舉手之勞，在長安城，誰不知道夫人可以翻雲覆雨，要收拾小侄還不是手到擒來？」

韓國夫人仰頭想了想，沉吟道：「暫時幫你洗脫欽犯的身分也不是不可以，不過，你拿什麼來付我十萬貫？」

任天翔自信地笑道：「我暫時給夫人打一張十萬貫的欠條，我能白手起家打下景德陶莊這片基業，夫人就該相信我的才能。只要給我一點時間和機會，十萬貫對我來說不是問題，就是不知道夫人對我有沒有信心？」

韓國夫人沉吟起來，暗忖：若是不幫這小子洗脫欽犯的身分，他在長安就不能公開活動，這會影響自己與他的合作，而且，這小子一下子就拿出五千多貫的真金白銀，看來也還真有點能耐，何不放手讓他一試，要是將來查明玉亭確實是死在他手裏，再收拾他不遲。

這樣一想，她終於頷首答應：「好！我姑且信你一次！不過十萬貫不夠，我要二十萬貫，而且要在一年之內湊齊，有沒有問題？」

任天翔心中暗罵這女人的貪婪，但現在自己是別人砧板上的肉，哪敢一口回絕。他猶豫道：「數目不是問題，不過，時間上是不是再寬裕一點？」

韓國夫人略一遲疑：「那就放寬到兩年，第一年付我十萬貫，剩下十萬貫兩年後再付。有沒有問題？」見任天翔無奈點頭，她立刻高喝，「筆墨伺候！」

老家人應聲而去，少時便令人將文房四寶送了過來。任天翔立刻寫下兩張十萬貫的欠條，並按上了自己手印，然後將欠條交到韓國夫人手中。

他知道這兩張欠條就像兩條絞索，一端握在韓國夫人手裏，另一端緊緊套在自己脖子上，不過能將殺子之仇變成金錢債務，也總好過拿命去抵債。

韓國夫人仔細看了看欠條，然後示意老家人妥善收藏，這才對任天翔道：

「你跟我去見大理寺的人，我為你洗脫罪名。」

客廳之中，大理寺少卿柳少正早已等得不耐，見韓國夫人出來，他連忙起身相迎。待見到跟在韓國夫人身後的任天翔，他不禁愣在當場。不是因為他也是當年長安七公子之一，跟任天翔再熟悉不過，而是奇怪這小子在韓國夫人府中，竟不是階下囚，反而像是貴客一般。

「柳大人是為任公子而來？」韓國夫人在主位坐定，不等丫鬟奉茶便淡淡問道。

「不錯！」柳少正拱手拜道，「大理寺得知欽犯任天翔已潛回長安，而且被刑部生擒送到夫人府上，所以特令卑職前來提人。」

韓國夫人一聲冷哼：「大理寺什麼時候也審理起民間的官司來了？」

柳少正忙道：「江玉亭是貴妃娘娘家侄子，當年他的死曾驚動了聖上，所以大理寺不敢怠慢，需親自審訊，交由聖上發落，所以還請夫人將欽犯交卑職帶回大理寺。」

韓國夫人淡淡問：「任公子因何成為欽犯？」

柳少正遲疑道：「他是殺害江玉亭的嫌犯。」

韓國夫人悠然道：「如果我現在告訴你，當年玉亭的死跟任公子沒有任何關係，這只是一場誤會，我願撤回對任公子的一切指控，你是不是可以回去交差了？」

柳少正十分意外：「可是這案子早已驚動貴妃娘娘和聖上……」

「貴妃娘娘和聖上那裏我自會解釋，大理寺不必再過問。」韓國夫人說著端起茶杯，向老家人示意，「送客！」

柳少正還想爭辯，任天翔已對他眨眼笑道：「沒想到幾年沒見，三哥竟然做了大理寺少卿，真是可喜可賀。不過今日還請三哥暫且回去吧，改天我再請你喝酒。」

送走滿腹狐疑的柳少正，韓國夫人對任天翔許諾道：

「從今日開始，我會撤回對你的一切指控，徹底洗脫你朝廷欽犯的罪名。不過我有一個條件，就是你不能離開長安一步，而且必須隨時讓我得知你的下落，為此，我會派人跟著你，直到你還清那二十萬貫錢，而且查明玉亭的真正死因。」

任天翔無奈點頭道：「夫人考慮周詳，小侄當然沒有異議。」

「很好！希望你千萬不要耍什麼花樣！」韓國夫人說著拍了拍手，就見一名腰佩短劍的紅衣少女應聲而入，韓國夫人向任天翔介紹道，「她叫上官雲姝，是我的義女，從現在開始，她將寸步不離地跟著你，有沒有問題？」

任天翔見這少女雖然冷若冰霜，卻生得明目皓齒，俊美無雙，頓時喜出望外，連連點頭：「沒問題，當然沒問題！」

第七章 保鏢

任天翔突然感到眼前一花，
身不由己往下俯衝，後脖被上官雲姝緊緊摁住，
一柄寒光閃閃的短劍已抵在了自己咽喉之上。
這一下兔起鶻落、快如閃電，
就連近在咫尺的褚剛也來不及救援，只能目瞪口呆愣在當場。

馬車在入夜的長安街頭徐徐而行，車中褚剛與任天翔相對而坐，褚剛顯然有滿腹的疑問，不過幾次想開口都欲言又止，他悻悻地瞪了擠在車廂中的上官雲姝一眼，但見這冷若冰霜的美女眼簾低垂，由鼻觀心，對褚剛的冷眼似乎渾然不覺。

任天翔見狀笑道：「上官姑娘，你放著自己的駿馬不騎，為何一定要跟兩個臭男人擠在一個車廂裏？不怕咱們的汗臭味熏壞了你？」

上官雲姝依舊眼簾低垂：「夫人令我寸步不離地跟著你，雲姝自然要盡忠職守。」

「睡覺的時候也跟著我？去茅廁你也跟著我？」任天翔故意壞笑著調侃，「本公子去青樓找姑娘，你是不是也要在一旁觀摩啊？」

見上官雲姝依舊雙目低垂如老僧入定，任天翔只得使出下三濫的伎倆，故意壞笑著往她身上靠去：「看來上官姑娘是見過世面的人，不如咱們交流交流。今晚我也不找別的姑娘了，就跟上官姑娘好好切磋切磋。反正你是要寸步不離地跟著我，不如來個貼身緊跟……」

話音未落，任天翔突然感到眼前一花，身不由己往下俯衝，臉「砰」地一聲貼在了車廂地板上，後脖被上官雲姝緊緊摁住，一柄寒光閃閃的短劍已抵在了自己咽喉之上。

這一下兔起鶻落、快如閃電，就連近在咫尺的褚剛也來不及救援，只能目瞪口呆愣在當場。

上官雲姝居高臨下地盯著任天翔，一字一頓道：「你再敢對我口齒輕薄，我就殺了你！」

任天翔第一次發現這美女不光面若冰霜，就連那眸子似乎都不帶一絲人的感情，令人不寒而慄，他趕緊點頭：「上官姑娘饒命，本公子只是開個玩笑而已。」

上官雲姝手上一緊，任天翔的臉頓時被地板擠得變了形，他趕緊討饒：「不敢了，再不敢了，還請姑娘高抬玉手！我的臉……我的臉……哎喲……」

上官雲姝總算放開手，一翻腕，短劍陡然入鞘，依舊垂簾端坐，就像什麼事也沒發生過。

任天翔揉著自己臉頰慢慢坐起，悻悻地瞪了對面苦忍笑意的褚剛一眼，暗想要是趕車的不是崑崙奴而是褚剛，自己身邊是崑崙奴兄弟，定要這女人好看。

任天翔不是那麼容易認輸的人，一計不成，很快又生一計，故意問褚剛：「你有沒有覺得今天天氣有點發熱？」

褚剛有些莫名其妙，夜晚的天氣十分涼爽，甚至還有幾分寒冷，跟熱毫不相干，不過他知道任天翔這樣問一定有他的深意，便順著他的話答道：「好像是有點熱。」

「熱你還不脫衣服？」任天翔說著，解開了自己的衣襟，褚剛心領神會，慢慢解開自己的衣衫，袒露出肌肉虬結的胸膛，笑著點頭道：「是要脫件衣服才行。」

轉眼間二人已脫去外套，袒胸露腹相視而笑。任天翔邊用衣衫扇著風，邊誇張地自語：「真不知今晚為啥這樣熱，看來光脫衣服還不行，還得脫掉褲子。」

褚剛立刻隨聲附和：「沒錯，我也熱得不行。」

「那你還不快脫？」任天翔促狹地催促道。

褚剛滿臉尷尬，當著一個大姑娘脫褲子，這要傳出去，他的名聲算是全毀了，只得反詰道：「公子為啥不脫？」

任天翔哈哈大笑：「好！咱們數一二三，一起脫！」

上官雲姝的臉終於紅了，雖然她一直低垂著眼簾，但二人的對話卻一字不差地聽在耳中，當任天翔數到三的時候，她終於丟下「無恥」兩字，從車窗中跳了出去，穩穩落在一旁的坐騎之上，就聽車廂中爆出任天翔得意的大笑，讓她恨不得將這無賴立斃劍下。

總算將上官雲姝趕出車廂，褚剛趕緊穿好衣衫，收起笑容，憂心忡忡地嘆道：「公子一下子背上二十萬貫的閻王債，居然還笑得出來？」

任天翔意味深長地笑問：「你看我值多少錢？」

褚剛有些茫然，反問道：「人豈能用錢來衡量？」

任天翔悠然笑道：「每一個人都有不同的價值，雖然錢不能完全體現這種價值，但也找不到比錢更好的衡量物了。」

褚剛聽得似懂非懂，遲疑道：「那……公子認為自己值多少錢？」

任天翔笑道：「我在欠下韓國夫人二十萬貫鉅款之前，在她眼中幾乎一錢不值，所以她要用我來活祭她的兒子。不過，在我欠下她這筆債務之後，在她眼中我就升值了，起碼能值二十萬貫。所以她已經成為我的合夥人，她會盡力協助我賺到這筆錢，在通常情況下，她還會盡可能地保護我這個欠債人的生命和財產安全。二十萬貫欠條不僅洗脫我欽犯的身分，還買到這麼強大一個合夥人，這錢花得千值萬值。」

褚剛還是不懂，苦笑道：「別人欠債都愁眉苦臉，只有公子欠債還這麼開心。」

任天翔哈哈笑道：「有時候，一個人的價值跟他擁有的錢財不是成正比，而是成反比。比如一個腰纏萬貫的富豪，錢財對他來說就是負價值，錢財越多，他的性命越危險，是個人都想殺了他，搶他的錢。而一個欠下鉅款的負債人，在他的債主眼裏就是個金娃娃，欠得越多價值就越大；每個債主都恨不得跟在他身後親自保護，就像那個凶巴巴的冷面美人，除了監視，何嘗不是韓國夫人派來保護我的保鏢？所以要想成為一個舉足輕重、價值巨大的人物，就不要怕欠錢，只怕沒機會欠別人價值不菲的鉅款。」

褚剛終於有些明白了，卻還是憂心忡忡地道：

「公子所說似乎有幾分道理，不過二十萬貫不是小數目，兩年時間，景德陶玉就算擴大規模也未必賺得到，屆時公子拿什麼去還債呢？」

任天翔胸有成竹地笑道：「我們有韓國夫人這塊金字招牌和靠山，如果兩年時間連二十萬貫都賺不到，那就實在太窩囊了，沒資格在富庶天下的長安城立足。」

任天翔的自信感染了褚剛，他終於不再擔憂，欣然笑問：

「看來公子已經有所盤算，不知想從哪裡開始？」

任天翔微微笑道：「具體的計畫暫時還沒有，我們現在要做的是請客。」

褚剛一愣：「請客？為啥請客？」

任天翔目視虛空，傲然道：「我要大張旗鼓地向世人宣布，我任天翔回來了！長安將成為我縱橫馳騁的大舞臺，所有從我這裏拿走的東西，都要加倍地歸還，所有傷害過我的人，都要付出加倍的代價。任重遠當年做到的事，我任天翔一定要做到，任重遠當年沒做到的事，我任天翔也要做到！」

褚剛有些驚訝地望向任天翔，第一次從對方那稚氣未脫的臉上，看到了一種與生俱來的自信和霸氣，很難想像他方才還在一個女人的手下高聲討饒，更難想像他竟然是個文不能吟詩，武不能殺人的破落紈褲。

突然想起一事，褚剛猛地一拍腦門，笑道：「差點忘了，我有件好東西送給公子。」說著從貼身處拿出一個錦帕，面露得色地遞到任天翔面前。

「是什麼？」任天翔說著接過錦帕，小心翼翼地打開，就見一塊不規則的墨玉殘片躺在自己手心，煥發著一種古樸而神秘的光華。任天翔大喜過望，「公輸白那塊？褚兄怎麼弄到的？」

褚剛嘿嘿笑道：「說來也是湊巧，公輸白手下那個鐵摩，跟我不打不相識，請我去喝酒，於是我得知了公輸白的行程。我花高價請了個江湖上有名的妙手空空，在公輸白必經之路上潛伏。我原本也沒抱多大希望，沒想到他竟然得手，將公輸白貼身藏著的玉片盜了出來。」

「太好了！公輸白果然是要輸到洗白，他這名字還真沒起錯。」想起公輸白高價買到的玉片，就這樣被一個蟊賊盜走，任天翔就忍不住哈哈大笑，不禁在心中感慨，上天對自己還真是眷顧，在自己剛丟了一塊玉片之後，立刻又從別處找回另外一塊。現在自己手上有兩塊玉片，義安堂也有兩塊，七塊殘玉已現四塊，就不知餘下三塊在哪裡。

說話間，馬車停了下來，褚剛下車後，發現馬車停在一座破舊的青樓門口，頓時皺起了眉頭：「公子就住在這裏？」

任天翔坦然點頭：「我從小就在這裏長大，宜春院就像是我另外一個家。不過，現在我要昂首進入長安上流社會，再住在這裏顯然不合適。你儘快給我另外找個地方，咱們明天就搬走。」

褚剛連忙答應，隨任天翔走向宜春院大門，就見趙姨迎了出來，嘴裏驚喜交加地嚷嚷道：「公子你可回來了，小薇那姑娘聽說你被人抓了去，急得茶飯不思，沒想到公子已經平安歸來，我這就讓人去通知她……」

突然看到緊跟在任天翔身後的上官雲姝，趙姨不禁大為奇怪。

她幹這行這麼多年，還沒見過跟著男人上青樓的大姑娘，正要動問，卻被對方那冷冽如冰的眼神，將衝到嘴邊的疑問生生壓了回去。在男人面前口齒伶俐的趙姨，在上官雲姝面前竟不敢輕易開口。

任天翔見狀笑道：「這是我剛請的貼身女保鏢，趙姨不必驚訝。你就在我的臥房外給她安排個睡覺的地方就成。」

趙姨連忙答應而去，任天翔帶著褚剛與上官雲姝來到後院，就見小川流雲迎了出來。

任天翔見他兩眼佈滿血絲，顯然是為自己的事奔前忙後，沒有一刻休息，心中甚是感動。不過，他只是對小川微微點了點頭，他知道他與小川之間，無需再說感激的話了。

「公子擺脫欽犯身分，值得大家慶賀，就容我去安排，今晚定要一醉方休。」褚剛提議道。他知道任天翔喜歡飲宴的熱鬧，所以想以此來慶賀。誰知任天翔卻搖頭道：「明天吧，今天實在太累了，我想早點休息。」

任天翔剛從鬼門關轉了一圈回來，早已心神俱疲。當初與韓國夫人周旋之時還不覺得，現在才感到害怕，只想好好睡上一覺，將那段恐怖的經歷早點忘卻。

褚剛等人離去後，任天翔見上官雲姝似要跟著自己進房，便故意調笑道：「我在這裏已經有個宜春院的姑娘伴寢，上官姑娘如果不介意的話，我也非常歡迎。」

上官雲姝臉上微紅，正要出言反擊，突聽身後響起一個銀鈴般的聲音：「你這幾天死哪兒去了，害我白白為你擔心了半天……這女的是什麼人？」

說話間，就見一個滿口齙牙、面色黝黑的少女氣喘吁吁由外而來，見到任天翔本是滿臉驚喜，不過突然看到上官雲姝，她滿臉的驚喜立刻變成了戒備，滿是敵意地打量著上官雲姝，那眼光有種殺人的衝動。

任天翔沒想到這醜女出現得還真是時候，他連忙將她拉入房中，向上官雲姝介紹道：「這就是我相好的姑娘，上官姑娘有沒有興趣認識一下？」

上官雲姝有點意外，仔細打量了小薇幾眼，這才不屑地笑道：「任公子的品味似乎有點與眾不同啊。」

「青菜蘿蔔，各有所愛，我就喜歡她這樣的，上官姑娘莫非是吃醋了？」任天翔說著哈哈一笑，搶在上官雲姝發火之前，「砰」地一聲關上房門，將她擋在了門外。

上官雲姝愣了愣，正抬手想推門進去教訓一下這個口齒輕薄的混蛋，卻聽到房門內傳來令人面紅心跳的嘖嘖聲，似乎那兩個狗男女已經在行苟且之事，她只得悻悻地收回手，轉身避到外間。

房門之內，任天翔故意嘖嘖有聲地親著自己的手心，讓小薇有些莫名其妙，訝然問：「公子這是幹什麼？」

任天翔示意她噤聲，聽聽門外上官雲姝已經走開，他才稍稍鬆了口氣，對小薇笑道：「沒事，我這是在練習親嘴。」

小薇頓時有些扭捏，轉開頭去小聲道：「你、你練那幹啥？」

任天翔見這醜丫頭神情羞澀，突然意識到她還是個未下海的清倌兒，雖然在這宜春院耳濡目染了很久，卻依舊是個稚氣未脫的少女，自己這樣說多半讓她誤會了。任天翔可不想讓這醜丫頭誤會下去，趕緊板起面孔道：「我自練我的，干你何事？」

小薇的聲音越發細微：「你方才說就喜歡我這樣的，可是真心話？」

任天翔啞然失笑：「姐姐，你知道這是哪裡？是迎新送舊的青樓，青樓會有真心話？你不是剛來的吧？」

見小薇神情似有無盡失落，想起她這些天來對自己的照顧，任天翔只得柔聲勸慰道，「明天我就要離開這裏，你會有新的客人，很快就會將我忘得一乾二淨。」說著，長長地伸了個懶腰，「這兩天都沒睡好覺，睏死了。早些歇息吧，還是老規矩，你睡床，我睡椅子。」

將被褥鋪在椅子上，任天翔舒服地躺進被窩，正想好好睡上一覺，突聽小薇一字一頓道：「我有個決定，我要從良。」

「從……從良？」任天翔以為自己聽岔了，「你、你要從誰？」

小薇的目光轉到任天翔身上，一本正經地道：「就是你。」

任天翔嚇得從長椅上應聲滾到地上，狼狽地翻身起來，他苦著臉對小薇道：「姐姐你莫嚇我，我有什麼值得你從良？」

「因為你喜歡我！」小薇一本正經地道，「這輩子還從未有人對我說過這樣的話，所以我跟定你了，我不會再有其他客人，這輩子我就只跟你一個。」

任天翔抱頭大叫：「姐姐，我說過喜歡的女人多了去，要都爭著跟我，那我還不讓她們撕成碎片？」

「我不管！」小薇絕決而堅定地道，「哪怕就做你身邊一個丫鬟，我也心甘情願。」

任天翔舉起雙手懇求道：「我到底哪裡值得你喜歡，我改還不行嗎？求求你找別人從去吧，我既沒錢又沒品，現在還背了一身閻王債，跟著我你一定會後悔。」

「不要你掏錢！」小薇欣然道，「趙姨說過，只要有人要我，多少錢隨便給，我以前幫姐姐們洗衣做飯，她們打賞了我不少錢，我都攢了起來，現在正好派上用場。你的債我也可以幫你還。」

任天翔啞然失笑：「傻丫頭，你知道我欠了多少，就要幫我還？」

「你欠了多少？」小薇忙問。

「我怕說出來會嚇死你。」任天翔嘆了口氣，「早點睡吧，別胡思亂想，做人要現實一點。你跟我根本就是兩個世界的人，睡在一間屋子已經是天大的意外，難道你還想讓我下半輩子天天都是意外？」

說完任天翔蒙頭而睡，不再理會這傻丫頭。

誰知這傻丫頭只安靜了一會兒，就開始在房中翻箱倒櫃，吵得人無法入睡。任天翔掀開錦被正要喝罵，卻見小薇正捧著一個小包裹立在自己面前，滿臉絕決地道：

「這是我所有的積蓄，至少能值二十貫錢，你先拿去還債，要是不夠，我再找相熟的姐姐借點。」

包裹中是幾個劣質的玉釵、做工粗陋的手鐲，以及幾塊散碎銀兩，根本值不了幾個錢，不過任天翔神情卻有些異樣。

他望著那幾件低劣的首飾愣了半晌，突然抬手將它推開：「我從來不用女人的錢，尤其是醜女人的錢！」

小薇眼中漸漸盈滿淚水，卻忍著淚珠將包裹再次遞到任天翔面前：「算是我借給你的，等你有了錢再還我。」

任天翔見小薇說得認真，頓感頭大。以前他擺脫過不少美女的糾纏，但對付醜女卻還是第一次。而且看這傻丫頭的執拗勁，只怕輕易不好打發，而且，現在還有另外一個負責監視自己的冷美人，幾乎寸步不離地貼身緊跟，這兩個女人要湊到一起……

想到上官雲姝，任天翔心中突然一動，如果有這醜丫頭在身邊，倒也可以用她來對付上官雲姝的監視。這醜丫頭呆呆傻傻，難得又對自己一片癡心，對付她總比對付那不知深淺的冷美人容易些。

這樣一想，任天翔頓時有了主意，他將包裹依舊塞回小薇手中，正色道：「要想跟著我可以，但必須答應我幾個條件。」

小薇忙問：「什麼條件？你說！」

任天翔想了想，屈指數道：「第一，你只能做我身邊的丫鬟，不能有任何癡心妄想，更不得干涉我與別的女人交往；第二，你必須對我言聽計從，對我的命令不能有任何違抗；第三……第三暫時沒想好，等我想好後隨時補充。你能答應我這三個條件，我明天就為你贖身。你這錢還是自己留著吧，這點錢還不夠本公子一頓飯的開銷。」

小薇只得收起包裹，欣然道：「只要公子讓我跟著你，什麼條件我都答應！」

「那好，今晚你睡長椅，我睡床。」任天翔說著往繡榻上一躺，「從今往後，你不能再霸佔我的床，不然我就將你重新賣到青樓，永遠也別想再見到我。」

「是，公子爺！」小薇雖有不滿，卻還是乖乖地下床，在鋪著被褥的長椅上躺了下來。

這一夜，任天翔睡得從未有過的香，經過這幾天的折騰，他總算可以睡個安穩覺了。

第二天，褚剛果然找好了房子，任天翔便向趙姨辭行。聽說他要為小薇贖身，趙姨雖然有點意外，但還是爽快地答應，而且只象徵性地收了一點身價錢。

道別之時，任天翔見趙姨依依不捨，便笑道：「趙姨放心，我會常回來看望你。」

趙姨眼眶一紅，欲言又止。

任天翔想起她當年對自己和母親的照顧，忙道：「趙姨視天翔如自家子侄，天翔卻一直無以為報。若趙姨不嫌棄，請容我叫你一聲姨娘。」

趙姨眼中淚花閃動，神情卻有些怪異，囁嚅半晌，終遲疑道：「好孩子，有件事在我心中藏了很久，一直沒機會告訴你。」

「什麼事？」任天翔忙問。

趙姨遲疑良久，壓低聲音道：「你還記得當年江公子意外摔死的事嗎？」

任天翔點點頭：「我一直很奇怪，那天我為何醉得那般厲害，始終想不起是怎麼與玉亭發生爭吵，又是怎麼失手將他推下樓去？」

「那是因為，你們根本沒有發生過爭吵。」趙姨悄聲道，「那晚你們喝酒喝到很晚，只有小紅那丫頭在跟前伺候，快天亮時，老顧起夜，發現後院依然有燈，卻寂靜無聲，便上樓查看。才發現樓上只有你與小紅在伏案而眠，江公子卻不見了蹤影。老顧打著燈籠四下尋找，才發現江公子已摔死在後花園中。」

任天翔神情大變，急問：「那老顧為何要說是我與江玉亭發生爭吵？你們是想將江玉亭的死推到我身上，好擺脫自己的干係？」

趙姨臉上有些羞慚，爭辯道：「也不完全是這樣。當時老顧發現江玉亭已死，急忙向我稟報，我讓人弄醒小紅，問她發生了何事。她說你與江公子喝醉後，她正在收拾殘局，突然有人在她脖子上重重一擊，她便失去了知覺，所以對之後發生的事一無所知。」

「這麼說來，當時樓上還有一個人，他才是摔死江玉亭的兇手？」任天翔恍然醒悟，「你們怕追查兇手影響到宜春院的生意，更怕找到不兇手，宜春院被官府查封，所以就讓小紅說謊，讓人誤以為是我與江玉亭爭吵，失手將他推下了樓。」

趙姨滿面羞慚，愧然道：「老身也是萬不得已，我原以為憑義安堂的勢力，楊家也不能把你怎樣，誰知……」

「趙姨不必愧疚，在那種情形下，換做我也會這樣做。」任天翔嘆了口氣，理解地點點頭，「這事還有誰知道？」

趙姨遲疑道：「除了我，只有老顧和小紅知道。小紅我第三天就將她打發走，老顧去年得病去世，現在就只有老身一人知道。你娘臨終前曾託我照顧你，沒想到我卻害你背了這個黑鍋，心中一直不安。現在你總算從中解脫出來，老身也就放心了。」

任天翔心神漸漸平靜下來，對趙姨笑道：「多謝趙姨將這事告訴我，免得我一直背著誤殺玉亭的良心債。這事你千萬不要再告訴第三人，不然你會有危險。」

趙姨連忙點頭：「我知道利害，你放心好了。這事除了你，我不會向任何人洩露。」

登上離去的馬車，任天翔一直沉默不語。回想當年那場變故，以及之後龍騎軍的追殺，再聯想到之前任重遠的意外身亡，任天翔已知道江玉亭的死不是意外，而是一個陰謀的犧牲品。那不知名的敵人不僅暗算了任重遠，還想借刀殺人除掉自己，其目的顯然是要謀奪義安堂堂主之位。

從結果來看，現任堂主蕭傲和他那堂妹蕭倩玉，顯然有最大的嫌疑，除了他們兄妹，那個來歷不明的如意夫人也脫不了干係。

對面的褚剛見任天翔一直眉頭緊鎖，忍不住問道：「公子心中有事？」

任天翔點點頭：「我要託褚兄幫我找一個人，就是三年前一個叫如意夫人的女人。我只知道她三十多歲，與任重遠有秘密交往，當年任重遠就是死在她的房中。除了這些，我對她一無所知。」

褚剛沒有多問，點頭答應道：「我會找人去打探，只要是有名有姓的人，應該不難找到。」

「不，我要你親自去，不能假手旁人。」任天翔遲疑了一下，「這事可能短時間內不會有結果，洛陽那邊……」

「這個公子倒也不用多慮。」褚剛笑道，「祁山五虎的老三吳剛，不僅讀過十多年書，而且對生意上的事也有一定的悟性，景德陶莊有他主事，應該沒多大問題。」

任天翔放下心來：「那好，褚兄就留在長安幫我，無論是張羅請客還是追查那個神秘的如意夫人，我都離不開褚兄。」

褚剛笑道：「公子如此信任，為兄絕不讓你失望。你想在哪裡請客？我立刻幫你安排。」

「醉仙樓！」任天翔淡淡道，「我要包下整個醉仙樓，至少大宴三天！」

醉仙樓是長安城最有名的酒樓，其富麗奢華，即便是在以富庶聞名天下的長安城，也算得上是數一數二，像這樣的酒樓開銷通常不便宜，所以當有人要包下整座酒樓大宴三天，立刻就在長安城中引起了不大不小的轟動，有人揣測請客的傢伙一定是個錢多了燒得慌的暴發戶，因為真正大富大貴之家，通常是不會在酒樓宴請賓朋。

只有任天翔知道自己的斤兩，若非褚剛連夜趕回洛陽籌款，他連在這裏吃頓飯的錢都不夠。不過他依然堅持要在醉仙樓大宴賓客，褚剛只好趕回洛陽，將景德陶莊最後一點流動資金給任天翔送來。

在租下一座宅院之後，就僅夠包下醉仙樓三天的開銷。三天後，如果天上不掉餡餅，那麼一大幫人就得跟著任天翔喝西北風了。

正午時分，幾名鮮衣怒馬的年輕人率先來到醉仙樓。幾個人在門外下馬後，爭相與任天翔招呼：「老七，幾年不見，發達了？」

「聽說你小子在東都洛陽生意不小，是瓷器新貴陶玉的合夥人？」

「老七怎麼跟楊家拉上的關係？有好處千萬別忘了兄弟們啊！」

任天翔連忙迎上前：「幾位哥哥別來無恙？小弟這廂有禮了！」

「去你媽的，啥時候變得如此文縐縐了？」一個肥頭大耳的錦衣公子，上來就給了任天翔一拳，幾個狐朋狗友立刻嘻嘻哈哈地打鬧起來，只有兩個年齡稍長的年輕人略顯拘謹，只是笑著對任天翔點了點頭。

「大哥和正哥越來越有派頭了，果然不愧是前途無量的官場新貴。」任天翔對二人抱拳道。

「別理他們！」肥頭大耳的錦衣公子不屑道，「刑部捕頭和大理寺少卿就很了不起麼？東照在皇上身邊行走，也沒有他們那麼大的架子。」

原來這幾個年輕人就是當年長安城惡名昭彰的幾個紈褲子弟，人稱「長安七公子」。老大高名揚，出身名捕世家，如今在刑部供職，前日因將任天翔騙到郊外交給韓國夫人，害任天翔差點被活埋，如今再見，神情自然有些尷尬；老二施東照，官宦子弟，靠著祖上的福蔭做了大內帶刀侍衛；老三柳少正也是官宦世家，如今年紀輕輕就做到大理寺少卿的高位；老四就是肥頭大耳的錦衣公子費錢，四方錢莊的少東家，與任天翔關係最鐵；老五周福來，長安城最大綢緞莊的二少爺。

「高哥、東照、阿正、大錢、福來，樓上請。」任天翔用當年的小名熱情地招呼幾個兄弟。見高名揚神情有些拘謹，顯然還在為前日出賣兄弟的事尷尬，他忙笑道，「高哥現在是刑部名捕，小弟一直擔心你老自傲身分，不屑再與小弟喝酒呢。」

「他敢！」肥頭大耳的費錢接口道，「一聽說老七回來，我就一個個去通知眾兄弟，誰要敢不來，以後就別想在我家四方錢莊借錢周轉。」

眾人哈哈一笑，高名揚對任天翔歉然道：「前日的事……」

任天翔立刻打斷了他的解釋：「我知道大哥的苦衷，我要是你也會那樣做。以前的事，過去就過去了，咱們誰也別再放在心上。以後誰要再提，就不是兄弟！」

「是啥事？」老五周福來湊過來問，他一向反應遲鈍，還不知道高名揚與任天翔的恩怨。

「也就是幫我在刑部銷案的事。」任天翔笑道，「小弟我能脫去欽犯身分，正大光明請幾個哥哥喝酒，多虧了在刑部供職的大哥暗中幫忙。」說著將眾人迎上樓去。

上樓時，任天翔湊到柳少正面前，悄聲道：「三哥前日出手相救之情，小弟永遠銘記在心。」

柳少正微微一笑：「老七不用謝我，為兄也不過是受人之托而已。」

他的回答證實了任天翔的猜測，柳少正定是受了李泌或太子殿下之托，才敢到韓國夫人府邸來要人。不過，現在他要以韓國夫人所代表的楊家為招牌，所以暫時不方便與李泌所代表的太子一黨來往過密，所以這酒宴他沒有請李泌，更不敢去請太子。

樓上早已排下酒宴，更有樂師舞孃舞樂助興，一如當年眾人少年荒唐之時。除了助興的樂師舞孃，樓上還有一美一醜兩個妙齡少女，美的那個腰佩寶劍，冷若冰霜，讓人不敢正視；醜的那個做丫鬟打扮，捧著酒壺在一旁伺候。

費錢最是好色，見那紅衣少女美若天仙，不由擠眉弄眼地調侃道：「兄弟好豔福啊，從哪裡找到這等尤物，讓給為兄如何？」說著，伸手就想去摸紅衣少女的臉。

誰知還沒碰到對方一根毫毛，他的手已落入對方掌握，頓覺一股大力從手上傳來，幾乎將他手骨捏斷，他立刻痛得殺豬般大叫起來。

高名揚出身名捕世家，多少練過幾年武；施東照身為御前帶刀侍衛，也是刀不離身。一見同伴受辱，二人急忙出手相救。

高名揚一把扣向少女的咽喉，出手便攻敵之必救，欲逼少女鬆手。施東照則拔刀而出，虛張聲勢地往少女手臂上比劃，嘴裏大喝：「御前帶刀侍衛施東照在此，還不放手？」

少女對施東照虛張聲勢的一刀不理不睬，卻將費錢一把拖到自己跟前，剛好護住自己咽喉要害。高名揚這一爪沒碰到少女一根寒毛，卻結結實實地扣在了費錢脖子上，急忙收手不迭。幾乎同時，施東照一刀劈空，立刻被少女纖纖玉手捉住刀背，施東照卯足渾身力道想奪回刀，卻被少女順勢一送，一個踉蹌仰天跌倒。

高名揚一爪誤中費錢，心有不甘再度出手。施東照一個照面便讓人摔個四腳朝天，更是惱羞成怒，一躍而起就要揮刀再上。任天翔見狀，急忙攔在中間，急道：

「住手住手！千萬不要動武！」

被任天翔這一阻，施東照與高名揚總算停手。任天翔忙對二人道：

「忘了給大家介紹，這是韓國夫人義女上官雲姝，是夫人派來保護小弟的保鏢，不是小弟的相好，大家千萬不要誤會。」

聽說是韓國夫人義女，眾人立刻收斂了許多。在任天翔的央求下，上官雲姝也才恨恨地放開了早已嚇得滿臉煞白的費錢。

施東照原本還想耍耍御前帶刀侍衛的威風，待聽說這少女是韓國夫人義女，他趕緊收起佩刀，拉過任天翔小聲問：「韓國夫人不為難你也就罷了，怎麼還會派個大美女來保護你？」

任天翔笑而不答，只是招呼眾人入座，然後叫過小薇，在她耳邊悄悄耳語了幾句。小薇心領神會，忙過去對上官雲姝笑道：「上官姐姐也餓了吧？咱們去外面吃飯。這一幫花花公子聚會，不定有多少污言穢語和淫穢笑話，沒的汙了姐姐的耳朵。」

上官雲姝先還有些猶豫，但架不住小薇軟語相求，只得隨她退了出去。她這一走，眾人才暗中吁了口長氣。

以前幾個紈褲只見過在男人面前曲意奉承的女子，像上官雲姝這樣武藝高強的女人，卻還從未見過，多少感到有一種壓力，幸虧任天翔讓小薇將她支開，不然這酒肯定喝不痛快。

眾人先後落座後，周福來不禁有些感慨道：「可惜老六天人永隔，不然咱們長安七公子今日總算再次聚齊。」

提到江玉亭，眾人都有些黯然。

費錢忙為任天翔開脫：「這事也不能全怪老七，畢竟他們都喝醉了，發生了什麼事誰也不知道。」

眾人紛紛點頭，只有周福來疑惑道：

「玉亭跟天翔都是兄弟，他們誰出意外我們都不好受。所以這事我們不怪天翔，但是我很奇怪，老七不知使了什麼法子，竟能讓韓國夫人也放過你？而且還給你派了個美女保鏢？」

請客

第八章

褚剛正擔心這些酒菜無人享用，卻見任天翔已帶著數十個衣衫襤褸的乞丐浩蕩而來。眾乞丐原本還有些畏畏縮縮，不敢相信天下竟有這等好事，不過在任天翔的熱情招呼下，終於如餓狼撲食衝進醉仙樓大快朵頤。

任天翔悠然一笑，淡淡道：

「首先，六哥並不是因我而死，這中間有些誤會，韓國夫人聰穎多智，豈會上這種小當？其次，韓國夫人對我的生意興趣甚隆，願降尊紆貴與我合夥，當然要派心腹保護我這個能給她帶來滾滾財源的合夥人。」

眾人頓時來了興趣，施東照問道：「聽說老七在洛陽風光無限，景德鎮的陶器在你手中賣出了玉一般的價錢，將邢窯越窯的貢瓷都比了下去，莫非你要將它賣到長安來？」

任天翔嘴邊泛起一絲神秘的微笑：「陶玉僅僅是我計畫中的小部分，我還有更多賺錢的生意，只是現在手頭還差小部分資金，不知道幾位哥哥有沒有興趣做我的合夥人？」

幾個人有點意外，相互對望了一眼，周福來說出了大家都想知道的問題：

「不知道老七還有哪些賺錢的生意？」

任天翔笑道：「隔牆有耳，我說出來，這些生意就有可能被人搶先一步。我就說說大家都知道的陶玉吧。陶玉現在的行情想必大家也都知道，也不用我多說。我要說的是，我計畫在長安和廣州開設兩個景德陶莊的分部，將陶玉經長安遠銷西域，經廣州銷往南洋。只是這兩項投資都很大，所以需要有更多的資金支援。」

見眾人將信將疑，任天翔悠然道：「韓國夫人已答應將陶玉薦到宮裏，讓它成為超越邢窯和越窯的貢瓷，這將對陶玉的銷售產生多大的影響？所以我才會與她在長安合作。有韓國夫人所代表的楊家那龐大的勢力和財富做後盾，大家還有什麼可擔心的呢？」

費錢沉吟道：「老七既然有楊家的支持，怎麼會缺錢呢？」

任天翔笑道：「我剛說了，除了經長安銷往西域的旱路，我還要開發由廣州下南洋的水路。旱路既然已經與韓國夫人合作，水路我就不想再讓楊家插手。」

眾人紛紛點頭，都贊同這種分散風險的辦法，不要把所有雞蛋都放在一個籃子裏，這是投資安全的第一準則，這道理大家都懂。

費錢代表大家問道：「不知老七還差多少錢？」

任天翔豎起兩個指頭，費錢輕鬆一笑：「兩萬？大家一起湊湊，大概也就差不多了。」

任天翔笑著搖搖頭：「不是兩萬，是二十萬，這是最節儉的計畫了。」

幾個人面面相覷，費錢連連搖頭：「不可能，這超出了咱們能負擔的限度，而且這麼大一筆款項，就算是咱們錢莊也定要仔細考察，我做不了主。」

任天翔笑道：「兄弟們肯定有辦法，不然咱們長安七公子的名號就白叫了。」

眾人微微頷首，皆似有所動。

就聽任天翔接著道：「如果大家不願冒風險，也可以將錢借給小弟，我給你們兩分的年利，你們看如何？」

幾個人交換了一下眼神，周福來沉吟道：「老七跟我們借錢，不知拿什麼來抵押？親兄弟明算賬，這麼大一筆款子，總不能空口白話吧？」

「這個倒也不用擔心。」施東照笑道，「老七好歹還是義安堂的少堂主，任堂主留下的遺產只要爭得一星半點，就足夠抵押這筆款子。除此之外，老七還是景德陶玉的大東家，憑景德陶玉現在的勢頭，肯定不止值二十萬貫。」

眾人微微頷首，都將目光轉向了費錢。

費錢是四方錢莊的少爺，論財力，在幾個人之中最為雄厚，對資金往來也最有經驗，所以在這方面，眾人皆以他為首。就見他沉吟良久，這才笑道：

「咱們幾個要認真湊湊，二十萬貫大概也還湊得出來。不過親兄弟明算賬，老七得依我兩個條件。」

任天翔抬手示意：「請講！」

費錢正色道：「第一，老七要以你擁有的景德陶玉作為抵押，以保證咱們的資金安全；第二，利息兩分半，這比行價略高，不過這麼大一筆款子，這個息水也不過分吧？」

「不過分，勉強可以接受。」任天翔笑著舉起酒杯，「那這事就這麼說定了！」

眾人紛紛舉杯，正待將此事確定下來，突見酒樓的小二推門而入，稟報道：「樓下有位馬公子不請自來，要見任天翔任公子。」

「馬公子？」任天翔皺起眉頭，想不出有哪個姓馬的公子與自己相熟，他正待推卻，卻聽小二補充道：「馬公子說是專程給任公子送錢來了，務必請公子不吝賜見。」

任天翔一聽這話心中一喜，忙道：「快請他上樓來。」

小二應聲而去，不多時就聽腳步聲響，一位青衫公子已緩步上樓。

任天翔一見之下大為詫異，正待拜見，卻見對方已搶先拜道：「小生馬瑜，見過諸位公子，任兄弟別來無恙？」

任天翔一怔，不明白司馬瑜為何變成了馬瑜，不過他也不點破，笑著與眾人介紹：「這位馬公子不是外人，曾在隴右哥舒將軍神威軍大營中，與我不打不相識，與小弟情同兄弟，大家定要好好敬他幾杯，馬公子的才能和酒量，都是世間罕見。」

眾人一聽這話，紛紛道：「既然不是外人，那就請馬公子入席共飲！」

司馬瑜也不客氣，坦然坐到任天翔身邊，舉杯與眾人一一相碰，然後一連乾了數杯，惹得眾人紛紛叫好。

待眾人叫好聲稍停，任天翔忍不住小聲問道：「大哥怎麼知道我在這裏，又怎麼突然想起來看小弟？」

司馬瑜淡淡笑道：「兄弟請客的消息在長安城都傳遍了，我想不知道都難。我猜兄弟現在肯定很缺錢，所以特意給你送錢來了。」

任天翔對這種天上突然掉下的餡餅，本能地生出一絲警覺，忙哈哈笑道：「小弟現在不差錢，多謝兄長好意。」

「是嗎？」司馬瑜把玩著酒杯，悠然笑道，「聽說兄弟跟義安堂鬧翻了，以後只怕不能再從義安堂拿到一個銅板；為了從韓國夫人手裏買命，你不僅花光了景德陶莊的積蓄，甚至將陶玉在長安的經營權，也白白奉送給了韓國夫人，不僅如此，你還欠下了韓國夫人一大筆買命錢，數額大的能讓你徹底破產。」

任天翔的笑容僵在臉上，見在座的所有人都在望著自己，他勉強笑道：「不知大哥從哪裡聽到這些無稽之談？這只怕是別有用心的人在造謠。」

「造謠？」司馬瑜笑著望向任天翔，眼中隱然有種咄咄逼人的銳光，「不知兄弟現在住哪裡？」

任天翔一怔，莫名其妙道：「大哥為何突然想起問這個？」

司馬瑜淡笑著顧自道：「是住在朱雀門外的崇義坊吧？那地方不錯，那是長安城有名的富人區，不過你住的宅院好像是租的，而且只租了十天，十天之後你要弄不到錢，就要讓人掃地出門。你花高價在這醉仙樓請客，不過是打腫臉充胖子，因為你的宅院中既沒有廚師也沒有丫鬟僕傭，要在家請客，你立馬就會穿幫。」

任天翔感覺心在下沉，就像被人渾身剝光置於大庭廣眾之下，令他異常尷尬。

就聽費錢突然笑道：「老七手頭緊跟哥幾個說一聲，大家肯定會幫忙，何必編造那樣的故事來逗咱們玩？你現在窮成這樣，何必還要花這冤枉錢來請咱們喝酒？咱們又怎麼吃得下？得，今天這頓我請，算是給老七接風洗塵。」

眾人紛紛叫好，齊齊舉杯向任天翔敬酒，任天翔只得尷尬地舉起酒杯，陪眾人繼續飲宴，心中卻恨不得這酒宴早點結束。

眾人也像知道他的尷尬，喝完這杯酒就不約而同地起身告辭。臨出門前紛紛慷慨解囊，將身上的零花錢都掏了出來，強塞到任天翔手中。這個說：「老七，缺錢儘管跟哥開口，不要不好意思。」那個問：「夠不夠？不夠我讓下人明天再送二十貫到你府上。」

好不容易送走眾人，任天翔猛地把懷中那堆零錢扔到地上，怒氣沖沖返身上樓。

就見樓上司馬瑜若無其事地獨坐一方，正悠然自得地自斟自飲。任天翔來到他面前，澀聲問：「不知小弟哪裡得罪了兄長？今日兄長竟要專程登門來拆臺。」

司馬瑜笑著示意任天翔坐下，這才悠然道：「你錯了，我今日不是來拆臺，而是來幫你。」

「幫我？」任天翔冷笑道，「有你這麼幫人的嗎？讓大家以為我是個騙子？我任天翔現在雖然身負巨額債務，但這債務並非是生意失敗，而是支付幾年前一場禍事的代價，並不能說明我的能力。只要有一筆啟動資金，我就能賺到更多的的錢，不會少他們一個字兒。我有這信心，也有這能力。」

「我相信！」司馬瑜笑著點點頭，「所以我幫你把那些俗人打發走，因為你的能力，需要賣給真正賞識你的人。」

司馬瑜說著，從懷中掏出一張折疊好的紙條，笑著遞到任天翔面前，「我說過，我是來給你送錢的。你只要在這張字據上簽上名字摁上手印，就可以在長安任何一家錢莊，支取二十萬貫錢。」

任天翔將信將疑地打開紙條，就見那是一張二十萬貫錢的借據，借款人卻是空白。他冷笑道：「就憑這一張紙，我就能在任何一家錢莊借到二十萬貫？你不是在開玩笑？」

司馬瑜微微笑道：「這不是一張普通的紙，它是由通寶錢莊提供擔保。通寶錢莊是皇家錢莊，它的信譽毋庸置疑。」

任天翔這才注意到，借據的背後蓋有通寶錢莊的印鑑，也就是說，如果借款人到期還不出欠款，將由通寶錢莊為他支付。

這種情況通常是借款人在通寶錢莊有巨額存款，足夠支付他所借的款項加上利息。不過任天翔知道自己從未在通寶錢莊存過錢，那麼就只能是司馬瑜在通寶錢莊有巨額存款。

不過任天翔還是不明白，沉吟道：「你這是什麼意思？」

司馬瑜微微笑道：「我知道兄弟天生有種賺錢的能力，所以願意將錢借給你，以分享你的收穫。為了保障我有個比較好的收益，我把利息訂得比通常稍微高了一點。」

任天翔忙細看借據，才發現利息果然比通常要高。他一見之下不由失聲道：「你瘋了？一年之後竟然要我還四十萬貫，做什麼生意能有如此暴利？」

司馬瑜笑道：「別人不行，但你一定行，我相信你的能力。而且你不用拿任何東西做抵押，就算還不上也沒什麼損失，難道我還能送你去坐牢？」

任天翔眼中閃過一絲猶豫，不過，很快就堅決地將借條還給司馬瑜，斷然道：「不行，你這不是在幫我，而是在往我脖子上套絞索。」

司馬瑜笑著將借據塞回任天翔手中：「別著急做決定，好好考慮一下。什麼時候想通了，再填上名字摁上手印不遲，你需要這筆錢。」

司馬瑜已經離開很久，任天翔依舊對著那張借據呆呆出神。

褚剛不解道：「公子不是說，一個人的價值與他欠債的多少成正比嗎？既然司馬公子給你送來鉅款，你何不爽快地收下？還有什麼好猶豫的呢？」

任天翔微微搖頭：「司馬瑜給我的不是債，而是賣身錢。」

褚剛一怔：「賣身錢？此話何解？」

任天翔嘆道：「司馬瑜查清了我所有的底細，知道我窮得只剩下一身債，卻還巴巴趕著給我送錢來，而且一出手就是二十萬貫之巨，這說明這筆錢在他眼裏根本不算什麼，他根本就沒打算要我還這筆錢。」

褚剛笑道：「那豈不是更好，公子將這二十萬貫先還給韓國夫人，司馬公子那裏總比韓國夫人好說話吧？」

任天翔連連搖頭：「我欠韓國夫人二十萬貫，她會儘量協助我賺到這筆鉅款。我要是欠下司馬瑜二十萬貫，他不僅不會幫我賺回這筆錢，反而要從中作梗，破壞我的賺錢計畫，讓我沒法還他這筆錢。」

褚剛滿頭霧水地撓撓頭：「借給你錢，卻不要你賺錢還他？莫非他瘋了？」

任天翔搖頭嘆道：「他沒有瘋，這二十萬貫借款他根本就沒打算收回。他是要用這筆債務做韁繩，將我牢牢拴住，從此不得不聽命於他，成為他的傀儡。」

褚剛皺眉想了半天，遲疑道：「你怎麼知道司馬公子的用心？」

任天翔微微笑道：「是直覺。司馬瑜做事有條不紊，從來都是謀定而後動。他就像最冷靜最高明的棋手，算清了後面至少十步才會慎重落子。他查清了我的底細，然後趕來拆我的台，讓我幾個最好的朋友都不願再借錢給我，斷了我的去路後才拿出這張借據，就是算準我沒法拒絕。明知是絞索也不得不把脖子湊上去。可惜他還是低估了我的定力，我不會要他這筆錢，偏不如他所願。」

褚剛理解地點點頭，卻又有些不解地問道：「公子與司馬瑜乃是結義兄弟，為何卻對他懷有最大的戒心？你們不像是兄弟，倒像是天生的對頭一般。」

任天翔哈哈笑道：「你說對了，我從來沒有像現在這樣防備一個人。」

「這是為什麼呢？」褚剛十分不解。

「因為，」任天翔笑容消失，眼瞳深處射出一縷寒芒，「我從來沒有遇到過比司馬瑜更聰明的人，從來沒有。」

馬車在黃昏街頭徐徐而行，司馬瑜半躺半坐在舒適溫暖的馬車中，雙目微閉正瞑目養神，突聽趕車的辛乙突然道：「我不明白，當初咱們拼死阻止姓任那小子賺錢，如今為何又趕著將錢給他送來？」

司馬瑜沒有睜眼，只徐徐道：「此一時，彼一時，不可一概而論。錢從來都只是工具，它能達到什麼目的才是最重要的。」

辛乙沉吟道：「不知這次先生想用它達到什麼目的？」

司馬瑜微微一笑：「很簡單，用這二十萬貫錢拴住任天翔的脖子，讓他為將軍所用。」

辛乙問道：「他會就範？」

「不會。」司馬瑜悠然道，「不到走投無路之時，他不會輕易就範。只要還有一分希望，他都不會要咱們的錢。」

辛乙突然笑了起來：「先生已經想好如何滅掉他最後的希望了？」

司馬瑜沒有回答，卻淡淡道：「阿乙，你是將軍身邊少有的愛動腦筋的武士，我很欣賞你。不過動腦和動手是兩碼事，我想將軍恐怕不希望他的武士一心二用，尤其不願看到身邊最信任的武士，有自己的見解和想法。」

辛乙面色微變，忙道：「先生教訓得是，辛乙知錯了。」

司馬瑜微微笑道：「以後這樣的話題，你只能在我面前談論。我想對安將軍來說，肯定只希望身邊的武士多做，而不是多想，最好是什麼也別想。」

「多謝先生指點！辛乙牢記在心。」辛乙深以為然地點點頭，猛然甩了個響鞭，馬車立刻加快速度，向前疾馳而去。

陽光明媚的正午，醉仙樓外人流如織，樓中卻異常安靜。幾個小二懶洋洋地坐在大堂中，正百無聊賴地望著外面的人流發怔。醉仙樓大門外，任天翔眼巴巴地望著外面的長街，眼中的焦慮漸漸變成了無奈。

這是他大宴賓客的第二天，請的是過去相熟的朋友和長安城的老闆掌櫃，作為曾經的義安堂少堂主，當年不知有多少小老闆傾心結交，刻意奉承，誰不以認識義安堂少堂主為榮？能得到他的邀請，誰不受寵若驚？但是現在，眼看已經過了飯點，依舊不見一個人來赴宴。

「恐怕不會有人來了。」陪著任天翔迎客的褚剛，也終於失去了耐心，忍不住小聲嘀咕。

「我應該想到。」任天翔恨恨道，「以司馬瑜行事之嚴密，怎會讓我有機會從其他人那裏借到錢。他一定已經將我一貧如洗的風聲放了出去，所以才沒人敢來赴宴。那些傢伙也許正躲在對面的街角旮旯，等著看我笑話呢。」

褚剛看看天色，遲疑道：「今天恐怕不會有人來了，那些預定的酒菜怎麼辦？明天的酒宴呢？要不要取消？」

任天翔想了想，無奈苦笑道：「就算取消，醉仙樓也不會退咱們錢。要找人白幹活很難，要找人白吃飯還不容易？你讓小二上酒上菜，我這就去找客人上門吃飯。」

不等褚剛動問，任天翔已獨自離去。

褚剛雖然有些將信將疑，但還是招呼小二上菜。廚房中立刻傳出烈火烹油的飄香，不多時，美酒佳餚便由小二陸續端了上來，滿滿當當排下了十餘桌。

褚剛正擔心這些酒菜無人享用，卻見任天翔已帶著數十個衣衫襤褸的乞丐浩蕩而來。眾乞丐原本還有些畏畏縮縮，不敢相信天下竟有這等好事，不過在任天翔的熱情招呼下，終於齊聲歡呼，如餓狼撲食衝進醉仙樓，雙手齊動，大快朵頤。

剛開始來的乞丐還不算多，不過很快就有更多的乞丐聞訊而來，紛紛湧入醉仙樓，將整個大堂擠了個滿滿當當。眾人一陣風捲殘雲，很快就將十多桌酒菜掃了個精光，這才想起向主人道謝。眾人紛紛嚷嚷，一時好不熱鬧。

任天翔舉起酒杯，對眾人朗聲道：「多謝諸位朋友賞臉，我任天翔敬大家一杯。明天大家還到這裏來，我願再請大家飽餐一頓！」

「多謝任公子賞酒！」眾人紛紛舉杯高呼，「咱們丐幫的兄弟別的本事沒有，吃飯卻是天下第一。以後任公子要再有這等難處，只要招呼一聲，丐幫的兄弟立刻趕到，為任公子排憂解難。」

「多謝多謝！」任天翔團團一拜，「明天我也定下十多桌酒席，還請大家繼續賞光。」

「一定一定！」眾乞丐紛紛答應。

第二天中午，更多的乞丐聞訊而來，將醉仙樓幾乎擠了個水泄不通。醉仙樓的老闆一見這架勢，急忙找任天翔商量：「任公子，咱們醉仙樓可是長安城有名的奢豪之地，要是讓這幫乞丐在這裏撒野，咱們以後還做不做生意了？」

任天翔攤手笑道：「人都來了，你總不能趕他們走吧？再說我預定了酒席，包下了你醉仙樓三天，你要反悔可得加倍賠我。」

老闆想了想，一咬牙：「好！我加倍賠你，你將這些乞丐統統趕走。」

「晚了！」任天翔無奈嘆道，「你現在要想將他們趕走，小心他們將你這醉仙樓拆了。」

有乞丐聽到了任天翔與老闆的對話，立刻將這話傳給同伴，少時便在所有乞丐中傳遍。眾人紛紛高喊：「咱們是應任公子之邀前來赴宴，任何人不能將咱們攆走。」

數百人起身高呼，聲勢頗為駭人。老闆無奈，只得讓小二開席。

這一頓酒宴直到黃昏時分才最後散去，臨去前，一個領頭的乞丐拍著胸脯向任天翔保證：「難得任公子看得起咱們這些可憐人，不僅請咱們喝酒吃肉，還與咱們同桌共飲。就憑這，我『滾地龍』周通就交了你這個朋友。以後但凡有用得著咱們丐幫弟子的地方，只需叫人招呼一聲，我『滾地龍』不敢說赴湯蹈火，也必定會全力以赴。」

眾乞丐也紛紛向任天翔表示，從今往後，他就是所有丐幫弟子的朋友。

終於將所有乞丐都送走，也送走了延續三日的熱鬧。

面對歡宴散盡的破落，任天翔只感到心中空空落落，有種繁華過後的孤獨和寂寥。

就在這時，只見暮色朦朧的長街盡頭，一匹雪白如玉的駿馬正緩緩踱來，馬背上是一個紅衣如霞的妙齡少女。

「天琪！」任天翔十分意外，他想過有可能會有哪些朋友會來，但卻沒想到最後等來的卻是自己同父異母的妹妹。

只見少女在大門外勒住坐騎，抬腿翻身下馬，徑直來到任天翔面前。

「你……你怎麼會來？」任天翔結結巴巴地問。

「聽說你在滿世界找人借錢，所以我來看看。」任天琪若無其事地道。

任天翔臉上一紅，想起她前日對自己的所作所為，心中頓時憤懣難平，不由冷笑道：「原來你是來看我的笑話？這下你滿意了？」

任天琪沒有說話，卻從馬鞍上解下一個不大不小的錦囊，遞到任天翔手中，柔聲道：「三哥，這是我所有的積蓄，也不知能不能幫到你。」

任天翔愣在當場，倒不是意外天琪會幫自己，而是這聲「三哥」讓他突然意識到，這世上自己也就這麼個妹妹，就算自己對她有多麼的不理解，也依然割不斷這種血肉親情。

他沒有推辭，他知道妹妹這點私房錢對他來說根本無濟於事，他只是想讓天琪知道，自己願意接受她的幫助。

默默接過錦囊遞給褚剛，他對天琪笑道：「等你嫁人的時候，我會加倍還給你。」

任天琪紅著臉轉過頭，翻身上馬要走，卻又忍不住回頭道：「三天後我就要嫁人了。我只希望能得到三哥的祝福，這對我來說比什麼都重要。」

任天翔的笑容僵在臉上，失聲問：「是洪邪？」

任天琪微不可察地點了點頭：「我知道三哥對他有偏見，不過……我還是希望三哥能尊重我的選擇。」

「我很想尊重你的選擇，但洪邪是什麼人？」任天翔激動地高聲喝道，「我要不阻止你嫁給那混蛋，那就不是你哥！」

任天琪神情平靜，但眼神中卻有說不出的堅定：「喜帖早已經發出去，日子也已經定下，已經不可更改，而且我主意已決，誰也不能阻止。」

「你知道洪邪他……」任天翔還想揭露洪邪的邪惡，卻已被妹妹打斷：「我知道他以前做過不少壞事，曾經包娼庇賭，甚至逼良為娼，而且還是青樓妓寨的常客，這些我都知道，三哥也不用再說。」

「既然你都知道，那你為何還要嫁給他？難道天底下的男人都死絕了嗎？」

「因為喜歡一個人是一種感覺，根本沒有道理可講。你不會因為他曾經的過錯而放棄，更不會因為家人的阻撓而退縮。」任天琪癡癡地遙望虛空，眼中煥發著一種奇特的神采，「你會願意為他生，為他死，甚至他就是你生命的全部。可惜三哥你從來沒有過這種感覺，所以你不懂。」

「我不懂？」任天翔氣極而笑，「三哥見過太多女人像你這樣墜入惡棍的情網，如飛蛾撲火般自尋死路。就算是我，交往過的女孩子也比你認識的還多，你三哥會不懂？」

「可你有過這種感覺嗎？」任天琪突然怔怔地盯著任天翔，問道，「你有過一個你願意為她生、為她死，甚至為她放棄整個世界的女孩嗎？」

任天翔啞然，心中卻突然想起了六歲時的可兒，想起了與她在宜春院拉手勾勾約定的那一刻，那一刻，他願意為可兒放棄整個世界，可惜長大後的可兒已經不是六歲的可兒，所以他再沒有過那種奇妙的感覺。無論對小芳、對丁蘭、對仲尕、還是對雲依人，都不曾有過。面對妹妹的質問，他只能啞口無言。

「只有當你遇到過那樣一個女孩後，你才能真正明白我現在的感受。」任天琪說著，開始調轉馬頭，卻又忍不住回頭道，「如果你沒有遇到，那你永遠都不會懂得飛蛾的幸福，更無法理解牠們為何要奮不顧身地撲向烈火。」

任天琪一人一騎已經消失在長街盡頭，任天翔依舊呆呆地望著她消失的方向在發愣。

心中卻在回味著她所說的飛蛾的幸福。可惜他從未遇到一個令他願意付出一切的女孩，所以也就無法感受到那種飛蛾撲火的癡迷。

難道撲火而死也是一種幸福？他使勁搖搖頭，丟開這種毫無意義的聯想，像走投無路的困獸一般，在醉仙樓大門外徘徊了幾個來回，最後停步切齒道：

「一定要阻止它！一定不能讓天琪嫁給洪邪那混蛋！我只有這一個親人，我不能看著她往火坑裏跳。」

一旁的褚剛無奈嘆了口氣：「如今公子已經與義安堂翻臉，無法再借助他們的力量，公子你還能怎麼阻止？而且任小姐已經打定主意，只怕也不會再輕易改變。如果咱們去大鬧喜堂，不一定有效不說，任小姐還會恨你一輩子。」

任天翔目視虛空矗立良久，最後自語道：「還有最後一個辦法。」

「什麼辦法？」褚剛忙問。

「我要去見洪邪。」任天翔似下定決心，咬牙道，「咱們現在就去，馬上！」

聽說任天翔要去找洪邪，上官雲姝自然不用說，就連小薇也要跟去。任天翔一心想著妹妹，哪有心思理會這些小節，匆忙一揮手：「好！誰想去都可以！」

洪勝幫的總壇依舊在洛陽，不過已經開始在長安設立分堂。當一行人浩浩蕩蕩趕到洪勝幫分堂所在，就見那裏正張燈結綵，無數僕役在門外忙碌地佈置。

洪邪則在廳中與十多個手下飲宴。見任天翔領著褚剛、崑崙奴等人匆匆而來，僕役急忙進去稟報，洪邪立刻領著十多個手下迎了出來，一見之下不由調笑道：

「喲呵，是俺大舅子來了？你是不放心這喜堂佈置得簡陋，特來檢查嗎？」

任天翔沒有理會洪邪的調侃，只正色道：「我想跟你單獨談談。」

洪邪笑著攤開手：「有什麼話，咱們還是開誠佈公地說吧，我覺得沒有什麼事有必要瞞著我身邊這些兄弟。」見任天翔似有些猶豫，洪邪作勢轉身要走，「你若不願說那就請回吧，我還得監督這喜堂的佈置，不想誤了三日後的吉期。」

「你怎樣才肯放過天琪？」任天翔終於咬牙澀聲問。

洪邪回頭笑問：「你這是來求我，還是來恐嚇我？」

「我求你，」任天翔雙目赤紅，咬牙澀聲道，「我求你放過天琪，你有什麼條件我都可以答應。你就是要我交出景德陶莊，我都可以雙手奉上。」

「一下子變得這麼大方？」洪邪嘿嘿冷笑道，「只是我現在對你妹妹的興趣，已經超過了你視為珍寶的破陶瓷。我對你的建議不感興趣，不過，如果你肯跪下來求我，說不定我會考慮考慮。」

任天翔原本以為自己只要肯奉上景德陶莊，洪邪一定會答應放過天琪。畢竟與陶玉那潛在的利益比起來，一個女人的去留，對洪邪來說應該不算什麼大事。沒想到洪邪看穿了他的弱點，竟不為眼前的利益所動。任天翔方寸大亂，一向精明過人的頭腦，在涉及到妹妹的終身幸福時，竟變得混沌不清。

在惶急無助之下，他無奈緩緩跪倒，對洪邪嘶聲道：「我求你！求你放過天琪！」

「公子！」褚剛大驚失色，急忙上前攙扶。崑崙奴兄弟見主人如此，也都急忙跪地想扶，卻都被任天翔推開。就見他赤紅著雙眼對洪邪嘶聲道：「你贏了，我懇求你放過我妹妹，什麼條件我都可以答應。」

洪邪看看左右，故意問：「他在說什麼，我怎麼聽不到？」

洪勝幫眾人哄堂大笑，紛紛起鬨：「大聲點，咱們聽不到！」

任天翔無奈抬起頭，大聲高呼：「求洪少幫主放過我妹妹，求您了！」

「我還是聽不到。」洪邪故意刁難，指指自己腳下，「爬過來面對面對著我說，我喜歡聽別人的哀求，尤其是你的哀求。」

任天翔正要往前爬，小薇急忙上前阻攔：「你傻啦，他要你呢！你就算爬過去，他也未必會答應放過你妹妹，你這麼聰明難道會不明白？」

「你走開！」任天翔狠狠地將小薇推開，對想要阻攔的褚剛和崑崙奴兄弟吼道，「誰也別攔我，不然就不是我兄弟！」

褚剛與崑崙奴兄弟被任天翔的眼神嚇住，只得退到一旁。

在洪勝幫眾人的哄笑聲中，就見任天翔一步步爬行到洪邪面前，對著這個最痛恨的混蛋大聲道：「洪少幫主我求您，求您放過我妹妹，無論你有什麼條件我都可以答應。」

「好像很有誠意，不過你得證明一下。」洪邪說著，向一個手下招招手，那手下立刻附耳過來，洪邪在他耳邊耳語了兩句。那手下便笑著去廳中端出一盤吃剩的菜肴，擱到任天翔面前，笑道：「將這盤好菜吃了，記住，要像狗一樣吃。」

「不要！」小薇急忙撲到任天翔跟前，「他們是在故意羞辱你，你千萬不要上當！」

「走開！」任天翔推開小薇，正待低頭去吃那盤剩菜，卻見洪邪伸出腳在盤沿上一踩，盤子頓時翻倒，剩菜全翻倒在了地上。

洪邪陰笑道：「狗通常是不用盤子，這才比較符合你的身分。」

望著倒在地上的殘羹剩水，任天翔頓時猶豫起來。洪邪見狀轉身就走：「原來你說的話只是放屁，我看咱們也不用再耽誤時間了。」

「等等！」見洪邪要走，任天翔急忙道，「是不是我吃了，你就放過我妹妹？」

洪邪悠然笑道：「我洪邪在江湖上也算有頭有臉，說過的話就如板上釘釘。」

「那好，我吃！」任天翔一低頭，閉上眼就去舔食地上的殘羹剩菜。洪勝幫眾人哄堂大笑，紛紛出言譏諷。

崑崙奴兄弟滿臉憤懣，想幫忙卻又不知如何著手，褚剛則暗自搖頭嘆息，小薇心痛得眼含熱淚，就是上官雲姝冰冷的眼眸中，也閃過一絲不忍。

洪邪在任天翔面前蹲了下來，對他嘿嘿笑道：

「我現在知道你最大的弱點了，我就算要你將景德陶莊送給你妹妹做嫁妝，你肯定也會答應，不然，我就把你妹妹交給我手下兄弟去享用。既然我拿住了你最大的弱點，如果你是我，會就這樣放手嗎？」

任天翔一愣，突然一躍而起，向洪邪撲去：「你耍我！你從頭到尾都在耍我！」

洪邪輕輕一讓，順勢將任天翔一帶，頓時將他摔倒在地。

洪邪得意地笑道：「我就耍你，怎麼樣？只要有你妹妹在我手裏，從今往後你就得對我言聽計從，你所有的東西，我都可以予取予奪。不過我洪邪仗義，不白要你的東西，我要與你合夥經營陶玉和景德陶莊，而且要占主要分子。」

「混蛋！」任天翔翻身而起，還想向洪邪撲去，卻早已被洪邪的手下攔住。

崑崙奴兄弟與豬剛早已忍耐多時，見狀一衝而上，將洪勝幫幾個手下打倒在地，將喜堂中的陳設也一通亂砸。洪邪卻不以為然地笑道：

「砸吧，這可是你妹妹的喜堂，她要知道你帶人砸了她的喜堂，不知會怎麼想？」

任天翔忙叫豬剛與崑崙奴住手，他知道砸掉這喜堂只能洩一時之憤，卻根本於事無補。他感覺自己這一次是徹底敗了，一向聰明多智的他，在洪邪面前竟然是束手無策。

「歡迎你三天後來喝喜酒，到時候，咱們兄弟好好喝上一杯，商量一下如何合作的事。我很信任你賺錢的能力，所以景德陶莊依舊交由你來經營管理，不過你要定期向我報賬，盈利也要交由我來分配。」洪邪說完，示意手下將任天翔推出門去，完了還不忘叮囑，「別到你妹妹那兒去告狀，現在她信我勝過信你。你要做了任何讓我不愉快的事，將來我會加倍在你妹妹身上找回來。」

第九章 結親

「劈哩啪啦」的鞭炮聲，為繁華的長安城增添了幾分喜氣。
當年義安堂與洪勝幫在長安城的衝突和火拼，
大多數長安人都還記憶猶新，
沒想到這江湖上有名的兩大冤家對頭，如今卻結成了姻親。

洪邪已經率眾離去，任天翔依舊失魂落魄地站在長街中央，神情從未有過的沮喪。小薇見狀，上前小聲勸道：「先回去吧，咱們回去慢慢再想辦法。」

任天翔對小薇的話充耳不聞，只遙望洪邪離去的方向矗立良久，眼中突然閃過一絲冷厲，回頭對褚剛喝道：「咱們走！」

褚剛忙問：「去哪裡？」

任天翔跳上馬車，從齒縫間迸出幾個字：「通寶錢莊。」

褚剛一愣：「公子是要接受司馬瑜那筆錢？」

任天翔微不可察地點了點頭：「現在我已沒有別的辦法，就算知道是陷阱，我也只好往裏跳了。」

褚剛依然不明白，遲疑道：「可是，就算有錢也未必能讓洪邪放手啊？」

「我不再要他放手。」任天翔以微不可察的聲音冷冷道，「我要他死！」

褚剛一怔，正要動問，就聽任天翔徐徐道：

「二十萬兩足夠買洪邪項上人頭，就算天琪知道後恨我惱我，不認我這個哥哥，甚至殺我為姓洪的抵命，那也顧不得了。」

褚剛不再多問，立刻跳上車轅驅車而去。

當馬車消失在長街盡頭，在離洪勝幫分舵不遠的一座茶樓雅室中，司馬瑜也端起茶杯輕輕小啜了一口。雅室的窗口正好對著喜堂的大門，方才任天翔與洪邪衝突那一幕，完全落在了他的眼中。

「公子算無遺策，任天翔看來是真正走投無路了。」阿乙立在司馬瑜身後，也看到了方才那一幕。

見任天翔坐車離去，他也猜到了對方的目的地。不過他依舊有些地方不明白，自語道，「就不知那紈褲拿到錢後會怎麼用？我想不出他會如何阻止洪邪。」

「他已經動了殺心，要除掉洪邪。」司馬瑜嘆了口氣，「想不到如此精明過人的一個人，也會有衝動急躁、不顧後果的時候。看來是人都有死穴，任天翔的死穴就是他妹妹。控制了他妹妹，就等於完全控制了他。」

阿乙笑問：「公子有什麼打算？」

司馬瑜微微笑道：「咱們花了這麼多錢，當然不能讓他打了水漂。現在長安城最好的殺手是誰？」

阿乙想了想，沉吟道：「最好的不好說，不過像快刀、馬蜂、蛇皮等人，都是長安城最頂尖的殺手。」

「想辦法給任天翔推薦一個。」司馬瑜淡淡道，「這件事一定要在咱們的控制之中進行。」

阿乙心領神會，嘴邊露出了他標誌性的微笑：「公子放心，阿乙一定辦得妥妥當當。」

「儘快給我找個殺手，要成功率最高的。」馬車之中，任天翔對褚剛小聲道，「二十萬貫以內的價錢都可以答應，只要他能為我除掉洪邪。」

褚剛遲疑道：「兄弟你要想清楚，買凶殺人要花大錢不說，還會引起官府的注意。洪邪不是個普通人物，他要有意外，不光洪勝幫要報復，就是官府也一定會窮追不捨。公子好不容易才在長安立足，如此一來恐怕就……」

任天翔打斷了褚剛的話，沉聲道：「現在我已顧不了那麼許多，我要洪邪儘快去死，不能再有任何耽擱。」

褚剛嘆了口氣：「好吧，我儘快去辦，你儘管放心好了。」

「不過，這事不能讓上官雲姝得知。」任天翔看了看縱馬跟在車後的冷面美人，低聲道，「她是韓國夫人安插在我身邊的眼線和盯梢，要是韓國夫人得知我到處借錢又買凶殺人，恐怕不會再跟我合作。」

褚剛遲疑道：「這大美女寸步不離地跟著你，要支開她恐怕不容易。」

任天翔想了想，對另一邊的小薇招招手，小薇連忙磕馬緊趕兩步，來到車窗前問：「公子有事？」

任天翔對小薇耳語了兩句，小薇心領神會，笑道：「明白了，我這就去辦。」

小薇獨自縱馬離去，任天翔讓褚剛趕車在城中兜了個大圈，然後又回到原處。就見數十百名乞丐在「滾地龍」周通的率領下，端著破碗，拄著打狗棒圍了上來。眾人讓過任天翔的馬車，紛紛擁到上官雲姝的馬前，熙熙攘攘地哀求乞討：「行行好，給點錢吧！」

上官雲姝第一次遇到這種情況，頓時亂了分寸。她固然可以縱馬闖出人叢，但眾乞丐扶老攜幼，要是硬闖，不知要傷到多少老人和孩子。她急忙掏出一把零錢灑出去，誰知卻引來更多的乞丐，將她的去路堵了個水泄不通。

等她擺脫眾乞丐的糾纏，才發現任天翔的馬車早已不見了蹤影。她正要追趕，卻見等在一旁的小薇迎上來，笑道：

「公子見上官姑娘如此慈悲，要打發那麼多乞丐，只好先走一步。他讓我留下來等上官姑娘，免得你一個人走失。」

「他往哪邊走了？」上官雲姝忙問。

「上官姑娘跟我來。」小薇熱情地帶路，不過方向卻與任天翔離去的方向相反。上官雲姝雖然知道有古怪，但也只好跟著小薇追了上去。

擺脫上官雲姝這個眼線，任天翔令褚剛驅車直奔通寶錢莊。司馬瑜果然一紙值萬金，憑著他那張借條，任天翔順利地在通寶錢莊借到了二十萬貫鉅款。

通寶錢莊將那張二十萬貫的借條，兌換成了四張「飛錢」，每張五萬貫。任天翔沒想到自己首創的「飛錢」之法，如此快就在商界流傳開來。現在商界的大宗交易，不少就是用這種「飛錢」來完成，也有人將這種可以在某個錢莊支取銀錢的憑據，形象地稱為「錢票」。

有錢能使鬼推磨，憑著如此雄厚的資本，褚剛很快就聯絡上了長安地界信譽最好的殺手蛇皮。通過仲介人的牽線搭橋，任天翔第二天黃昏，就在一家偏僻的小酒館，見到了黑道上令人聞風喪膽的殺手。

隔著一層劣質的珠簾，可以看到內堂有個朦朧的黑影在自斟自飲。任天翔在仲介人的指點下，在門外一張酒桌坐定，急忙開口問：

「你就是蛇皮？怎麼證明？」

一柄蛇形鏢從珠簾中飛了出來，「奪」一聲釘在任天翔面前。

望著桌上猶在顫動的蛇形鏢，任天翔不以為然地冷笑：「這種鏢誰都可以仿製，說明不了任何問題。」

「那你想怎樣證明？」房裏傳出沙啞的喝問，就如同蛇在沙面上簌簌而行。

「我想看看你的臉。」任天翔淡淡道，「聽說蛇皮有張特別的臉，那是他獨一無二的名帖。」

「你可知看我的臉，需要花大價錢。」房中人不屑冷笑。

「我知道，至少一萬兩。」任天翔說著，從懷中掏出一張錢票，「這是通寶錢莊五萬兩錢票，不知能否看清閣下的臉？」

房中靜默了片刻，才聽他淡淡問：「肯花五萬貫錢，你的目標必定不簡單。」

「沒錯，所以我要看清閣下的臉，才敢以大事相托。」任天翔毫不退讓。

房中再次靜默下來，就在任天翔感到有些不耐煩，正待再次相問時，突聽身旁有人淡淡道：「你是有幸看到我臉的極少數雇主。」

任天翔嚇了一跳，轉頭望去，才發現身旁不知何時多了個滿臉蒼白的中年漢子。那漢子看起來也沒什麼特別，只是非常安靜，當他坐在那裏一動不動時，就像與周圍的環境融為一體，讓人忽略他的存在。

他的臉上像佈滿了令人噁心的紅斑和黑癬，像蛇皮一般五彩斑斕。任天翔知道這是他的標誌，沒有人偽造得來。

「看清了？」蛇皮轉頭望向任天翔，眼中閃爍著蛇一般的冷光。

任天翔點點頭，趕緊別開目光。那是一張能令人做噩夢的臉，誰也不願多看。他將那張五萬貫的錢票遞過去：「這是訂金，照你的規矩，事成後我再付另外一半。」

「公子出手真是豪闊，想必目標也不是尋常人。」蛇皮並沒有去接錢票，顯然已猜到這錢不好賺。

「是洪邪，洪勝幫少幫主洪邪。」任天翔坦然相告，到現今這地步，他只能信任眼前這個惡名昭彰的殺手，信任手中的錢能改變命運。

蛇皮輕輕吹了聲口哨：「果然值這個價，算上得手後跑路的開銷，你給的價錢還算公道。你等我消息，一個月內保證辦妥。」

說著蛇皮就要去拿錢票，卻被任天翔收了回去，他對蛇皮正色道：「三天，準確說，你只剩下兩天時間，你最遲要在洪邪成婚之前幹掉他，晚一點都不行。」

蛇皮愣了一愣，失口道：「不可能，三天之內要得手，那是盲目地冒險。」

「這麼一筆鉅款，值得很多人去冒險。」任天翔揚了揚手中的錢票，神情傲然。他知道談判的技巧，所以在暗中對蛇皮施加壓力。

蛇皮咬著牙遲疑了良久，終緩緩道：「將價錢翻一倍，預付十萬貫，我或許會冒這個險。」

任天翔只想儘快除掉洪邪，只要不超過他的承受能力，價錢對他來說不是主要考慮。他毫不猶豫地又拿出一張錢票，一起遞到蛇皮面前：「十萬貫，事成後再付另外一半。」

蛇皮兩眼放光，終於緩緩接過錢票，輕輕吹了聲口哨：「公子果然是做大事的人，這活兒我接了，你等我好消息吧。」說完他像蛇一般，悄無聲息地滑入內堂，片刻間便不見了蹤影。

「劈哩啪啦」的鞭炮聲，為繁華的長安城增添了幾分喜氣。洪勝幫少幫主洪邪與義安堂前任堂主任重遠的女兒任天琪的婚事，成為了長安城街頭巷尾議論的主要話題。

當年義安堂與洪勝幫在長安城的衝突和火拼，大多數長安人都還記憶猶新，沒想到這江湖上有名的兩大冤家對頭，如今卻結成了姻親。

洪邪跨坐身披彩緞的高頭大馬，一早就率領聲勢浩大的迎親隊伍，出發去迎娶任小姐。

豪華的排場和盛大的聲勢，引來不少路人圍觀。誰知迎親隊伍走出不到三個街口，就被一輛靈車堵住了去路，一群哭喪的人與迎親隊伍正要狹路相逢，喜事喪事湊到一起，讓人頗感晦氣。

「混蛋！快讓他們滾開！」洪邪見對方磨磨蹭蹭還不讓路，頓時怒不可遏，正要縱馬上前給他們一點教訓。突聽耳旁風聲響動，他本能地伸手一抄，入手卻是一個小紙團。

他心中暗自吃驚，要將如此小一個紙團打出破空之聲，那得要多大的腕力和內勁？他忙順著紙團飛來的方向望去，正好看到一個契丹少年叼著草根，慢慢轉身離去。

洪邪急忙展開紙團，就見那張揉成一團的紙條上，只有猩紅醒目的一個字——殺！

洪邪心知有異，急忙左右巡視，就見那輛拉著靈車的馬突然受驚，竟衝破幾名手下的阻攔，向自己疾馳駛來。

依著他往日一貫的驕橫，定是上前斃掉那匹瘋馬，踢翻靈車，再讓手下將那幫哭喪的混蛋弄殘幾個。不過有人示警在前，他心中已有警覺，急忙對左右喝道：「攔住靈車，不要讓它靠近。」說話的同時，他已調轉馬頭向後飛退。

幾個手下一擁而上，不顧一切地攔住受驚的奔馬。

就在這時，突見靈車上的棺蓋突然碎裂，一個身裹壽袍、面罩黃紙的身影一衝而起，徑直向幾個攔路的漢子衝去。

幾個洪勝幫的漢子能做洪邪的隨從，武功也都不弱，雖驚不亂，幾件兵刃紛紛向飛來的人影致命處招呼。卻見對方根本不躲不閃，徑直撲到迎面而來的幾件兵刃之上，頓時被扎了七八個透明窟窿。幾個人心中正自暗喜，卻發現中招的傢伙竟無一滴鮮血流出，定睛一看，才發現那是一具臉色蠟黃的屍體，早已沒有半分生氣。

幾乎同時，一道灰影緊跟在那具屍體之後倏然竄出，一柄蛇形劍分刺攔路者。幾個人心中暗叫糟糕，想要從屍體中拔出兵刃招架，但卻被屍體的滯澀延誤了一瞬，就這短短一瞬間，蛇形劍的劍鋒已從幾個人咽喉掠過，帶起了一片殷紅的血霧。

灰衣人幾乎沒有停留，身影從血霧中一穿而過，如鬼魅般向已經逃出十餘丈的洪邪追去。

直到他衝出十餘丈後，那幾個咽喉噴血的洪勝幫弟子，才先後從馬上栽了下來，撲倒長街微微抽搐。

「詐屍了！詐屍了！」周圍看熱鬧的百姓不明所以，還以為幾個洪勝幫弟子是死於飛出的屍體之手，紛紛驚惶大叫，四下奔逃。原本擁堵不堪的長街更加混亂。就見一道灰影如蛇一般在人叢中穿梭，速度竟不受街頭的混亂影響。

洪邪打馬逃出數十丈，以為已經安全，這才驚魂稍定地回頭望去。就見紛紛攘攘的人群之中，一道灰影如游蛇般在人流縫隙中穿梭，正飛快向自己接近。

洪邪大驚失色，急忙打馬奔逃，但長街上人流太密集，奔馬雖然撞到無數人闖出一條血路，但速度卻漸漸慢了下來。

聽到身後風聲響動，洪邪本能地一低頭，就見一支蛇形鏢貼著自己耳根，倏然扎入坐騎的脖子。坐騎一聲慘叫，突然失力跌倒，將洪邪從馬鞍上摔了下來。

洪邪也算身經百戰，倒地後就地一滾，腰中短刀已脫鞘而出，憑著經驗回首一刀，剛好迎上刺來的一劍。就聽「噹」一聲脆響，一串火星爆濺而出，剛好照亮了蛇皮那張五彩斑斕的醜臉。

蛇皮一劍守阻，蛇形劍一折，又從另一個角度刺到。一劍緊似一劍，猶如蛇信般追著洪邪的身影狂舔。洪邪頓時感覺自己像被千萬條毒蛇纏住，左支右絀狼狽抵擋，卻怎麼也抵不住無孔不入的蛇信。隨著蛇形劍的飛舞，不時有血珠飛濺而出，灑下了一道血路。

洪邪也算經歷過無數次生死搏殺，誰知在以殺人為業的頂尖殺手面前，他才知道自己實在差得太遠。眼看已無法倖免，他急忙高喊：

「等等，你……你收了多少錢，我加倍給你，只求……只求先生高抬貴手，饒洪某……」

蛇皮嘴邊泛起一絲獰笑：「我只負責拿錢收命，從不抬手放人。你若想出雙倍的價買你仇家的性命，我倒是可以考慮考慮。」

洪邪還想哀求，突感手中一輕，刀已被磕飛到一邊。就見蛇皮劍指洪邪，陰陰笑道：「你要能拿出二十萬貫，我可以替你殺掉仇家。」

洪邪面如死灰，第一次感覺離死亡如此之近，大腦中一片混亂，完全失去了思考的能力。在蛇皮陰寒冷厲不帶一絲感情的眸子注視下，他只感到胯下一股熱流不受控制地奔湧而出，浸透褲子淅淅瀝瀝地滴落下來，空氣中立刻瀰漫起一股熱辣辣的尿騷味。

蛇皮見多了死在自己劍下的冤魂，心知對方已經徹底失去了抵抗的意志，這讓他有種莫名的興奮和快感。

正待揮劍發出致命的一擊，卻突然感到斜後方有冷冽的殺氣迅猛逼來。他急忙回頭，就見一個打扮怪異的年輕人已倏然逼近，雙手握劍直斬而來。

蛇皮橫劍一擋，頓感一股大力從劍上傳來，身不由己後退了一步。定睛一看，卻見對方是個身材矮小瘦削的年輕男子，雙手握劍正對自己冷冷而視。

看他那含而不發的氣勢，顯然是個不容小覷的用劍高手。蛇皮很驚訝長安城中，還有這個自己不知道的罕見高手。

洪邪本已心寒如死，但見到那人後頓時燃起希望，急忙高呼：

「小川救我！」

原來這年輕劍手，正是來自扶桑的武士小川流雲。

他原本是追隨遣唐使藤原清河來到大唐，迎接多年前到大唐求學的皇族子弟阿倍仲麻侶歸國。誰知途中遭遇風暴，與藤原清河失散，之後與任天翔結伴來到長安。見任天翔為妹妹的事正六神無主，他只得獨自去尋找阿倍仲麻侶，也就是在大唐帝國做官的晁衡。

誰知晁衡已隨藤原清河離開了長安，剛好與他錯過。雖然沒找到晁衡，卻正好遇上洪邪被人追殺。他雖然不齒洪邪的所作所為，但終究受過洪邪恩惠，所以在洪邪面臨死亡威脅之時，終忍不住出手相助。

雖然僅一個照面，卻已試出蛇皮的深淺。小川不敢大意，雙手握劍緊盯著對手，對洪邪低聲道：「我在，你走！」

洪邪醒悟，連滾帶爬想要逃走。

蛇皮正欲追趕，卻被小川攔住去路。蛇皮認出對方乃是扶桑人，不由一聲厲喝：「倭人找死！」話音未落，劍鋒已直指小川咽喉。

小川橫劍一封，將對手的蛇形劍架開。二人俱是走辛辣凶狠一路，只是蛇皮的劍更靈活輕靈，而小川的長劍則更加簡潔實用。短時間內，誰也奈何不了誰。

眼看洪邪已經逃遠，且與聞訊趕來的洪勝幫手下會合。蛇皮知道自己已經失去了機會，只得丟下小川飄然遠遁。小川也不追趕，連忙收劍隱入人群，眼看官府的捕快也已經聞訊趕來，他也不想惹上不必要的麻煩。

雖然方才那一戰驚心動魄，但終究沒有死人，官府捕快到來後，胡亂找人盤問了方才的情形，然後喝令大家離開。人群陸續散去，長街又恢復往日的寧靜。

在長街一個不起眼的角落，阿乙叼著草根一直看到最後，直到所有人都已經離開，他才轉身回去覆命。臨走前，忍不住回首望向小川離去的方向，他喃喃自語道：「那扶桑人的劍法還真是凌厲，有機會真想找他試試。」

在一間肅靜清雅的棋室中，司馬瑜一邊獨自行棋，一邊聽著阿乙的彙報。聽到小川出手救下洪邪，他從棋枰上抬起頭來：

「小川？扶桑人？」

「沒錯！」阿乙笑道，「劍法與中原迥然相異，以凜冽實用見長。要面對面鬥下去，我看蛇皮也未必是他的對手。」

司馬瑜淡淡道：「瞭解一下這個人，我對他很有興趣。」

阿乙點頭笑道：「我對他也很有興趣。」

「洪邪怎麼樣？」司馬瑜低下頭，目光再次轉向棋枰。

「我沒想到他如此窩囊，」阿乙笑了起來，「我已經暗中提醒過他，可他依舊讓蛇皮追上，而且還被對手嚇得尿了褲子。要不是有那個扶桑人出手，我只好出手救他一救。洪勝幫的少幫主竟然如此沒用，真不知它怎麼能雄霸半個江湖。」

「這說明洪勝幫有個了不起的幫主，一頭雄獅率領的一群綿羊，勝過一隻綿羊率領的一群雄獅。」司馬瑜說著，輕輕在棋枰上落下一子。

阿乙先是有些不解，繼而似有所悟，微微頷首道：

「公子的意思是說，洪勝幫是一頭雄獅率領著綿羊，而義安堂則是一隻綿羊率領著雄獅？所以最終雄獅率領的綿羊，勝過了綿羊率領的雄獅？」

司馬瑜望向阿乙，突然問：「你有沒有讀過書？」

阿乙不好意思地搖搖頭：「咱們契丹人通常都不讀書。」

「幸虧你沒讀過書。」司馬瑜意味深長地笑了笑，「你想不想讀書？」

阿乙有些意外：「我？行嗎？」

司馬瑜笑道：「你能將刀法練到絕高境界，我想讀書識字對你來說，也應該不是難事。」

阿乙遲疑道：「先生願意教我？」

司馬瑜頷首笑道：「我可以教你讀書識字，不過你不能告訴任何人，包括你大哥辛丑。」

阿乙大喜過望，連忙拜倒在地：「多謝先生教我，請受阿乙一拜！」

司馬瑜示意阿乙不必多禮，然後道：「你先退下吧，等我找到契丹文的書，再開始教你。」

阿乙卻不就走，望望棋枰好奇地問：「我見旁人下棋都是兩人對弈，為何先生始終是一個人下棋？」

司馬瑜從棋枰上抬起頭來，望向虛空輕輕一嘆：「因為，我在等一個值得較量的對手。」

崇義坊一間不大不小的宅院中，任天翔正焦急地等待蛇皮的消息。

聽到門外腳步聲響，就見褚剛抹著汗大步進來，看到他的表情，任天翔立刻就猜到了結果，但還是忍不住抱著一分希望問：「怎樣？」

褚剛搖搖頭：「蛇皮失手了。你再猜不出是誰在最後關頭救了洪邪。是小川流雲，真不知扶桑都什麼人？公子誠心待他，沒想到他竟然壞了公子大事。」

任天翔愣了半晌，搖頭嘆道：「這事不怪他。他不知道是我要殺洪邪，就算知道，恐怕也未必會袖手不管，畢竟洪邪對他有恩，生死關頭他出手相救也符合他的為人。」

「不過公子也不必過於失望，」見任天翔憂心忡忡，褚剛忙開解道，「洪邪雖然沒死，卻也受了重傷，婚期肯定得延後，咱們還可另外想辦法。」

任天翔黯然搖頭道：「我知道天琪的脾氣，只要洪邪還有一口氣，她就一定會按期舉行大禮。憑她的聰明，一定能猜到是我所為，所以她知道只有儘快與洪邪成親，才能斷了我繼續行動的機會。」

褚剛聞言急道：「要不我帶崑崙奴兄弟去走一趟，將蛇皮沒做完的事做完？」

任天翔有些心動，但很快就搖頭否決。他知道褚剛雖然說得輕鬆，但這一去肯定是九死一生。雖然他不忍見妹妹落入火坑，卻也不能讓兄弟白白送死。

他在房中踱了兩個來回，最後仰天長嘆：「我已做了能做的一切，若是還不能改變，那這一定就是命中注定。既然如此，只好隨它去吧，天琪……三哥已經盡力，卻依然無力回天啊。」說到最後，不由怔怔地落下淚來。

褚剛忙勸道：「兄弟也不必過於悲觀，任小姐待洪邪情深意重，就算是鐵石心腸也會有所感動，也許她能收服洪邪這混蛋也說不定。」

任天翔苦笑著搖搖頭：「人什麼都可改變，唯本性最難改變。洪邪若能變好，除非狗能改掉吃屎的本性。」說到這，任天翔一聲長嘆，「不過現在木已成舟，我只好向洪邪投降。」

見褚剛有些不解，任天翔苦笑道：「咱們還剩多少錢？」

褚剛忙道：「從司馬公子那裏借來的二十萬貫，一半付給了蛇皮。現在蛇皮已經跑路，只怕再追不回來。如今咱們就剩下十萬貫。」

任天翔想了想，黯然道：「我就這麼個妹妹，她要出嫁，我這當哥的自然不能吝嗇。你拿出一半作為賀禮，咱們去向她和……我的妹夫祝賀。」

褚剛十分意外，驚訝地打量著一臉平靜的任天翔，失聲問：「公子你……你沒事吧？」

「你擔心我是不是受不了這打擊，心智糊塗了？」任天翔苦笑道，「你放心，我現在非常清醒。我知道只要我還沒有倒下去，洪邪就不敢太欺辱我妹妹，我必須保持清醒，儘快掌握財富和權力，才有保護親人的實力。」

褚剛見任天翔眼底雖然蘊滿痛苦，但眼神卻異常清亮堅定。他放下心來，點頭答應道：「好，我這就去準備，咱們儘快就出發。」

洪邪遇刺的消息，很快就傳到了義安堂。

正等待迎親隊伍來迎娶自己的任天琪，聽說洪邪身負重傷，迎親的隊伍也已經打道回府，立刻摘下鳳冠，提著裙襬大步奔出。

母親蕭倩玉追在她身後急問：「女兒你要去哪裡？」

「去洪勝幫！」任天琪頭也不回，直奔自己的坐騎，「一定是三哥幹的好事，我要不立刻嫁給洪邪，他還會對邪哥不利。」

翻身跨上駿馬，任天琪打馬急奔而出。義安堂眾人急忙追在她身後，浩浩蕩蕩直奔洪勝幫長安分舵。

剛來到洪勝幫分舵大門，就見洪勝幫眾人手執兵刃迎了出來，雙方曾經火拼過多次，突見義安堂大隊人馬趕到，自然劍拔弩張，小心戒備。

不等坐騎停穩，任天琪翩然翻身落地，對領頭的洪勝幫弟子喝問：「邪哥在哪裡？他傷勢怎樣？」

「少幫主還死不了。」那小頭目眼中充滿了敵意，「不過少幫主幾個兄弟死的死傷的傷，這筆血債要記到你們頭上。」

任天琪顧不得理會那頭目，提著裙襬直奔大門，幾個洪勝幫弟子想要阻攔，但終歸不敢對奮不顧身往裏硬闖的任天琪動手，畢竟這是少幫主的未婚妻，在不知道少幫主心思的時候，他們也不敢輕易冒犯。

不過對於義安堂其餘眾人，他們卻毫不客氣，將之全部擋在大門外，只放任天琪一人進門。任天琪嫌緊窄的裙襬礙事，撕開裙襬側面開叉，在洪勝幫眾人驚訝的目光中，一路小跑直奔後堂。

見後堂一間廂房中有丫鬟進出，她立刻推門闖了進去，將榻上正在呻吟的洪邪嚇了一跳。待看清是她，洪邪忍不住罵道：「老子差點死在了你哥手裏，你還來做什麼？」

任天琪急忙撲到榻前：「你……你傷勢怎樣？」

「還死不了，要不是我命大，小命差點報銷。」洪邪想起蛇皮那猶如蛇信般無孔不入的劍鋒，心有餘悸地打了個寒顫，恨恨道，「任天翔，此仇不報，我誓不為人！」

任天琪忙道：「邪哥，你千萬不要責怪我三哥，他、他這也是為我好。他對你有偏見，所以才出此下策。」

「你也知道是任天翔所為？」洪邪一把將少女推開，「我差點死在你哥手裏，你還有臉來見我？」

任天琪雙目催淚，急忙表白：「我也是剛才猜到，所以才匆忙趕來。我可以不要你迎娶，不坐花轎，不請賓朋，但必須馬上與你舉行大禮，昭告天下我們已結為夫妻，只有這樣，我哥才會停止他瘋狂的行動。」

「你願現在就與我拜堂成親？」洪邪有些將信將疑。

「難道你還不明白，我的心早已經屬於你，誰也無法阻止。」任天琪顧不得羞怯，含淚道，「雖然我知道，母親和舅舅讓我嫁給你，是出於他們的考慮。但自從與你相識以來，我就漸漸喜歡上了你。我答應嫁給你，並不是為了義安堂，而是為了我自己。」

洪邪遲疑道：「你喜歡我什麼？」

「我喜歡你邪惡的微笑，我喜歡你的放蕩不羈，我還喜歡你拙劣的表演，就是說謊都頗有創意。」任天琪苦澀一笑，「其實我知道你不是個好男人，對我說過的謊言比真話還多。可是我偏偏就喜歡上了你這樣一個十足的混蛋，既然你願意為我放棄以前的生活，不管是真是假，我都要冒險一試。也許，這就是前生的孽緣。」

洪邪怔怔地望著任天琪愣了半晌，突然掙扎著翻身下床，挽起任天琪道：「好！咱們現在就去拜堂！」

紅燭高照，燈火通明，本已凌亂的喜堂，重新又充滿了喜氣。義安堂眾人已被請了進來，與早來的賓客濟濟一堂，將寬闊的喜堂擠了個滿滿當當。

「一拜天地、二拜高堂……」

司儀高亢的聲音在大堂中回蕩，在眾人的鼓掌聲中，頭上還纏著繃帶的新郎官，正要與鳳冠凌亂、喜服破裂的新娘子交拜，突聽門外傳來迎賓司儀的長聲高喊：

「長安任天翔攜友二人，奉上五萬兩錢票為賀……」

迎賓司儀唱聲未落，喜堂中眾人已紛紛回頭，洪勝幫眾人更是群情激奮，紛紛拔出了兵刃。眾人正待一湧而出，就聽前方傳來一個不怒自威的聲音：「來的都是客，有請！」

這聲音不大，卻蓋過了大堂中的嘈雜，清清楚楚地傳到每一個人耳中。洪勝幫眾人頓時聞聲而動，不約而同地往兩旁讓開，將任天翔、褚剛、上官雲姝三人讓了進來。

任天翔原本只想帶褚剛前來，不過卻無法擺脫上官雲姝這個影子，只得將她一同帶來。

他無視洪勝幫眾人眼中的敵意，徑直來到喜堂中央，目光立刻落到方才發話的老者身上。就見對方高踞男方長輩的位置，正以欣賞的目光打量著自己。老者雖然年近花甲，兩鬢已染風霜，但依舊如雄獅般不怒自威。

任天翔立刻就猜到，這一定就是洪景，也只能是洪景。是任重遠生前最看重的對手。他不亢不卑地拱手一拜：

「晚輩任天翔，見過洪幫主。」

洪景頷首笑道：「賢侄不必多禮。你父親生前是我最敬重的對手，沒想到在他過世後，咱們兩家竟成了姻親。」

任天翔微微笑道：「也許這就是常言所說的世事難料吧。」說完，他轉向任天琪與洪邪，「小妹，妹夫，請允許三哥為你們祝福。」

「任天翔，你、你究竟想幹什麼？」任天琪喝問。即便是從小一起長大的兄妹，她也猜不透任天翔的舉動和心思。

聽任天琪直呼自己的名字，任天翔心中微痛，不過面上卻笑容依舊，從袖中掏出一個信封，雙手捧著上前兩步。雖然明知對方不會武功，但在任天翔如此從容坦然的神情面前，洪邪本能地後退了兩步，色厲內荏地喝問：「站住！你究竟想幹什麼？」

任天翔從容不迫地將信封舉到洪邪面前：「三哥來得匆忙，沒來得及準備賀禮。這五萬貫錢票是我給天琪的嫁妝，望妹夫笑納。」

任天翔的舉動大出洪邪預料，不由愣在當場。還是任天琪出面解圍，開口道：「只要三哥將來不再為難我丈夫，小妹願接受你的祝福。」說著接過了錢票。

任天翔突然感到胸中有種揪心的疼痛，令他幾乎無法站立。但他強令自己堅持，深吸一口氣後，從容不迫地對洪邪笑道：「除了賀禮和祝福，我還想與妹夫喝三杯酒。」

褚剛立刻捧著酒盤來到任天翔身後。任天翔回手端起兩杯酒，一杯遞給洪邪，然後舉起手中酒杯道：「這第一杯酒，我要請洪少幫主原諒，往日我有得罪之處，今天就在這裏公開向少幫主賠罪。無論你要如何報仇，我都甘願領受，直到讓你心滿意足。不過我希望在喝了這杯酒後，過往恩怨一筆勾銷。」

說完，任天翔舉杯一飲而盡，然後負手站在洪邪面前，一副任由處置的模樣。

洪邪雖然恨得牙癢癢，但眾目睽睽之下，也不能讓人笑話自己小氣，只得將酒一飲而盡，哈哈一笑：「好！過往恩怨，一筆勾銷。」

任天翔端起第二杯酒，舉杯道：「這第二杯酒，我要向洪少幫主保證，從今往後你就是我妹夫，與我是一家人。我會盡我所能幫你助你，你對我妹妹有一分好，我會以十分來報答。」說完，任天翔依舊將酒一飲而盡。

洪邪強笑道：「你是天琪的三哥，也就是我洪邪的三哥，我不會跟你客氣。」說著也將酒一飲而盡。

任天翔端起最後一杯酒，對洪邪正色道：

「這第三杯酒，我要給少幫主一個警告。如果我妹妹在洪家受了半點委屈，我必以十倍來報復。如果你敢欺負我妹妹，我就殺了你。」

任天翔雖然說得輕描淡寫，但那冰涼陰鷙的眼神，卻讓洪邪激靈靈打了個寒顫。雖然他也是一個心狠手辣的角色，但剛經歷過死裏逃生的凶險，尚驚魂未定，面對任天翔赤裸裸的威脅，他竟然不敢頂撞，在任天翔冰冷目光注視下，不由自主地將第三杯酒默默喝盡。

任天翔見洪邪三杯酒喝過，便抱拳對眾人團團一拜：

「今日舍妹大婚，多謝諸位親朋好友捧場，親眼見證了洪少幫主對舍妹的承諾。請大家在為他們祝福的同時，也監督我任天翔對他們的保證，我若不能做到，願如這酒杯粉身碎骨！」

說著，任天翔將酒杯狠狠摔到地上，在眾人驚嘆的目光中，拱手傲然而去。

洪景見任天翔手無縛雞之力，僅有兩名隨從，卻敢在洪勝幫的地盤傲然來去，逼兒子當著眾多賓朋的面喝酒立誓，其膽色和氣勢，竟將堂堂洪勝幫少幫主徹底比了下去。他不禁暗自搖頭，在心中暗嘆：任重遠虎父無犬子，九泉之下也可瞑目了。

求官

第十章

任天翔若有所思道：

「做正官升遷太慢，做邪官又不合我性情，

做能臣，我既沒那基礎又沒那才幹，能做個權宦倒也不錯，

可惜我沒有個漂亮的妹妹嫁給當今聖上，

莫非……我就只能做個弄臣？」

當喜堂內歡呼聲一浪高過一浪時，任天翔卻已乘車離去。聽到身後喜慶的鼓樂和鞭炮聲響起，他終於怔怔地落下淚來，對面的褚剛見狀忙勸道：

「公子心情不好，老哥帶你去散散心，聽說長樂坊新來了一批舞姬，不僅個個都有羞花閉月之貌，更難得的是舞技超群，名動京師。」

任天翔意興闌珊地搖搖頭：「我現在哪有那種心情？天琪的幸福就操在我手裏，除非我能儘快成為財雄勢大、權勢熏天的人物，讓洪邪有所顧忌，讓洪勝幫也不得不巴結，不然天琪的未來，恐怕……」

褚剛深以為然地點點頭：「不知公子想怎麼做？」

任天翔想了想，怔怔道：「我要當官，而且要當有權有勢的官，讓洪勝幫再不敢對我有任何輕視。」

褚剛一怔：「公子……怎麼突然想起要當官？這個、只怕比賺到二十萬貫還要難一點。」

「豈止是難一點？簡直比賺錢要難上千百倍。」任天翔搖頭苦笑道，「而且做官難免要鑽營苟且，看上司臉色行事，整天謹小慎微，不敢有絲毫差池，這些都完全有違我的天性。可是除了做官，我實在想不出還有什麼辦法，能在最短的時間內，讓洪邪和洪勝幫對我有所顧忌，因而不敢欺負天琪。」

褚剛遲疑道：「生意上的事我還有點經驗，做官我就完全是門外漢。不知公子對做官的門道知道多少？」

任天翔苦笑道：「雖然當年在義安堂時，也見過不少官宦，但卻跟他們從沒打過什麼交道，所以我對做官也完全是一無所知。不過我雖不知，但我想有一個人肯定精通此道。」

「誰？」褚剛忙問。

「李泌！」任天翔淡淡道，「這小子七歲就得當今聖上賞識，可自由出入宮闈，九歲就與前丞相張九齡以友相稱，十七歲便入翰林。他不僅年紀輕輕就熟悉大唐王朝的官場和宮禁，而且還深受當今聖上和不少文人重臣賞識，他要不知道如何當官，天底下就沒有人知道了。」

褚剛恍然醒悟道：「公子是想向他請教？那咱們現在就去李府。」

任天翔看了看尾隨在車後的上官雲姝，沉吟道：

「李泌現在是東宮屬官，而東宮與楊家素來不睦，我又一直跟著個楊家的尾巴。要讓楊家知道我與李泌走得很近，難免會將我視為太子一黨，那我恐怕就別想做什麼官了。」

褚剛點頭道：「要不我想法將上官姑娘調開？」

任天翔微微搖頭：「上次戲弄了她一回，她已經有了防備，只怕這回不會那麼容易。這樣，你去李府面見李泌，就說我邀請他到陸羽的茶樓飲茶，請他微服前來一敘。」

褚剛忙叫車夫停車，然後令他轉道去「羽仙樓」。在馬車離去後，他立刻直奔李府。

「羽仙樓」因茶仙陸羽而聞名長安，是文人墨客喜歡的一個清靜去處。它既沒有酒樓的喧囂嘈雜，也沒有青樓的繁華奢侈，只有淡淡的靜雅和濃郁的茶香。這與任天翔愛熱鬧的性情頗不相合，所以雖然聞名已久，卻還是第一次循香而來。

任天翔與上官雲姝進得大門，立刻有茶博士迎上前招呼。任天翔環目四顧，但見樓中清雅肅靜，空氣中瀰漫著一股淡淡的茶香，令人心怡神寧。他滿意地點點頭，隨著茶博士來到二樓一間茶室，任天翔道：「能否請你們老闆陸羽，親自為我烹茶？」

茶博士頓時有些為難：「陸老闆正在招呼一個重要的客人，恐怕……」

任天翔忙塞給他一疊銅板：「務必請你們老闆親自來招呼，因為我也要款待一個重要的客人。我可以等個半炷香時間，這總行了吧？」

茶博士還在為難，卻已被任天翔推出門去。

二人在茶室中坐定，任天翔端詳著神情冷若冰霜的上官雲姝，沒話找話地笑問：「上官姑娘這姓氏有點少見，不知跟當年天后執掌朝政時的風雲人物，有巾幗宰相之稱的上官婉兒是否是一家人？」

上官雲姝眼中閃過一絲異樣，連忙低頭避開任天翔的目光，端起桌上的茶杯掩飾。不過這沒有逃過任天翔的目光，他若有所思地自語：

「聽說上官婉兒當年是天下有名的女才子，天后的詔書大半出自她之手，深得天后信賴，其才幹無愧於巾幗丞相之稱。可惜後來依附韋皇后，禍亂宮闈，終引來殺身之禍，被當今聖上所殺，其生平和遭遇，令人不勝唏噓。」

上官雲姝神情越發異樣，突然推杯而起道：「這陸羽是何許人物？竟然這麼大的架子，待我去看看。」說著起身出門，匆匆而去。

看來這冷美人跟上官婉兒果然有極深的淵源。任天翔心中暗忖，想當年上官婉兒被當今聖上當成韋后一黨予以誅殺，一代豪門上官世家也因此受到株連，從此家道中落。若這冷美人是出自上官家族，投靠楊家謀求重振家風，也算是合情合理。

任天翔正胡思亂想，突聽走廊另一頭傳來兵刃相擊聲以及茶博士驚慌的求告，其中還夾雜著少女短促的嬌斥。任天翔心中一驚，急忙起身出門查看。

就見走廊另一頭的一間茶室門外，上官雲姝鳳目含煞，正手執寶劍緊盯著一個異族打扮的少年。就見那少年脖子上繫著一方紅巾，嘴裏叼著一根草莖，臉上掛著懶洋洋的微笑，不過眼中卻閃爍著狼一樣的銳光。

任天翔一見之下又是一驚，這少年他並不陌生，正是安祿山身邊那個像狼一樣的契丹少年辛乙。

知道這少年的狠辣，任天翔怕上官雲姝吃虧，急忙過去擋在二人中間。

二人正虎視眈眈，突聽門裏傳出一個清朗的聲音：「阿乙，不可對女孩子失禮。」聽到這熟悉的聲音，任天翔又是一驚，循聲望去，就見茶室內兩個熟悉的人影正相對跪坐，上首則是有「茶仙」之稱的少年陸羽，正全神貫注地將沸水沖入茶壺。他的神情是如此專注，以至於對門外發生的爭執也充耳不聞。

任天翔正在打量，右首那人也看到了他，喜道：

「是任兄弟，你也喜歡陸先生的茶？」

左首那青衫文士也欣然招呼道：「今天還真是湊巧，不如就一同嘗嘗陸先生剛沏的新茶。」

任天翔十分意外，忙對二人拜道：「馬兄、小川兄，你們……怎麼會認識？」

原來這二人一個是小川流雲，一個居然是司馬瑜。任天翔想不通二人怎麼會在一起喝茶。

就聽小川流雲興奮地道：「沒想到陸先生的技藝如此神奇，竟能將尋常的樹葉妙手點化成人間罕有的仙露，我定要向陸先生學習，將這烹茶之道帶回日本。」

司馬瑜則笑道：「原來這位姑娘是兄弟的朋友，誤會誤會，阿乙，還不快向這位姑娘賠罪？」

辛乙依言收起短刀，對上官雲姝拱手一拜：「阿乙方才多有冒犯，還望姑娘恕罪。」

聽二人對話，任天翔便猜到方才定是上官雲姝上門強邀陸羽，結果為辛乙所阻，看二人這情形，顯然上官雲姝沒占到便宜。任天翔忙示意她收起佩劍，然後對小川和司馬瑜拜道：「小弟也是久仰茶仙之名，今日慕名而來，沒想到卻與兩位兄長在此巧遇。」

司馬瑜呵呵笑道：「誠邀不如偶遇，正好陸先生這道茶湯剛好烹好，就一起品嘗如何？」

任天翔見安祿山身邊的隨從辛乙，居然跟司馬瑜一路，而且還對他言聽計從，立刻就猜到司馬瑜與安祿山一定關係匪淺，難怪能隨手就拿出二十萬貫錢。想著讓褚剛去請了李泌，而李泌是東宮屬官，顯然跟安祿山不是一路，自然不便與司馬瑜相見。他正要推辭，但架不住小川也熱忱相邀，只得隨之入座。

正好一壺新茶沏好，陸羽親自為眾人斟上香茗。

眾人還在細細品茗，任天翔已將茶一飲而下，忍不住轉向司馬瑜和小川，好奇問：「你們怎麼會認識？」

小川流雲欣然道：「小川在長安遇到幾個地痞刁難，是這位馬公子替小川解了圍，因而認識。今日馬公子又讓小川結識了茶仙陸先生，讓小川見識了雅致無雙的茶道，小川實在感激不盡。我定要學會這茶道，將之帶回日本。」

任天翔一聽這話，就知道司馬瑜定是在刻意結交小川，那騷擾小川的地痞，沒準就是受司馬瑜指使。他意味深長地望向司馬瑜，笑道：

「大哥看來真有人緣，走到哪裡都能結交朋友。你身旁這位契丹武士，好像就是范陽節度使安將軍身邊的能人吧？」

司馬瑜淡淡笑道：「兄弟在妹妹大婚的日子，還不忘到茶樓來見朋友，你不也一樣是交遊廣闊？」

任天翔一怔，強笑道：「大哥怎麼肯定我是來見朋友？」

司馬瑜把玩著茶杯款款道：

「妹妹大婚，你這個做哥哥的不為妹夫擋酒，卻跑到茶樓來喝茶，顯然是對這樁婚事心有不滿。你不去酒樓青樓散心，卻來僻靜的茶樓，而且眼中不自覺流露出一絲憂慮和決斷交織的微光，顯然是有所擔憂，又有所企盼。綜合以上種種，我想你多半是為了見一個對你來說很重要的人。這個人能改變你的命運，你想得到他的幫助，不知我猜得對不對？」

任天翔心中暗自驚佩司馬瑜眼光之毒，心思之密，在他遇到過的人中，只怕唯有李泌可與之不相伯仲。不過，他面上卻不動聲色地笑道：

「大哥若是真那麼自信，就根本不必問我對不對。」

「這麼說來我是猜對了。」司馬瑜意味深長地道，「兄弟有為難之事，何不告訴我和小川兄？大家都不是外人，也許我們能幫到你也說不定，莫非你對我們有戒心？」

小川流雲也急忙問道：「是啊！任兄弟有什麼難處，何不告訴小川？」

任天翔忙道：「二位多慮了，小弟並無為難之事。若有，我一定不忘先找你們幫忙。」

小川見任天翔這樣說，也就不好再問。

司馬瑜卻輕輕嘆了口氣：「兄弟既然不願說，我也就不再多問。如今我們這裏茶已烹好，就讓陸先生隨你去吧，我不想耽誤兄弟請客。」

任天翔心知在司馬瑜面前，任何謊言都是多餘，也就不再推辭，將陸羽請到自己的茶室。

二人離去後，司馬瑜依舊與小川若無其事地品茗聊天，談論著東瀛各種風土人情，耳朵卻在聽著樓下的動靜。

少時聽到茶博士迎客上樓的吆喝，司馬瑜便將目光望向一旁的辛乙。辛乙心領神會，立刻閃到門旁，從門縫中往外望去，然後對司馬瑜小聲道：

「是個文質彬彬的年輕人，大概二十多歲，長得很秀氣，人我從沒見過，不過從他的神態步伐上看，溫文儒雅中透著一絲官氣。」

司馬瑜停杯皺眉，喃喃自語道：「你追隨安將軍左右，大部分京官你都該見過，但你不認識他。這說明他很低調，而且不常在朝中行走，跟安將軍也沒有往來。」說到這，司馬瑜目光一亮，「難道是他？」

「是誰？」辛乙忍不住好奇問。

「一個七歲就名動京師的天才兒童。」司馬瑜眼中閃爍著異樣的神采，肅然道，「一個胸懷儒門博學，又兼有道門修為的曠世奇才。」

在走廊另一頭的茶室中，任天翔將李泌讓到房內，然後請陸羽煮水烹茶。褚剛知趣地退到門外，上官雲姝卻想在一旁坐下來。任天翔見狀笑著調侃道：

「上官姑娘非逼得我們脫衣服不行？」

上官雲姝臉上一紅，恨恨瞪了任天翔一眼，不過還是悻悻地退到門外。房中頓時靜了下來，只聽到湯水沸騰的咕嘟聲響。

任天翔與李泌都默不作聲，只靜靜欣賞著陸羽猶如繡花一般精巧別致的茶道。少時香茗入杯，陸羽親手遞到二人面前，二人尚未品嘗，一股濃郁的茶香已由鼻端直沁心脾。

任天翔將聞香杯湊到鼻端深深一嗅，忍不住嘆道：「不知為何同樣的茶葉，經陸先生之手烹製，便與旁人截然不同？」

陸羽淡淡道：「旁人烹茶是用手，而我是用心。」

任天翔奇道：「烹茶要如何用心？」

陸羽用竹夾拈起一片茶葉，徐徐道：

「每片茶葉都千差萬別，就是同一株茶樹上採下的茶葉都有細微的不同。一壺用心烹製的香茗，需要精選每一片茶葉，然後經特殊的方法揉製，使之最大限度地保有本來的素質。這水的選擇也有講究，隔年的雪水宜烹製今春的新茶，杭州虎跑泉的水則適用於大紅袍，井水最宜苦丁，山泉則適合龍井。而且水溫也有講究，新茶需用將沸未沸之水，普洱則必須用三沸三騰之水沖泡，而且每一壺茶葉對水溫的要求也略有不同，這其中火候的差別，唯有用心才能稍稍把握。」

任天翔聽得目瞪口呆，喃喃嘆道：「一壺茶也有這許多講究？皇宮御廚做饍，只怕也沒這麼用心。」

對面的李泌聞言笑道：「皇宮御廚有各種食材和作料可以變化，而烹茶就只有最平淡無味的水和各種茶葉可供操持，若不用心，就只是一杯解渴的濃茶，怎能烹出如此變化多端、香味多變的茶湯？所以陸先生以茶稱仙，實乃名符其實。」

陸羽羞赧地笑道：「李公子過獎了，陸羽不過是醉心茶道，沉溺其中不可自拔而已。」說著他便起身告辭，他知道很多時候客人有私事要談，不希望有第三者在場。

陸羽離開後，茶室中越發雅靜。李泌這才笑問：「聽說今日是你妹妹出嫁的日子，你不去喝喜酒，為何卻邀我來喝茶？」

任天翔知道在李泌這樣的聰明人面前，最好是以誠相待，所以他開門見山道：「我想做官，想請李兄指點一條捷徑。」

李泌似乎並無太大意外，只是問道：「你想做什麼樣的官？」

任天翔奇道：「做官還分很多種？」

李泌頷首笑道：「那是當然。」

任天翔頓時來了興趣：「那就請李兄說說，做官都有哪些種？」

李泌屈指數道：

「第一種可稱為正官，雖然才幹有限，卻也兢兢業業誠實做事，憑著資歷和謹慎一步步往上爬，是為官場爬蟲，此乃大多數官員的寫照；第二種為邪官，精通鑽營苟且，逢迎拍馬，善討上司喜歡，這種人官場中也不在少數；第三種為能臣，有經天緯地之才，又有剛直不阿之性，若遇明君，必有一番大作為。本朝魏徵、房玄齡等便是其中佼佼者；第四種為權宦，雖也算才高八斗之士，卻不思為朝廷分憂，為百姓謀利，只知把持朝政，弄權誤國，本朝李林甫、楊國忠之流，便是其中代表人物。

「第五種為閒官，雖有學識文采，卻一貫恃才傲物，不通人情世故，所以只能做個陪皇帝吟詩作賦、飲酒助興的閒人，比如當年在翰林院供職的李太白便是此類。第六種為弄臣，雖無才無德，卻知道如何討皇帝喜歡，因寵而貴。後面這四種官皆是天賦超群的人精，萬中無一，不知任公子想做哪種？」

任天翔若有所思道：「做正官升遷太慢，做邪官又不合我性情，做能臣，我既沒那基礎又沒那才幹，能做個權宦倒也不錯，可惜我沒有個漂亮的妹妹嫁給當今聖上，閒官也要精通詩詞歌賦，只有李白、王維之流才能勝任，莫非……我就只能做個弄臣？」

李泌啞然笑道：「弄臣也不是隨便什麼人就能做得了，你覺得自己有讓皇上喜愛的本領嗎？」

任天翔苦笑著搖搖頭，卻又心有不甘道：

「施東照這個不學無術的紈褲公子，文不會詩詞歌賦，武不能上陣殺敵，卻也混了個御前帶刀侍衛，莫非我還不如他？李兄從小出入宮禁，熟悉官場各種關節，一定知道做官的捷徑，還請李兄為小弟指點迷津。」

李泌意味深長地笑道：「如果你是想讓太子舉薦，只怕我要讓你失望了。不說聖上最忌諱太子在朝中安插自己的人，就是太子舉薦了你，你又有什麼才能讓當今聖上刮目相看？我不懷疑你確有獨到的才幹，不過，你的才幹只適用於江湖，不適合廟堂。」

說到這，李泌略頓了頓，遲疑道：「我知道你想做官的原因，如果你一定要試試，我可以指點你一條捷徑，不過我要先警告你，官場凶險遠勝江湖，尤其是對你這樣一個沒有任何官場背景和靠山的人來說。你一定要想清楚，為了幫助一個親人，值不值得拿自己的前途命運去冒險。」

任天翔毅然點點頭：「我早就已經想得很清楚，有些事不能拿值與不值來估算。所以還請李兄指點迷津。」

李泌盯著任天翔的眼眸審視了片刻，無奈嘆道：「看來你是打定主意了。好吧，我指點你一條路，你可聽過一個說法，叫做終南捷徑？」

任天翔點點頭，遲疑道：「好像是說武后當政時的左僕射盧藏用，中進士後，故意隱居終南山修道，引起了武后的注意，最終召入朝中授左僕射，可謂一步登天。」

李泌笑著點點頭：「終南捷徑的說法正是由此而來。不過我要說的是另一個隱士司馬承禎，雖也在終南山隱居修道，雖也先後受武后、睿宗和當今聖上三朝皇帝徵召入宮，卻堅不做官，結果贏得的名望和尊崇遠勝盧藏用。不僅得武后親降手敕、睿宗賞賜霞紋披，更在開元九年，得當今聖上親授法籙，成為道門第一人。開元十五年，又為他在王屋山建陽臺觀以供修煉，並遵照他的意願在五嶽各建真君祠一所，就連玉真公主也甘願拜他為師，向他學習道法，其聲望不僅道門中無人能及，就是釋門、儒門中也沒人有這等尊崇。」

任天翔在洛陽與司馬承禎有過一面之緣，沒想到這個其貌不揚的老道，居然有如此高的聲望，他立刻明白了李泌提到他的目的，顯然是要他走司馬承禎這條路。

果然，就聽李泌繼續道：「我聽說你將第一批陶玉命名為公主瓷，不僅大大提升了陶玉的身價，更巧妙地拍了玉真公主一個馬屁。如果你能通過她拜在司馬承禎門下，然後再由玉真公主舉薦到朝中，定可事半功倍。當今聖上崇尚道學，不過對道門學識卻是一知半解，你雖無學識才幹，不過憑你的聰明，只要學得一點道門皮毛，便可在聖上面前矇混過關。如今司馬承禎與玉真公主俱長住王屋山陽臺觀，我相信以你之能，定知道該如何與他們結識，並贏得他們的信任和舉薦。」

任天翔大喜過望，連忙拜道：「多謝李兄指點迷津，小弟若能有所作為，定不忘李兄今日指點之恩。」

李泌淡淡笑道：「任公子不必記著我李泌，只需記住太子殿下即可。若任公子他日在聖上面前得寵，定不要忘了為太子殿下說話。」

任天翔連忙答應道：「我知道朝中山頭林立，各派勢力犬牙交錯。我雖然不得不與他人虛與委蛇，但心中卻只認殿下和李兄這兩個朋友，請李兄儘管放心。」

得到任天翔的保證，李泌欣然道：「好！我會請殿下在暗中幫你，不過以後咱們要減少往來，以免讓人誤會。」

任天翔明白其中利害，忙舉杯道：「以後再有要事，我會令信得過的人傳話，不再與李兄相見。今日一別，咱們便算是立下了一個君子協定。」

二人都是聰明人，俱心照不宣。就見二人以茶代酒，毅然碰杯而乾。

回到臨時租住的別院，任天翔立刻對上官雲姝道：「為了儘快賺到錢還給夫人，我需要離開長安去一趟洛陽，請你將這件事轉告夫人，請她同意。」

上官雲姝質問：「你有什麼事需要離開長安？」

任天翔耐心解釋道：「洛陽那邊的景德陶莊我需要回去看看，然後將第一批陶玉運到長安交給夫人，這些事都需要我親自去打理。要是夫人不放心，可以讓你隨我同去。要是我不能自由行動，恐怕就無法保證按時奉上夫人的錢。」

上官雲姝拿不定主意，只得答應道：「我這就將你的話轉告夫人，你等著。」

上官雲姝離去後，褚剛忍不住問：「你跟李泌李公子都談了些什麼？我看你此刻一掃先前的頹喪，完全像變了個人。」

任天翔點頭道：「頹喪只會使人消沉，我不會讓這種消極的感情左右太久。現在我要振作起來，因為我要踏上一條充滿凶險，同時也充滿機會的終南捷徑。」

褚剛聽得莫名其妙，正要動問，任天翔已笑道：

「你不必多問了，到時候你就會明白。現在你替我去準備一份厚禮，要小巧玲瓏又價值不菲，花銷不能少於一萬貫。」

「一萬貫？」褚剛嚇了一跳，「給誰準備的禮物？」

任天翔意味深長地笑道：「給我的師傅，元丹丘。」

褚剛心中雖然十分不解，但他知道任天翔常有些天馬行空的行動，剛開始讓人摸不著頭腦，不過最終總會讓人拍案叫絕。他已經對任天翔有種盲目的信任，所以也沒有多問，立刻出門去準備。當他帶著一塊價值萬貫的玉佩回來時，上官雲姝也正好帶回了韓國夫人的話。

「你可以離開長安。」上官雲姝向任天翔轉述夫人的話，「夫人不怕你逃債。如果你逃了，你妹妹妹夫一家日子恐怕就不好過了。」

任天翔知道現在韓國夫人對錢的重視，已經超過死去多年的兒子，她已經被自己那二十萬貫錢給勾住，肯定會答應自己這些不算過分的要求。見褚剛也已經準備好厚禮，他笑道：「好！咱們連夜就走，去洛陽！」

「我也要去！」小薇正送茶水進來，聽任天翔要去洛陽，立刻搶著道。

「好！咱們一起走！」任天翔大度地擺擺手，「大家都去準備一下，爭取明天就在洛陽與焦猛他們喝酒！」

當天夜裏，兩人兩騎護著一輛舒適豪華的馬車離開了長安。任天翔與小薇坐車，褚剛與上官雲姝騎馬，一行人連夜趕路，直奔東都洛陽。

第二天中午，任天翔便趕到了洛陽景德陶莊。與祁山五虎和小澤多日未見，一番熱鬧不必細表。

任天翔顧不得休息，立刻查看陶莊的賬目，發現陶莊雖然沒有剛開始時的暴利，卻也進入了穩定盈利期，一個月下來也有一兩千貫的收益。如果景德鎮那邊新建的窯能儘快投產，陶玉的產量會增加數倍，收益也會倍增。

任天翔讓焦猛準備一批陶玉運往長安，讓陶玉打入長安的市場。交代了一些細節後，便在洛陽最大的酒樓「牡丹樓」設宴為眾人慶賀。同時也以地主的身分，熱情款待上官雲姝和小薇。

小薇早得到任天翔的暗中指點，席間故意拉著上官雲姝喝酒，焦猛、崔戰等人也故意向上官雲姝輪番敬酒。上官雲姝雖然武功不弱，人也機靈，但終究江湖經驗有限，很快就著了道，不知不覺就喝得迷迷糊糊，被小薇鎖進一間廂房也不自知。

擺平了上官雲姝這個尾巴，任天翔立刻帶著褚剛去往洛陽最有名的安國觀。

安國觀雖然是當今聖上為妹妹玉真公主所建，但玉真公主在長安、洛陽、驪山、王屋山、終南山等地有多處道觀，靠自己肯定是管不過來，所以每處道觀皆有觀主打理，而安國觀的觀主正是道門名士元丹丘。

由於景德陶莊長期免費供應安國觀的用瓷，作為陶莊老闆的任天翔親自上門拜訪，元丹丘出於禮節，自然得親自一見。

只是他還不知道面前這少年就是任重遠的兒子，更不記得這少年小時候曾經跟自己學過幾天劍法，不知道當年那個頑劣搗蛋的小孩，如今已是個有點影響力的人物了。

「任公子怎麼突然想起來看貧道？」元丹丘笑問，以前曾與任天翔同桌喝過酒，二人也算是熟人。

任天翔拱手笑道：「晚輩今日前來，是為向道長賠罪。」

「賠罪？」元丹丘有些奇怪，「任公子何罪之有？」

任天翔坦然道：「以前與道長相交，晚輩一直不敢以真名示人，只因為那時晚輩身分是朝廷欽犯，不想讓道長為難。如今晚輩已洗去汙名，所以特來向道長賠罪。」

元丹丘有些詫異：「不知你真名是……」

「晚輩任天翔。」

「任天翔？義安堂任重遠的兒子？」

「原來道長還記得弟子！」任天翔又驚又喜，急忙恭敬一拜，「弟子任天翔，拜見師傅！」

「別！」元丹丘急忙擺手，「當年貧道生活潦倒，幸得任堂主收留，在府上教了公子幾天劍法。不過公子根本無心學武，貧道也就胡亂混口飯吃，根本沒教公子什麼有用的東西，不敢以師傅自居。」

任天翔知道他是擔心自己欽犯的身分，害怕牽連到他，這也是人之常情。所以任天翔忙笑道：「師傅不用擔心，弟子已經洗脫罪名，才敢與師傅相認。俗話說一日為師，終身為父，弟子當年少不更事，沒少捉弄師傅，還望師傅恕罪。」

元丹丘見現在的任天翔，與當年那個頑劣的惡少簡直判若兩人，讓人摸不著頭腦。他也是機靈善變之人，立刻哈哈一笑：「過去的事，貧道早已忘得差不多了，公子不必記在心上。」

「過去的事可以忘記，但前不久的事，弟子卻無法忘記。」任天翔說著拿出一方錦盒，恭敬地遞到元丹丘面前，「前不久弟子多有得罪，所以特備薄禮上門請罪，望師傅笑納。」

元丹丘知道任天翔是指當初在夢香樓鬥詩的事，便笑著擺手道：「些許小事，何足掛齒？」說著順手接過錦盒，信手打開一看，頓時吃了一驚。但見錦盒中是一塊晶瑩剔透的玉佩，在紅綢映襯下煥發著瑩瑩微光。

元丹丘也是見多識廣的人物，立馬看出這玉佩玉質絕美，雕工精湛，至少能值一萬貫。

一個從未跟自己認真學過劍法的弟子，突然送來如此厚一份大禮，就是白癡也知道肯定不是為了往日的師徒情分。元丹丘掂量著玉佩，意味深長地問：「你今日突然送來這樣一份大禮，恐怕不只是為了當年的師徒情分吧？」

任天翔忙陪笑道：「師傅多心了，我是誠心來向師傅賠罪。當然，有件小事師傅若能幫忙，弟子自然感激不敬。」

元丹丘釋然一笑：「我就說嘛，如此厚禮，必有所求。說說看是什麼事？如果為師能幫得上忙，一定不會推辭。」

任天翔喜道：「多謝師傅！其實也沒什麼大事，就是弟子久仰道門名宿司馬承禎大名，一直想向他請教道學。聽說師傅正是他的弟子，如此算來，我得叫他一聲師爺。我想求師傅將我推薦到他的門下，向他學習道門絕學。」

元丹丘意味深長地笑道：「你想學道不來求教為師，卻要為師將你推薦到我師傅門下，只怕你不單單是為了學道吧？」

見任天翔笑而不答，元丹丘已猜到八、九分，看在手中這塊價值萬貫的玉佩份上，他也沒有點破，捋鬚沉吟道，「師尊早已不再收徒，你這個徒孫只怕他連見你一面的興趣都沒有。不過，我可以將你推薦給玉真公主，只要你能討得我師姐喜歡，師尊那裏就沒多大問題。」

任天翔大喜過望，連忙拜謝：「多謝師傅指點，還請師傅修書一封，讓我儘快拜見這位名聞天下的公主師伯。」

元丹丘不再推辭，立刻讓道童準備筆墨。不多會兒，一封給玉真公主的推薦信就擬好。

元丹丘將信交給任天翔，叮囑道：「你這師伯出身皇家，有的是金銀玉器，身邊更不乏才子名士，要討她的喜歡只怕不易，你好自為之吧。另外，我還給師父也寫了封推薦信，你要有機會見到他，可以將信給他看。」

任天翔連忙多謝元丹丘指點，仔細將兩封推薦信揣入懷中，然後起身告辭。

離開安國觀後，褚剛忍不住問：「公子打算給玉真公主準備多貴重的禮物？」

任天翔想了想，道：「咱們回景德陶莊，拿上幾個最新款的瓷器，立刻動身去王屋山。」

褚剛奇道：「公子給元丹丘的禮物不下一萬貫，給玉真公主卻只是幾件瓷器，這……行嗎？」

任天翔笑道：「我這公主師伯出身皇家，什麼奇珍異寶沒見過？咱們拿得出手的東西她都不稀罕，既然如此，不如就拿上咱們陶莊特有的瓷器，雖不值幾個錢，卻也還算獨特。」

褚剛恍然醒悟，二人立刻趕回陶莊，精心挑選了幾件最新款的瓷器，用精美的禮品盒包好，然後連夜趕往王屋山。

王屋山正好處在長安與洛陽之間，離大唐的東西兩京都不算太遠，它也因之成為東西兩京的貴族們最重要的修行問道之地。

第二天一早，任天翔與褚剛便趕到了山下，但見山勢不高，卻顯得幽深神秘。二人循著上山的小路徐徐而行，就見山中道觀林立，或富麗堂皇、或清雅別致，卻不知司馬承禎的陽臺觀在哪裡。

聽前方山路上傳來隱約的鈴鐺聲，任天翔喜道：「追上去問問，這裏所有人肯定都知道陽臺觀。」二人加快步伐，誰知鈴鐺聲始終在二人前面，飄飄渺渺隱隱約約，但二人卻怎麼也追不上。褚剛好勝心頓起，對任天翔道：

「公子在這裏等我，待我追上去問明方向，再回來找你。」話音未落，他已發足向鈴鐺聲傳來的方向追去，就見他的身影猶如一隻大鳥，在山道上幾個起伏，便消失在鬱鬱蔥蔥的叢林深處。

任天翔怕與褚剛走散，便牽著馬順著山道緩緩而行。山路崎嶇，馬匹行走艱難，任天翔只得在一個山坳中停下來，靜待褚剛問明道路回來。

問道

第十一章

毛驢漸漸走近，只見毛驢背上是個頭髮花白的道士，正仰天躺在毛驢背上，雙目緊合發出微微的鼾聲，竟是在毛驢背上仰躺著睡覺。

看他那搖搖欲墜卻又總是墜不下來的身影，任天翔心中暗自稱奇。

任天翔連夜從洛陽趕到王屋山，早已又困又乏，這一歇下來，立刻倦意上湧，便靠在路邊的樹旁打盹。正半夢半醒間，突被一陣悠揚的鈴鐺聲驚醒，雖然聲音還在遠處，聽不太真切，但任天翔卻敢肯定，這鈴鐺聲正是方才自己聽到的那個。

任天翔循聲望去，此時山道上的薄霧漸漸消散，一縷朝陽為山巒染上了一層金黃。但見朝陽之中，一匹通體漆黑、四蹄卻是白色的小毛驢，正順著山道徐徐行來，那鈴鐺正掛在牠的脖子下。

毛驢背上，依稀有個隱約的人影，正伏在毛驢身上打盹。毛驢原本在山路上漫無目的地遊走，聽到任天翔這邊有馬嘶聲，就像是聽到同類的召喚，立刻加快步伐，徑直向任天翔所在的山坳快步走來。

任天翔不見褚剛的蹤影，心中十分奇怪。毛驢別說在山路上，就是在平地也走不快，憑褚剛的腳力，不可能追不上這畜生，但是現在這毛驢身後，卻並沒有褚剛的身影。

毛驢漸漸走近，任天翔又吃了一驚，只見毛驢背上是個頭髮花白的道士，正仰天躺在毛驢背上，雙目緊合發出微微的鼾聲，竟是在毛驢背上仰躺著睡覺。看他那搖搖欲墜卻又總是墜不下來的身影，任天翔心中暗自稱奇。

那毛驢來到近前，看到任天翔與褚剛那兩匹坐騎，就像是找到兩個同伴，興奮地發出一聲長叫，將背上的道士嚇得一個激靈醒了過來。

他身子一挺，從毛驢背上坐起，便成了個倒騎驢的姿勢，抬手在毛驢屁股上扇了一巴掌，揉著惺忪睡眼破口大罵：「蠢驢！大清早發什麼癲，驚了老道好夢。」

任天翔見這老道雖然年逾五旬，卻生得鶴髮童顏，膚如嬰孩，尤其五官輪廓俊朗陽剛，年輕時定是個罕見的美男子。任天翔忙合十為禮道：「荒山偶遇，也算有緣，不知道長如何稱呼？晚輩任天翔有禮了。」

老道回首斜了任天翔一眼，嘀咕道：「原來大清早就遇到個衰人，驚了貧道好夢。有事說事，沒事少套近乎。」

任天翔雖然從未遇到過如此無禮之徒，卻也知道修道之人多有怪癖，也不計較，依舊和顏悅色問道：「我和同伴原是仰慕王屋山陽臺觀之名，千里迢迢前來朝拜，誰知途中與同伴走失，不知道長可曾看到我那同伴？」

老道一聲冷哼：「貧道又不是你的保姆，你丟了同伴干我何事？」

任天翔一愣，倒也不好再問，只得轉過話題問道：「那就請道長指點去往陽臺觀的道路，小生感激不盡。」

老道冷眼打量了任天翔幾眼，淡淡問：「小哥去陽臺觀作甚？」

任天翔不敢直說，便敷衍道：「只是去燒個香還個願。」

老道一聲冷哼：「燒香還願該去和尚的寺廟，去道觀作甚？小小年紀便說謊成性，可惡！」

任天翔被人當面拆穿謊言，不禁有些臉紅，訕訕道：「其實我是想去陽臺觀求道，只是怕人笑話，所以沒敢直說。」

老道又是一聲冷哼：「求道是好事，有何不可對人言？只是天下道觀無數，為何偏偏要去陽臺觀？是衝著司馬承禎名頭去的吧？只可惜那老傢伙早已不收門人，你只怕要失望了。」

任天翔見這老道居然直呼司馬承禎大名，言語中頗為不敬，顯然並不將司馬承禎放在眼裏。他心中大為驚異，忙問道：「不知道長如何稱呼？在哪裡修真？」

老道淡淡道：「貧道張果，居無定所，四海為家。」

原來是個名不見經傳的遊方道士，任天翔心中暗忖。這種遊方道士因為沒有廟產，所以多半窮困潦倒，靠在江湖上坑矇拐騙混日子，任天翔心中立刻有些輕視，不想再跟他閒扯，便陪笑問：「原來是張道長，道長一定是知道陽臺觀的所在了？還望道長指點迷津。」

張果打了個哈欠，懶懶道：「你要去陽臺觀，跟著我走便是。正好老道也要去找司馬承禎，算你小子運氣。」

任天翔見張果的毛驢拐入了一條荒僻的岔路，便擔心褚剛回來找不到自己，心中還在猶豫，張果已騎著毛驢越走越遠。他心中一橫，忙在地上畫上一個箭頭作為標記，然後牽著馬追了上去。還好山道崎嶇，老道的毛驢走不快，任天翔很快就追上了他。

見褚剛一直沒有回來，任天翔忍不住陪著小心問道：「敢問張道長，我有一個同伴方才聽到道長坐騎的鈴聲，循聲追了上去，不知道長可曾看見？」

張果正倒騎著毛驢在打盹，聞言嘟囔道：「方才是有個沒禮貌的傢伙攔住老道去路，算他小子倒楣，老道最見不得釋門弟子，讓我扔水潭中涼快去了。」

任天翔聞言大驚，不過轉而一想，以褚剛身負龍象般若的武功，怎可能讓人輕易制服？可現在不見褚剛回來，而且這老道還知道他是釋門弟子，卻又令人不得不往壞處去想。不過任天翔橫看豎看，也沒看出這老道有那般能耐。

小路漸漸轉入半山腰一個隱秘的山谷，就見張果在驢背上伸了個懶腰，頭也不回地淡淡道：「到了！」

任天翔放眼望去，就見前方豁然開朗。在一片蒼翠欲滴的竹林中，一座遠離塵世的道觀露出了它隱約的輪廓。任天翔欣然問：「那就是陽臺觀？」

張果的毛驢已停了下來，就見他轉身坐正，睡眼惺忪的眼中第一次有種凝重之色。聽任天翔在問，他目不轉睛地盯著前方的道觀和那片竹林，徐徐頷首道：

「沒錯，那就是司馬承禎親自督造和修建的陽臺觀。」

任天翔見目的地在望，心中大喜，見張果停步不前，他便抱拳一拜道：「多謝道長指點，道長不跟我一起去？」

張果神情凝重地盯著那片竹林，淡淡道：「我得讓毛驢歇歇腳，你先請。」

任天翔不再客氣，牽著馬大步進入了那片竹林，認準陽臺觀所在的方向徑直而去。走出沒幾步，就被一蓬翠竹擋住去路，他只得從一旁繞過，剛走出沒多遠，又被一片濃密的竹子擋住，只得轉向右方尋路，沒轉得幾下，他就徹底迷失了方向，放眼望去，但見四周儘是鬱鬱蔥蔥的翠竹，既看不到陽臺觀，也看不到來路。

任天翔心中暗自吃驚，這種情形他一生中還是第一次遇到，就像是傳說中的鬼打牆，無論他往哪個方向走，都要被竹林擋住去路，最終在竹林中徹底迷路。

任天翔正焦慮中，突聽張果在耳邊對自己說話，聲音清晰得就像在自己身後：

「兌位轉乾位，再轉震位……」

任天翔驚訝地回首望去，身後卻並無半個人影。他知道什麼兌位、乾位都是八卦術語，可惜他卻不知怎麼走。

正在為難，就聽張果在罵：「笨蛋，最粗淺的八卦方位都分不清……往左，再往左前方，轉右後方，停，右轉……」

張果的指點下，任天翔懵懵懂懂地在竹林中亂穿，大約百十步之後，但見前方豁然開朗，一座道觀矗立在自己面前，門楣上有遒勁的大字——陽臺觀。

任天翔大喜過望，正要上前敲門，卻見山門「咿呀」打開，一個小道童從山門中探出頭來，驚訝地問：「你是怎麼來的？」

任天翔笑道：「自然是用腳走來的了。麻煩道兄替我向司馬觀主通報一聲，就說我是元丹丘道長的弟子，受他的推薦特來拜謁師門。」說著，將元丹丘的推薦信遞了過去。

小道童聽聞是同門，警惕之心稍弱，合十一拜：「師兄在這裏稍待，我這就替你通報。」

任天翔耐心等在門外，細細打量這陽臺觀，但見其並不算宏大輝煌，卻清雅別致，確實是個避世靜修的好去處。

任天翔正在打量，突見山門一道道洞開，裏面傳來眾道士的唱諾：「恭迎道友駕臨陽臺觀。」

任天翔嚇了一跳，心中暗忖：雖說是同門，也不必這麼隆重吧？見門裏靜悄悄看不到半個人影，他心中越發驚異，不過既然已經到了門外，當然沒有不進去的道理。他將坐騎留在山門外，小心翼翼地跨進了大門。

但見觀內靜悄悄看不到半個人影，任天翔不禁心懷惴惴地一步步往裏走，經過大門、二門、三清殿直到後堂，才總算看到一個鬚髮皆白的古稀老道，正負手立在後殿臺階之上。

老道身著一塵不染的雪白道袍，身形挺拔高瘦，微風拂動著他那飄飄衣袍和長逾一尺的如雪鬍鬚，令他恍若有種飄然出塵之態。

雖然僅見過一面，任天翔也立刻就認出，這白衣老道正是受三朝皇帝奉為上賓，以文采和道門修為聞名天下的道門第一名宿司馬承禎。

他正要大禮拜見，卻聽對方已先開了口：「一別十餘年，師弟別來無恙啊？」

任天翔一怔，心道：他是元丹丘的師傅，按輩分，我得尊他一聲師爺，他卻叫我師弟，這輩分是不是有些亂了？

任天翔正有些莫名其妙，突聽身後響起一聲應答：「托師兄的洪福，貧道總算沒有早死。」

這一聲應答來得突兀，就在任天翔身後不及三尺，將他嚇了一跳。慌忙回頭望去，就見張果不知何時已立在自己身後，猶如鬼魅般不帶半點聲息。

任天翔這才明白，陽臺觀所有山門洞開，隆重迎接的同門道友並非自己，而是衣衫落拓、睡眼惺忪的遊方道士張果。想到他悄沒聲息一路跟著自己進來，自己竟全然無覺，任天翔就驚出了一聲冷汗。

就見張果一掃先前的慵懶落拓，雙目炯炯地盯著司馬承禎嘿嘿笑道：「師兄像是知道貧道要來，竟用竹林在山門外布下了一個奇門陣，還好貧道這些年沒有丟了道門根基，不然豈不讓一片竹林攔在門外？」

司馬承禎淡淡道：「師弟多心了，這片竹林只為防止邪魔外道騷擾，豈能攔住道門名宿？」說到這，司馬承禎的目光第一次轉到任天翔身上，「這位年輕人是……」

「是貧道新收的弟子，你看他根骨如何？」張果微微笑道。

司馬承禎認真打量了任天翔兩眼，似乎並未認出他來，便淡淡頷首道：「甚好！」

任天翔有些莫名其妙，不知道怎麼就成了張果的弟子。他正要開口質疑，就聽司馬承禎道：

「師弟遠道而來，想必已經有些困乏，我已讓弟子準備素宴，咱們師兄弟好好喝上幾杯。」

「酒不忙喝。」張果嘿嘿笑道，「十多年前，師兄憑本事贏得了聖上欽賜的法籙和丹書鐵券，成為統領天下道門的教尊。當年咱們曾約定，十年後再試修為，勝者執掌道門法籙，不知師兄可還記得？」

司馬承禎微微頷首道：「不錯，我們曾有過這約定。只是我沒想到你現在才來，以為你已經放棄爭強鬥狠之心。」

張果哈哈大笑：「師兄以為我是為了自己？師兄師承茅山宗上清派，屬張天師一脈；貧道則是太平道傳人，尊皇天后土。咱們雖同為道門弟子，卻非同宗，我爭法籙和丹書鐵券，實為太平道歷代前輩正名。」

司馬承禎一聲嘆息：「如此說來，你我今日一戰在所難免？」

張果神情一肅：「貧道為這一天已經準備了十多年，若再拖延下去，只怕這輩子都不會再有機會了。」

司馬承禎聞言，緩緩抬起雙手，遙遙合十一拜：「那就請師弟手下留情。」

張果嘿嘿笑道：「貧道性直，最煩虛情假意。什麼手下留情的話既不會說，也不會做。有本事你再傷我一次，讓我永遠絕了翻身的念頭。」

話音未落，張果已大袖飄飄向前滑行，身形方動，就帶起一面有如實質的氣牆，向臺階上的司馬承禎擠壓過去。就見司馬承禎的身形徐徐凌空升起，天馬行空般從張果頭頂飄然掠過，穩穩落在後院中央。

就見張果雙袖帶起的氣牆，撞在方才司馬承禎身後的後殿門上，但見兩扇半尺厚的楠木大門，猶如被無形的大手揉碎的紙板，慢慢癟了進去，整個後殿也像是被大力推搡，發出一陣搖晃，青磚紅牆猶如蛛絲般開裂，其後果猶如遭受了巨大地震的摧殘。

任天翔雖然從小在義安堂長大，見過不少江湖豪傑爭強鬥狠，卻也從未見過有人竟能憑兩袖帶起的颶風，幾乎將一座十餘丈見方、磚石砌成的殿堂推翻，他不禁目瞪口呆愣在當場。

就見張果一擊落空，身子立刻向後飛退，半空中已折身回手，倏然指向後院中央的司馬承禎。人未至，指尖發出的銳風已有如實質之箭，凌空射向司馬承禎胸膛。

任天翔只看到司馬承禎身形一晃，眼中立刻失去了他的蹤影。那一縷指風射在青石鋪成的地面，巴掌厚的青石板應聲裂為數塊。

任天翔雖然離那一指甚遠，卻也感受到一種無形的壓迫力，不由自主向後退卻。卻見二人已經糾纏在一起，但見司馬承禎大袖飄飄，白衣如雪，宛若凌空飛舞的天外之仙；而張果道袍早已看不出本來顏色，進退之間，只看到一道灰影倏然來去，飄渺恍惚有如幻影。

任天翔雖遠離二人惡鬥的戰場，卻依然被陣陣氣勁激蕩得站立不穩，左支右絀有如巨浪中的浮萍，身不由己被二人的氣勁帶動，想要逃離也不能夠。

直到此時任天翔才明白，陽臺觀為何不見別的道士，定是司馬承禎知道與張果必有一戰，而以二人之功力，任何人靠近都非常危險，所以早已令門人遠避。直到此時任天翔也才相信，褚剛真的是被張果扔到了水中。

雖然褚剛已算得上江湖上頂尖的高手，但在張果面前，依舊沒有任何還手之力，在任天翔見過的高手中，也許只有吐蕃國師蓮花生大師，可與張果、司馬承禎二人相提並論。

但見二人身形越來越快，翩翩然猶如仙人起舞。二人的身影也因為太快，漸漸幻化成無數道虛影，瞻之在前，忽焉在後，瞬息無蹤，卻又無處不在，令人目不暇接。

任天翔猶如置身於風暴中的一葉小舟，又如溺水之人，雙手亂抓腳下亂撞，卻怎麼也無法上岸。

正焦急萬分之時，突聽張果一聲暴喝，氣浪如濤洶湧而起，向司馬承禎鋪天蓋地地拍去。

這一擊雖然是指向司馬承禎，但任天翔也被這股氣浪帶起，身不由己向後飛去，他的腦袋直衝石牆，要真撞上必定是腦袋開花。

就在此時，只見司馬承禎一手護胸抵擋張果驚天一擊，一手畫圈捲起一股旋風，緊緊吸住了任天翔的腳踝，將他生生拖了回來。

不過就這一分力，他無法再抵擋張果驚天動地的一擊，身子頓如流星般向後飛去，重重撞在身後的石牆上，將石牆撞出一個巨洞，他的人也落在石牆之外的空曠處。

「住手！」門外突然傳來一聲驚呼，一道清影從大門外一晃而入，攔在了追蹤而來的張果面前。

張果本待乘勝追擊，卻突然目瞪口呆愣在當場。但見進來的是一個年近五旬的中年道姑，青衫飄飄身材婀娜，舉手投足間有一種與生俱來的雍容氣度。

任天翔糊裏糊塗從地上爬起來，還不知方才已經從鬼門關上打了個來回。此時那如濤的氣勁已經全部消失，只剩下滿地的狼藉。

就見司馬承禎雖然勉強掙扎著站起，但已是腳下虛浮搖搖欲倒，嘴角邊更有血跡滲出。張果則目瞪口呆地站在他面前，二人中間，卻攔著一個青衫飄忽的中年道姑。

任天翔一見這道姑模樣，心中更是吃驚，沒想到當今聖上最寵愛的妹妹玉真公主，竟然也捲入其中。他不禁在心中幸災樂禍地想：這下有好戲看了，不知道張果這混蛋，是不是連公主都敢動。

「玉、玉真，你怎麼會在這裏？」張果也顯得十分吃驚，神情頗有些古怪。就見玉真公主以複雜的眼神打量著張果，突然淚珠滾滾，泫然而下，澀聲問：「張果，果然是你？快二十年了，我以為這輩子……再見不到你……」

張果突然發現玉真公主身披道袍，又吃了一驚：「你、你堂堂皇室公主，怎麼會做了道姑？」

玉真公主淒然一笑：「我這輩子好像天生就與道門有緣，從小就對道門的修真練氣感興趣，青春年少時，又遇到一個英俊瀟灑的風流道士。我以為這輩子會跟他性命雙修，共赴仙境，誰知就在皇帝哥哥要將我嫁給他時，他卻連夜逃走，再無音訊。為了找到他，我便入了道門，拜在與他齊名的道門名宿司馬承禎門下，卻沒想到他竟是司馬承禎的同門師弟，如此說來，我得尊他一聲師叔了？」

張果神情越發尷尬，吶吶道：「當年我有不得已的苦衷，為了奪得法篆和丹書鐵卷，我與司馬承禎難免一戰，生死難測。我豈能因此而耽誤你一生？尤其皇上要我還俗做駙馬，我……只好一走了之。」

「那現在呢？」玉真公主質問。

「現在？」張果搖頭苦笑道，「現在張果已老，早已沒了當年的風流和荒唐。你就當張果已經死了，現在只有一個年過半百的遊方老道，他叫張果老。」

玉真公主苦澀地道：「我知道你一心修真向道，無意榮華富貴，更受不了皇家的約束。我不怪你當年逃婚，可你為何要帶走咱們的女兒？她出生還不到半個時辰，甚至都沒來得及吃我一口奶水！」

張果滿面通紅，吶吶解釋道：「我這也是為你好。既然我不能與你成親，那這個女兒你如何向別人交代？你皇兄雖然最疼你這個妹妹，可也不能讓你帶著個孩子嫁人啊。我怕咱們的孩子會遭不測，又怕她成為一個沒爹沒娘的孤兒，所以才偷入皇宮，冒險將她帶走。」

「那她現在在哪裡？」玉真公主神情激蕩，忍不住上前兩步，「她現在也該有十八歲了，她長什麼樣？快帶我去見她！」

見張果目光躲閃，神情愧疚，玉真公主心中一急，一把抓住他的衣襟：「快告訴我她在哪裡？」

張果輕輕掙開玉真公主的手，低頭吶吶道：

「我帶著女兒去與司馬承禎賭鬥，結果身負重傷。當天夜裏又遭到仇家的追殺，不得已將孩子藏在一座道觀外。待我甩開仇家再回去找時，孩子已經不見了蹤影。我想她多半是被仇家發現，被他們帶走了。」

玉真公主聞言大急，忙問：「那些是什麼人？你有沒有再找？」

張果搖頭嘆道：「那些人也不是省油的燈，他們是北方薩滿教徒。我一路追蹤他們到幽州蓬山，與蓬山老母又打了一架，結果傷上加傷，差點將命丟在了蓬山。後來我又多方打聽，卻始終沒有找到女兒。」

玉真公主呆了一呆，突然淚如雨下：「我苦命的孩子，娘一定要找到你！」說著面色一變，猛然向張果撲去，厲聲大叫，「都是你這混蛋，還我女兒！快還我女兒！」

張果急忙躲閃，左支右絀頗為狼狽。

本來憑他的修為，玉真公主根本近不了他的身，但他心中有愧，不敢還手，加上方才一場惡戰，體力早已消耗大半，在玉真公主憤怒打擊下，就只有狼狽躲閃。

任天翔聽到二人先前對話，心中一動，連忙問：「張道長，你可還記得將女兒藏在那座道觀門外？」

二人停下手，張果悻悻道：「當時被仇家追殺得慘，哪顧得上細看。只記得是驪山的一處道觀，名字卻沒來得及看。」

任天翔急忙問：「你給女兒可留下什麼信物？」

「有！就是半塊鏤空刻有八卦圖的玉佩。」張果沉吟道，「除此之外，還有我一件道袍。那玉佩，半塊我給了玉真，另外半塊則留給了女兒。」

任天翔面露喜色道：「能不能給我看看？」

玉真公主忙拿出懷中藏著的半塊玉佩，小心翼翼遞過來。

任天翔一見之下再無懷疑，果然跟驪山太真觀慧儀所藏的玉佩是一塊，這樣看來，慧儀就是他們丟失的女兒！

玉真公主見任天翔面色有異，一把便扣住了他的手腕，喝道：「你見過這樣的玉佩？你見過咱們的女兒？」

任天翔感到手腕上一股大力傳來，忙誇張地叫了起來。

聽他連連叫痛，玉真公主這才醒悟，稍稍放鬆了手。任天翔掙脫玉真公主的掌握，揉著手腕道：「本來我似乎像見過這樣半塊玉佩，結果被公主這一驚嚇，一下子又給忘了。」

玉真公主鳳目一瞪就要發火，任天翔忙護住腦袋連聲討饒：「等等，你讓我好好想想，你要再這樣嚇我，鬧不好我就徹底失憶，再想不起來。」

玉真公主悻悻地收回手，喝道：「你有什麼條件，儘管開口。只要你真知道我女兒下落，我都可以答應你。」

任天翔就等著公主這話，他忙道：「其實，我是來向司馬先生學道……」

玉真公主這才想起師父，回首望去，就見司馬承禎臉色煞白，嘴角有血跡殷然醒目，顯然方才那一下傷得著實不輕。她忙問：

「師父，你……沒事吧？」

司馬承禎勉強一笑：「還死不了。想不到師弟竟練成了道門最高深的陰陽訣，為兄甘拜下風。」

「等等！」任天翔一來惱恨張果方才那全力一擊，全然不顧自己的死活，差點要了自己性命，二來感激司馬承禎出手相救，加上還要求司馬承禎教自己一些道門經典，忙開口幫他說話，「司馬先生不忙急著認輸。方才你只是為了救人才遭重創，張道長勝之不武。」

張果雖一心想奪回法篆和丹書鐵卷，但也不好意思自認為勝。回想方才那一擊，司馬承禎若不救任天翔，未必就擋不住他全力一擊。

張果略一遲疑，無奈嘆道：「我閉關十五年，雖練成陰陽訣，但卻依然不敢說能勝過師兄。方才師兄並非因實力而輸，貧道豈能自認為勝？我給你三個月時間養傷，三個月後，咱們再決高低。」

說完，張果又轉向任天翔，懇切道：「公子若真知道我女兒下落，還望不吝相告，以後你但有為難之事，我張果也必定全力以赴幫你。」

任天翔大喜過望，忙道：「我以前確實在一個妙齡道姑那裏見過這樣半塊玉佩，只是我不敢肯定她是不是你們的女兒。」

「快說，她到底在哪裡？」張果與玉真公主幾乎同時將任天翔拎了起來。

任天翔生怕他們一時激動收不住力，趕緊道：「她在驪山太真觀，是宮妙子師父的弟子，道號慧儀。」

話音剛落，張果與玉真公主已丟開任天翔，爭先恐後奪門而去。

直到此時，任天翔才有機會向司馬承禎道謝：「多謝道長方才出手相救，晚輩給你老請安了！」

司馬承禎不以為然地擺擺手：「我想起來了，你就是當初給洛陽安國觀進奉陶玉的那個年輕商人。我現在的日常用瓷，大多是你的進奉。不知你有何事？」

任天翔奇道：「方才不是有道童將我師父的信送進來了麼？那正是我來拜見司馬先生的原因。」

司馬承禎這才醒悟，忙從袖中掏出那封尚未拆封的信件：「哦，我還沒來得及看。」說著拆信一看，這才明白原委，問道，「你是元丹丘的弟子？」

任天翔估計元丹丘有事不會瞞著他師父，畢竟比較起來，他跟司馬承禎的關係，肯定超過自己這個所謂的弟子，而且認下自己這樣一個沒學到半點本事的笨蛋徒弟，他的臉上也沒光彩。想到這，任天翔便實言相告：

「不瞞司馬先生說，我只是在九歲的時候向元丹丘師父學過幾個月劍法，但卻什麼也沒學會。不過常言道，一日為師，終身為父，所以元道長在我心目中永遠是我師父，不過我沒學到他半點皮毛，所以不敢自認是茅山宗上清派弟子，以免給司馬道長丟臉。」

司馬承禎意味深長地問：「那你今天為何突然想起來見我？」

任天翔遲疑片刻，最終還是實言相告道：「我是想求道長傳我一些本門知識，然後將我推薦到皇上面前。我想做官，卻又沒有李白、王維之流的文采和名聲，更沒有他們那種花裡胡哨的本事，只好效法前人走終南捷徑。」

司馬承禎淡淡問：「你為何要做官？」

任天翔坦然道：「如果我說是為了江山社稷或為了黎民百姓，那一定是在扯淡。其實，我只是想幫自己的妹妹，不想看到她將來受苦。我必須做個有權有勢的人，才能讓她不受欺負。」

「你倒是很坦白！」司馬承禎沒有再問，負手走向內堂，頭也不回地淡淡道，「你跟我來。」

任天翔心懷忐忑地隨司馬承禎穿過後堂，來到後院一座孤零零的三層小樓。就見門楣上篆刻有「藏經閣」三個大字。

進門後，但見四面都是書櫃，各種書籍不計其數，司馬承禎在正中的蒲團上坐了下來，然後示意任天翔坐到他面前，這才淡淡問：

「你讀過些什麼書？」

任天翔不好意思撓撓頭：「我少年時荒唐糊塗，雖然跟不少老師學過四書五經，但都不求甚解，只略知皮毛，所以連個秀才都沒考上。比起那些艱深晦澀的四書五經，我更喜歡讀一些野史怪談和旁門左道，所以嚴格說來，我真沒讀過什麼有用的書。」

司馬承禎點點頭，抬手指向周圍的書架，淡淡道：

「這座藏經閣中，不光有我道門歷代宗師的著作和典籍，也有釋門、儒門、商門的代表經典，以及先秦時諸子百家的各種學說和著作。包括老子、墨子、孔子、荀子、韓非子等先秦諸聖的代表作，以及道家、儒家、法家、兵家、雜家等流派的主要經典，是我一生搜羅所得。你若想得我推薦進入朝堂，至少要有點真才實學。我不要你記下先賢古聖的至理名言或鴻篇巨著，但你必須知道每一個流派的精髓所在，理解它們的精神核心，知道它們的優勢和不足，並加以運用和改良。」

任天翔看看那些直疊到天花板的書，不由吐吐舌頭：「這裏有多少書？」

司馬承禎淡淡道：「這一層有一萬二千七百八十九冊，加上樓上兩層，一共是四萬六千三百五十六冊。」

「我的個乖乖！」任天翔頓時目瞪口呆，「要將這些書都看完，只怕得好幾百年吧？」

「不需要你每一本都看。」司馬承禎道，「我會給你列個書單，我給你三個月時間，這三個月你不能出藏經閣大門，我會讓道童給你送飯。如果三個月內，你能掌握諸子百家的精神內核，知道它們各自的優劣，我會考慮將你推薦給朝廷。」

任天翔從來就沒認真讀過書，要他三個月不出門專心讀書，這簡直比要他坐牢還難以忍受。但為了天琪，他一咬牙就答應下來：「好！那我就試試。」

「這不是試試，而是一次考驗。」司馬承禎淡淡道，「三個月後，你若達不到我的要求，那就別再費盡心機來找我。這世上沒有什麼捷徑，只有機遇加汗水。現在我可以給你這個機遇，但是誰也代替不了你自己的汗水。」

任天翔慎重其事地點點頭：「多謝道長指點，我一定不讓你失望。」

司馬承禎點頭道：「明天開始，我就將你鎖在藏經閣，三個月後咱們再見。」

任天翔正待答應，突聽外面腳步聲響，一個道士氣喘吁吁地進來稟報：

「師父，有個大漢在門外要硬闖進來，幾個師兄弟都攔他不住。看他的武功像是出自釋門少林寺，卻又比尋常少林弟子高出許多。」

任天翔一聽便猜到是褚剛，忙笑道：「這是隨我前來的同伴，與我在路上走失。沒想到他找到了這裏，待我去看看。」

任天翔跟隨那道士匆匆來到大門，就見門外果然是褚剛。但見他渾身水淋淋地，像剛從水裏撈出來一般。幾個道士正攔著他，阻止他往裏闖。見到任天翔出來，他臉上的焦急變成了驚喜，大叫道：「公子你沒事？」

任天翔奇道：「我有何事？你這是怎麼回事？」

褚剛氣沖沖道：「那個倒騎毛驢的牛鼻子老道，我追上去好言好語向他問路，他卻問我是不是少林寺弟子？我剛說是，他便突然出手，一把扣住我穴道，將我一腳踢入水潭中。幸虧我內力深厚，在水潭中泡了半個時辰也沒事。我擔心公子遇到他吃虧，待穴道解開就趕緊一路尋來，總算找到這陽臺觀。哪想到這幫臭道士不讓我進去，我只好往裏硬闖。」

任天翔知道褚剛在張果那裏莫名其妙吃了大虧，心中定憋著一股怒火，好不容易找到陽臺觀，遇到道士阻攔自然就爆發，平時他也沒那麼火爆。沒想到張果不光跟同門有爭執，還跟少林寺似乎也有不愉快，看來這老道年輕時沒少惹事。

見褚剛猶在怒氣沖沖，任天翔忙笑道：「褚兄不必擔心，我沒事。對了，我要留在陽臺觀三個月，你先回去，陶莊的生意就拜託你照看了。」

褚剛有些意外，忙問：「公子為何要留在這裏？」

任天翔苦笑道：「我要留在這裏讀三個月的書，你回去告訴上官雲姝，讓她轉告韓國夫人，我三個月後就回長安，不要擔心。另外，將洛陽的陶玉分一半到長安，交給韓國夫人經營。總得給她一點好處，她才不會找我麻煩。」略頓了頓，任天翔小聲道，「另外，天琪那裏還請褚兄幫我照顧，總之，別讓她受什麼委屈就是。」

褚剛點點頭，奇道：「公子要讀書？你……沒事吧？」

任天翔無奈苦笑：「這是司馬道長的條件，我要想得他推薦，只能答應。你放心，我連出家做道士都不怕，讀幾個月書算得了什麼？你先回去，三個月後來接我。」

將褚剛送走後，任天翔毅然走向陽臺觀後院的藏經閣，並對迎出來的司馬承禎道：「反正都要關三個月，不如就從今天開始吧。請給我準備燈籠火燭，今晚我要通宵讀書。」

讀書

第十二章

任天翔若有所思地回味著小道童的話，心中突然有種豁然開朗的感覺。沒想到司馬承禎身邊一個小小道童，竟也有這般見識，不禁令任天翔刮目相看。

他將戒尺和錐子全部扔出窗外，然後開始在滿屋書架中尋找。

夜深人靜，藏經閣內靜謐宜人。任天翔在書桌上點起熏香，挑亮燈燭，然後鋪開司馬承禎寫下的書單，只見上面密密麻麻寫滿了一大張宣紙，粗粗一看只怕不下百本。

任天翔心中暗暗咒罵，然後提起燈籠按著編號一本本去找，但見三層高的藏經閣中，各種經書典籍汗牛充棟，令從小就沒讀過多少書的任天翔嘆為觀止。

忙活了大半夜，總算將書單上的書全部找齊，不外諸子百家以及各種奇談雜學，許多書任天翔連名字都沒聽說過。他仔細數了數，一共有九十三本，三個月時間正好一天看一本。任天翔隨便翻了幾本，然後決定從自己熟悉的儒家著作開始讀起。他知道朝廷之上的官吏，大多是儒門出身，這應該是當官的必讀書目。

可惜孔聖人的著作枯燥乏味，任天翔看了沒幾頁便哈欠連天，看看書案上那挑選出來的近百本書，他嘆了口氣，只得硬著頭皮繼續往下讀。心中暗想：看來當官也不是那麼容易，光學會謅幾句之乎者也，就得下不小的功夫。

可惜任天翔心中雖然想讀書，但眼皮實在不聽話，一本書看了沒一半，就不知不覺伏案睡去。迷迷糊糊不知過得多久，突聽門扉響動，將他從睡夢中驚醒，睜眼一看，就見窗外已是大亮，一夜就這樣過去。

看到道童打開房門，將早點送了進來，任天翔趕緊來到門口，正要跨出藏經閣大門，就聽道童在身後道：「師父說了，任公子這三個月都不能出藏經閣一步。」

「我出去溜達一圈，放放水都不行？」任天翔陪著小心問。

「師父說了，這藏經閣足夠寬敞，隨你怎麼溜達。而且房內有便桶，每天都有人幫你倒。」小道童不亢不卑地道，「師父一再叮囑，任公子只要跨出這藏經閣一步，就請離開陽臺觀，不要再來。」

任天翔一隻腳已經跨出藏經閣大門，聽到這話，趕緊將腳又收回來，悻悻道：「坐牢都還可以放風，這他媽比坐牢還嚴格？」

小道童忍不住笑了起來：「這才第一天，公子這都受不了？師父讓我轉告公子，如果公子吃不了這苦，可以隨時離開，師父也不是一定要將你關在這裏。」

任天翔知道要真離開，以後恐怕沒機會再見司馬承禎一面，也別想走什麼終南捷徑。就算玉真公主看在自己幫她找回女兒的份上，向她的皇帝哥哥舉薦自己，可自己胸中要沒有點真才實學，肯定也不會受皇上重視。

當年李白那傢伙受玉真公主舉薦入了翰林，也只是做了個皇帝跟前吟詩湊趣的閒官，以李白之才尚且不受皇帝重視，自己就更不用說了。這樣一想，他便發狠道：

「本公子也算經歷過不少磨難，連死都不怕，還怕關起來讀書？你快快把門鎖了，別耽誤我讀書。」

小道童答應著鎖門離去，藏經閣中又只剩下任天翔一人。他三兩下將送來的早點吃完，然後繼續捧書閱讀。

可惜看了沒幾頁，眼皮又在打架，書本上的字就像是天書，總是很難理解和記牢。他忍不住扇了自己一個嘴巴，想將瞌睡趕走，可沒管多會兒，就伏案再見周公。

直到小道童中午送飯進來，才將任天翔從睡夢中驚醒，看看大半天就這樣過去，一本論語還是只看了寥寥幾頁。草草用完午飯，任天翔對自己發狠道：蘇秦為了讀書求官，不惜頭懸梁、錐刺股，難道我任天翔還不如蘇秦那個口舌之徒？

這樣一想，任天翔便效法蘇秦，將自己頭髮用長繩繫於書桌上方的橫梁上，然後找了根戒尺代替錐子，每當自己瞌睡低下頭扯痛頭髮，就拿起戒尺在屁股上狠狠抽一下。如此一來，任天翔倒是不再瞌睡，但卻依然按捺不住心猿意馬，明明眼睛看著書本，但注意力卻在窗外小鳥的鳴叫，或遠處道士們的鐘鼓磬聲上，甚至地上一兩隻爬動的螞蟻，也比枯燥的子曰詩云有趣得多。

小道童送晚飯來時，見任天翔頭懸梁的模樣，忍不住笑了起來。他一邊將飯菜擱下，一邊失笑道：「師父說你多半會學古人的笨辦法，讓我給你帶把錐子來。我開始還不信，沒想到還真是這樣。」

任天翔臉上一紅，訕訕道：「你師父都猜到了？他還說了什麼？」

小道童笑道：「師父說讀書本是趣事，一定要順其自然，千萬別勉強自己。道門弟子講究順其自然和隨性而為，也正是這個意思。」

任天翔似懂非懂地問：「順其自然，隨性而為？那就是我想睡覺就睡覺，想玩就玩？」

小道童啞然笑道：「那也不是，我建議你先從自己感興趣的書讀起，形成習慣後，再試著去讀那些比較枯燥的書。你要先從書中找到樂趣，才能找到思想。」

小道童關門離去後，任天翔還在若有所思地回味著他的話，心中突然有種豁然開朗的感覺。沒想到司馬承禎身邊一個小小道童，竟也有這般見識，不禁令任天翔刮目相看。他將頭髮解開，將戒尺和錐子全部扔出窗外，然後開始在滿屋書架中尋找。

他先找到本三國時期邯鄲淳所寫的《笑林》，翻開一看，都是些精短的笑話和趣事。便席地而坐，隨手翻看起來，他很快就為那些令人捧腹的笑話吸引，看得興致盎然，不知不覺就一個多時辰過去，一本書便看完，他卻還意猶未盡，便繼續滿書櫃去找有趣的書。不一會兒又找到本先秦時期的野史掌故，便繼續讀了起來。

因為都是自己感興趣的書，任天翔再不感到乏味，當他終於覺得渾身難受困乏時，已經是深夜三更。

就這幾個時辰時間，他已經大致讀完了三、四本書，雖然都不是司馬承禎指定的書籍，卻也讓他有種莫名的成就感。不禁在心中感慨道：原來讀書也不一定是件苦差事。

第二天一早，聽到外面傳來道士們早課的鐘聲，任天翔立刻從睡夢中醒來。他稍稍活動了一下筋骨，便拿起那本僅讀了幾頁的論語。清晨神清氣爽，那些枯燥的文字不再那麼晦澀難懂，他不知不覺就看了進去，漸漸開始領會到文字背後的思想。

小道童送早餐來時，見任天翔已經正襟危坐，捧書在讀，不禁有些驚訝。見他在看《論語》，小道童笑道：「其實公子可以先看看咱們道門的經典，尤其像《心經》這樣的修身養性之作，如果你能掌握其中的呼吸吐納之法，對你修心健體都有莫大好處。」

任天翔一本論語正好看完，便依言找出道家的《心經》，翻開一看，只見裏面除了一些道家修心養性的方法，還有一套呼吸吐納的技巧。他照著上面的方法試了片刻，感覺身心確實舒適了許多，似乎頗有效用。

就這樣，任天翔開始沉浸於前人留下的文山書海，不再覺得讀書是件多麼困難之事。

他甚至從前人留下的文字中，隱約領會到作者落筆時的心境和精神，看到了他們的追求和苦惱。每當夜深人靜，在空無一人的藏經閣中，任天翔卻感覺到有無數古聖先賢的精魂，在跨越時空與自己溝通和交流。

無論道家、儒家、釋家、法家，還是墨家、兵家、雜家、陰陽家，幾千年文化濃縮成的精神財富，讓任天翔有種突入寶山的饑渴感，他就像最貪婪的餓漢，沒日沒夜地狂啖精神的大餐，司馬承禎開列的書單已經滿足不了他的胃口，他不僅將那九十多本書全部讀完，甚至還興致盎然地尋找更多相關的書籍，以便更多地理解前人文字後面的思想。

三個月期限很快就到，任天翔第一次感覺到時間過得是如此之快。他已經不記得這三個月自己究竟看了多少本書，他就像經歷了一次閉關修煉，有種脫胎換骨的欣喜和輕鬆。不過在汗牛充棟的文山書海面前，他又感覺自己讀的書還遠遠不夠。

道童奉上香茗，然後悄悄退了出去，藏經閣中就只剩下司馬承禎和任天翔二人。司馬承禎示意他在書桌對面坐下，然後問：「你感覺現在和三個月前有什麼不同？」

任天翔沉吟道：「我感覺自己好像完全變了個人。三個月前我渾渾噩噩，以為財富、權勢、地位、名望就是人生最大的追求。三個月後的今天，我卻覺得追求那些東西，與動物追求食物沒有本質的區別，都是源自一種動物的本能。」

司馬承禎淡淡問：「那三個月後的今天，你覺得什麼才值得你用畢生去尋找和追求呢？」

任天翔遲疑起來，猶豫半晌方道：「釋家追求的涅槃我還無法理解；道家追求的清靜無為和成仙得道，在我看來太過飄渺；儒家追求的修身齊家治國平天下，於我來說又太過空泛……我不知道自己應該追求什麼，三個月前我渾渾噩噩，從沒去想這些問題，三個月後的今天我開始思考，但卻只有迷惘。」

司馬承禎似乎並未感到意外，手拈鬚髯頷首問：「這三個月你讀了很多書，超過了我的預料。不知你對諸子百家怎麼看？」

任天翔沉吟道：「道家雖奉李耳為祖，但真正能體現道家思想的，卻是以莊子為代表。他信奉順其自然，清靜無為，無論於個人還是於社會來說，都有其有益之處。但後世道門中人卻追求虛無飄渺的成仙和長生，先有徐福為始皇帝海外求仙，後有張道陵傳丹鼎之術，越發背離李、莊之道，更有東漢張角借道門之名愚弄百姓，舉事造反，令國本動搖生靈塗炭，更與李、莊之道背道而馳。所以在我看來，今日之道門早已不是先秦之道，各種流派魚龍混雜，精華與糟粕並存於世。若以一字概括，就是『雜』。」

司馬承禎微微頷首，似乎不以為忤。任天翔見狀豪興大發，喝了口茶潤潤嗓子，繼續侃侃而談：「釋家源自天竺悉達多太子，與先秦諸子百家的思想截然不同。佛陀原本為解除人生七苦而冥思得悟，繼而創立釋家學說，經後人演繹而成大、小乘佛教，追求最終的涅槃和超脫。可惜我無法領會涅槃的境界，拋開這一節以及由此演化而來的輪迴思想，釋家的學說充滿了智慧，它由人的內心出發，去感受和領悟世界的真相。不過它離世出塵的思想，以及因果報應的說法，又讓人難以接受。它在所有學說中最難理解，也最難領會，不過它勸人向善的想法，倒也值得肯定。」

任天翔略緩了緩，繼續道：「相比釋家的離塵出世，儒家則完全是入世的學說。它的核心是道德教化加等級維護，也就是從周公之禮延續下來的森嚴等級，在孔子那裏得到了發揚和深化。它的這種核心思想，對歷代皇帝有莫大益處，因而受到極大的推崇，所有帝王都希望自己的臣民遵照儒家的教導，嚴格恪守君臣之禮，這也是它受到歷代帝王扶持的重要原因。不過，我認為它道德教化的能力受到了不該有的誇大，如果靠道德的約束就能實現天下大同，那麼律法也就沒有存在的必要。」

司馬承禎突然問：「為何自先秦以後，尤其漢代以來，百家凋零，唯有儒家一枝獨秀？」

任天翔沉吟道：「這是因為儒家的思想有利於歷代帝王的統治，它尊君重德的核心思想，對於臣民有良好的教化作用，因而歷代帝王都願意重用儒生，這幾乎成為歷代官場慣例。人總是趨利避害，所以儒學得到了有志為官者的追捧。可惜它宣揚的那一套周禮，對帝王沒有制衡和約束，一旦處於權力頂峰的帝王失德，整個由儒學建立起來的朝廷，對之毫無辦法。」

司馬承禎頷首道：「不錯，不過自秦以後的歷代王朝，並非完全是以儒學為綱。你認為歷代王朝最核心的思想是以什麼為基礎？」

任天翔立刻道：「是披著儒學外衣的法家思想！一部《商君書》赤裸裸地寫明了以商鞅為代表的法家，是如何用嚴刑峻法和殘酷暴政，將秦國變成一個沒有人性親情的虎狼之國。法家用酷法將所有權力集中到君王手中，雖然大大提高了君王執政的效率，但將所有責任繫於君王一身，使國家的前途命運始終處於不可預測的危險之中。秦國因始皇帝意外身亡而分崩離析，也正在於此。自秦以後，歷代王朝的統治俱是在法家和儒家之間交替搖擺，也可以說是儒家與法家的混合體。這種統治最大的弊端就在於天下安危繫於帝王一身，帝王英明則天下興盛，帝王昏庸則天下衰亡。」

司馬承禎突然問：「你認為當今聖上是英明還是昏庸？」

任天翔愣了一愣，雖然大唐王朝在經歷了武則天當政時的嚴刑峻法後，社會風氣早已變得十分寬鬆和開明，自從當今聖上登基以來，很少再有人因言獲罪。不過像這樣公開評論當今聖上，卻還是極其罕見。任天翔遲疑了一下，見司馬承禎不像是在說笑，他這才慎重道：「當今聖上稱得上大唐中興之主，自平定韋氏和太平公主之亂以來，開創了一個萬邦來朝的開元盛世。不過人總是無法戰勝歲月和時間，當年齡達到一定程度，就難免會變得遲鈍甚至昏聵，這也是歷代帝王無法改變的宿命。」

司馬承禎頷首問道：「你認為有什麼辦法避免這種宿命？有哪種學說探討過這個問題？」

任天翔想了想，遲疑道：「我還沒有深入地想過這個問題，諸子百家中，好像只有墨家提到過選天子。可惜墨家流傳於世的文字寥寥無幾，我僅知道墨子推崇博愛、非攻和敬鬼神之說，除此之外，我對墨家便是一知半解。」

司馬承禎端起茶淺淺抿了一口，淡淡問：「這三個月來你看了不少書，不知你對哪些典籍或流派最感興趣？」

任天翔想了想，沉吟道：「諸子百家都有其獨到之處，短短三個月只能略知皮毛。我還是第一次想要讀更多的書，以便更多地瞭解古聖先賢的思想和學說。不過比較而言，我最感興趣的只有兩個流派，一是千門，一是墨家。」

司馬承禎眉梢一跳，淡淡問：「為什麼？」

任天翔從書桌上拿起兩本書，微微嘆道：「因為這兩個流派留下的文字最少，我找遍了藏經閣所有書櫃，僅找到這本《千門野史》和《墨子》。但就這兩本典籍，卻讓我看到了兩個完全不同的世界，千門神秘莫測，墨子令人敬仰，都是我感興趣的流派。」

司馬承禎頷首問道：「你對它們瞭解多少？」

任天翔沉吟道：「我知道千門是諸子百家中最為神秘的流派，春秋時的鬼谷子，秦代的黃石公、三國時的司馬徽俱是其代表人物，他們對外自稱謀略家，實則為千門隱士。他們的弟子孫臏、張良、司馬懿之流，竟憑智謀就改變了歷史，想想就令人悠然神往。可惜他們太過隱秘，我翻遍史書也沒有發現與他們有關的更多資訊。」

司馬承禎木無表情地道：「人總是對神秘的東西充滿興趣，這也是人之天性，我能理解。但是對於墨家呢？你為何對它也感興趣？」

任天翔正色道：「我對墨家感興趣，是因為我無法理解墨家弟子的理想和追求。墨子將自己一生都獻給了幫助弱者的義舉，他在我眼裏就是一個聖人。但是墨子的思想違反了人性自私的天性，注定很難找到追隨者。這世界偶爾出一個聖人不算奇怪，但像墨家弟子這樣都以聖人的標準來要求自己，就實在令人不解。我很想知道墨家學說究竟有何魔力，能令無數弟子以命追隨。它不像儒家能給人榮華富貴，也不像道家給人成仙得道的希望，更不像釋家給人許諾一個西方極樂世界，也不像法家給人一種號令天下的滿足和成就感。它是不求回報，純粹的奉獻，很難相信這世上竟然有這樣一種人。」

司馬承禎嘴邊泛起一絲微笑，頷首道：「你的敏銳超過了我的預料，值得我向聖上推薦。我這就修書一封，你已經通過了我的考核。」

任天翔聞言並無一絲欣喜，反而惴惴問：「晚輩狂妄點評諸子百家，也不知對也不對。司馬道長學識淵博，希望能為晚輩指點迷津。」

司馬承禎微微笑道：「對於前人的思想和學說，每一個人都有不同的理解和感悟，並無一套放之四海而皆準的標準，你又何必一定要去追尋一個所謂正確的答案？只要你明白了前人的精神內涵，並加以演繹和思考，就已經達到了讀書的目的。」

說話間，司馬承禎已寫好推薦信，然後將它交到任天翔手中，叮囑道：「有我的親筆信，你可以很快見到聖上。不過你能否受到聖上重視，就全在你自己的造化了。」

任天翔接過信件仔細收好，卻又突然笑道：「還有一本書，雖不如佛道經典博大精深，也不如儒家經典廣為人知，但卻是一本世間罕見的奇書。我想求道長將這本書借我一段時間，讓我能虔心研讀。」

司馬承禎淡淡問：「是什麼書？」

任天翔正色道：「《呂氏商經》！」

司馬承禎眉梢微微一跳，問：「藏經閣數萬冊經典，你為何偏偏要借它？難道這三個月你還沒將它看完？」

任天翔嘻嘻笑道，「商門雖以他人為祖師，但真正道盡商門秘訣的卻是呂公不韋，一部《呂氏商經》簡直就是商門弟子安身立命的圭臬，也是商家謀利避險的金科玉律。雖然我早已將它看完，但還有許多晦澀之處尚未完全明白，所以想借去好好研究。」

司馬承禎淡然問：「只是研究？」

任天翔不好意思地笑道：「不瞞道長說，晚輩現在缺錢，非常缺錢。而《呂氏商經》正是一部教人賺錢的奇書，所以想跟著學幾招。」

司馬承禎搖頭輕嘆道：「你讀了那麼多書，沒想到最看重的還是錢。這本書我送你吧，希望它能幫你賺到你最想要的財富。」說著，他信手抽出書桌上的《呂氏商經》，抬手扔到任天翔手中。

任天翔大喜過望，接過書仔細收好，正色道：

「多謝道長賜書，道長世外高人，可以視錢財為俗物。晚輩卻是個俗人，知道錢才是安身立命的基礎。一個人要是窮得整天為肚子奔忙，哪有心思考慮諸子百家的思想？只有當不為錢財發愁後，人才會有超越物質的精神追求。」

司馬承禎若有所思地點點頭，擺手又道：「你可以走了，你的隨從早已經在門外等候，我讓道童送你出門。」

任天翔依依不捨地起身告辭，臨出門前，卻又忍不住回頭問道：「我這三個月雖然看了不少書，但看得越多，心中的不解和疑惑就越多，不知能否向司馬道長請教？」

司馬承禎頷首道：「挑最重要的說說看，如果我知道，很樂意告訴你。」

任天翔想來想去，道：「我最不明白也最想知道的，還是跟千門和墨家有關。我從史書中發現了不少千門中人的蹤影，他們無不是翻雲覆雨、改朝換代的風雲人物，但為何千門的典籍並沒有多少流傳下來，千門也不像別的流派那樣廣授門徒，大肆宣揚自己？」

司馬承禎沉吟道：「也許是因為千門秘技，需絕頂聰明之人才能掌握，這種人萬中無一，所以千門隱士挑選傳人十分慎重，它不像儒門以弟子眾多為榮，也不像釋門對任何人都來者不拒。張良拜師這樣的典故，在史書中屈指可數。除此之外，千門中人所學皆是翻天覆地的大智慧，定為歷朝歷代朝廷所忌，因此不得不保持隱秘與低調，方能在世間秘密傳承。」

任天翔深以為然地點點頭，又問：「墨家與千門不同，它可是公開收徒，又大肆宣揚其平等、博愛、互助和自律的思想，但是自秦以後，卻再難見到墨家弟子的蹤影，而且它的典籍也只有零星不全的殘本流傳於世，不知這又是為何？」

司馬承禎嘆道：「墨家只敬鬼神，不敬天子，與儒家宣揚的森嚴等級針鋒相對，甚至提出了選天子的思想，自然被歷朝歷代帝王視為叛逆。秦始皇一統天下後，實行了商鞅傳下的貧民、弱民、辱民的政策，對民眾實行愚化和奴化，對所有開啟民智的學說和流派皆行禁絕，不尊帝王、妄圖平等的墨家自然是首當其衝，所以才有震驚後人的焚書坑儒。一部《商君書》道盡了法家急功近利、滅絕人性的治國思想，所以成為民間千古禁書，卻又是歷代帝王登基前的必讀書目。」

司馬承禎略頓了頓，繼續道，「自秦以後，百家學說都得到了一定程度的恢復和發展，唯有墨家依舊為歷代帝王所忌，墨家弟子只得改頭換面，自命為俠，以獨立自由的姿態遊走於江湖。不過漢武帝一句『俠以武犯忌』，嚴厲取締和鎮壓各地遊俠，混跡於江湖的墨家弟子再次遭到殘酷打擊，墨家也因而日漸式微，最終絕跡於江湖。墨子的著作也多為歷代帝王銷毀，最終僅有殘缺不全的幾篇，混在道家、儒家或雜家的典籍中，才僥倖得以流傳下來。」

「原來是這樣！」任天翔恍然點頭，暗自佩服司馬承禎的淵博學識，他對司馬承禎恭敬一拜，「多謝司馬道長指點迷津。道長與我雖無師徒之名，卻有師徒之實，以後晚輩再有疑惑，希望還能向道長請教。」

司馬承禎微微頷首笑道：「任公子聰明絕頂，短短三個月就基本通曉諸子百家的精神內核，並看到了它們的缺憾和不足，實乃天縱奇才。老道能與你暢談古今，縱論百家，也是人生一大幸事。以後你若有疑難，可以隨時再來陽臺觀。天下藏書之地，只怕唯有嵩山嵩陽書院與京兆李家兩處，超過我陽臺觀藏經閣。」

任天翔雖然讀書不多，卻也知道嵩山嵩陽書院大名，但對京兆李家卻是第一次聽說，忍不住問道：「這京兆李家不知是何許人家？」

司馬承禎笑道：「京兆李家世代官宦，其藏書之富，聞名於世。十多年前，他們家出了個天才兒童，七歲吟詩，九歲論政，十七歲便待詔翰林，沒多久又辭官遊學天下，虔心學習佛道兩門的經典。他曾拜釋門奇僧懶饞和尚為師，又在嵩陽書院苦讀多年儒家典籍，也曾向老道請教過黃老之學，只是這些年來似乎再沒聽到他的消息，看來他已領會到『潛龍勿用』的道理。」

任天翔一聽便知這人定是李泌，沒想到他竟有如此多姿多彩的經歷，難怪一眼就能將人看穿。一個聰明絕頂、學識淵博的才子名滿天下很正常，但要像李泌現在這樣幾乎不為世人所知，才是非常難得。看來名望和地位早已經不是李泌的追求，不過，任天翔還是不知道像李泌這樣的天才，最終會追求什麼樣的成就。

拜別司馬承禎，任天翔隨著小道童離開了藏經閣，剛轉過三清殿，就見兩個道姑迎了上來。但見一個風姿綽約，滿面春風，另一個則滿面含羞，清純可人。

任天翔趕緊合十拜道：「晚輩拜見玉真公主……還有慧儀郡主，恭喜公主找到自己的女兒，恭喜慧儀郡主與自己雙親團聚。」

慧儀越發羞怯，手足無措不知如何還禮。

玉真公主則喜氣洋洋地擺擺手：「任公子不必多禮。你是我們母女團聚的有功之人，我該好好謝你才是。我原本想給皇兄寫封推薦信，向皇兄舉薦公子，不過看公子的表情，就知道你已經得到我師父的舉薦，這可比我的舉薦信有價值得多。皇兄對我的舉薦最多只是給幾分面子，但對我師父的舉薦必定會非常重視。所以你必定會得到我皇兄的重用，我再舉薦你就有些多餘。」

說到這，玉真公主為難起來：「不過這樣一來，我就不知道該怎樣謝你才好了。要不我把這個女兒許配給你，你能和她相識，看到她貼身藏著的半塊玉佩，然後憑著這半塊玉佩將她送回到我的身邊，也是一種難得的緣分。也許你們的姻緣正是上天巧妙的安排，所以才有這諸多的巧合。」

「娘……」慧儀頓時滿面羞紅，手足無措不知說什麼才好。

她倒不是反感任天翔，只是突如其來的提親讓她不知所措，她從小在太真觀長大，對男女之情完全懵懂無知，見過的年輕男子根本就沒幾個，原本以為這輩子就要繼承師父衣缽，終身侍奉三清。沒想到突然之間父母找上門來相認，自己從默默無聞的一個小道姑，一步登天成為郡主，現在又突然要給自己提親，這突如其來的變化令她心如鹿撞，大腦中一片空白。

任天翔偷眼打量著玉真公主，見她不像是在說笑，再看看垂著頭躲在母親身後的慧儀，見她似乎並沒有反對，任天翔不禁在心中暗忖：如果能娶個可愛的郡主，成為玉真公主的女婿，對自己的仕途倒是有莫大的幫助。只是這樣一來，自己就得為一棵樹木放棄整個森林，實在有些得不償失。而且慧儀郡主雖然清純可愛，卻終歸不如依人姐姐風情萬種……

突然之間想到雲依人，任天翔頓感胸口微痛，心緒不由飛到洛陽，腦海中儘是在夢香樓與雲依人一起的種種往事。

他怔怔地愣在當場，全然忘了玉真公主還在等著他謝恩。

「喂！你是不是高興得忘了自己姓什麼了？」玉真公主見他神情恍惚，不由笑著提醒道，「還不快磕頭謝恩？小心我收回成命，為女兒另覓佳婿。」

任天翔恍然回過神來，連忙拱手拜道：「多謝公主美意，不過還請公主收回成命。」

「什麼？」玉真公主十分意外，以為自己聽錯了，厲聲追問，「你再說一遍！」

任天翔深吸一口氣，坦然道：「多謝公主美意，不過還請公主收回成命。」

玉真公主鳳目漸漸圓睜，臉上笑容也漸漸僵硬，默然良久，方冷冷道：「你現在雖然有我師父的舉薦信，但我若給皇兄也寫封信，你猜會怎樣？」

任天翔搖頭道：「晚輩不知。」

玉真公主冷笑道：「輕則你根本見不到皇上，更別說入仕為官了。重則打入天牢，永遠別再想重見天日。」

任天翔雖然一心鑽營，但內心深處卻始終有股不甘屈服的倔傲之氣，這是一種人性的本能，雖然大多數時候被現實壓抑著，不過在某些不可預測的時候，卻會突然爆發。面對玉真公主赤裸裸的威脅，他忍不住哈哈大笑，傲然道：

「公主真是小看了我任天翔，為了求官，我可以逢迎，可以拍馬，可以鑽營，甚至可以行賄，但我絕不會放棄做人的底線。我不願娶慧儀郡主，並不是因為她不好，而是因為我不夠好，我不想害她。如果公主因此就遷怒在下，我也只好坦然接受。」說著拱手一拜，「晚輩告辭！」

見任天翔傲然而去，玉真公主氣得滿面通紅，忍不住要出手教訓這敢於頂撞自己的年輕人，誰知卻被女兒阻止。就見女兒流著淚匆匆跑開，她只得去追女兒，再顧不得教訓任天翔。

任天翔大步出得陽臺觀大門，剛想與前來接自己的褚剛招呼，突感身子一輕，身不由己凌空飛起，轉眼之間便越過陽臺觀的高牆，消失在重重密林之中。

這一下快如電光火石，不僅任天翔沒來得及叫喊一聲，就連褚剛也因向小道童打聽任天翔何時出來，沒有注意到任天翔已在眼皮底下被人掠走。

任天翔只感到身子飄飄渺渺，騰雲駕霧般不知越過多少峰巒，最後才被扔了下來。

他略略定了定神，放眼望去，見自己正置身一座小山之巔，一匹四蹄雪白的毛驢正靜靜地在一旁吃草。他立刻猜到是何人作怪，忙喝道：

「張果，你老怎麼為老不尊，跟在下開這種玩笑？」

話音剛落，就見一道灰影落到自己面前，果然是張果，就見他一邊就著酒壺喝酒，一邊翻著怪眼上上下下地打量著自己。任天翔被他看得心底發毛，強笑道：「我有什麼不對，值得你如此細看？」

張果連連搖頭嘆道：「你小子究竟哪根神經不對？玉真既然已將慧儀許給了你，讓你一步登天做駙馬爺，你為何要拒絕？難道我張果老的女兒還配不上你？」

「你都看見了？」任天翔忙問，見張果沒有否認，他立刻反問道，「當初聖上招你做駙馬，你為何要逃？」

張果一愣，怒道：「這不一樣，我是修道之人，一時糊塗動了男女之情，這本已經不該，豈能再受家室之累？再說，以老道的秉性，豈能受得了皇家的拘束？而你卻不一樣，你正好想要做官，與皇家結親豈不是事半功倍？莫非你看不上我張果老的女兒？」

任天翔忙道：「慧儀郡主天真純樸，實是不可多得的好姑娘，我哪敢看不起？只是在下出生布衣又不學無術，根本配不上郡主。」

張果滿是懷疑地打量著任天翔，突然問：「這是真話？」

任天翔硬著頭皮答道：「千真萬確。」

張果突然呵呵笑道：「這事好辦。待我將女兒偷偷掠走，讓她不再做那勞什子郡主，這樣她就跟你一樣是個普通人，你也就可以配得上她了。」

任天翔瞠目結舌，正待拒絕，就聽張果興致勃勃地繼續道：

「老道孤孤零零大半輩子，想不到如今不僅找回了女兒，還多了你這麼個機靈的女婿，實在是雙喜臨門。你小子根骨甚佳，又兼聰明過人，正好繼承老道的衣缽。老道的本事你也看到了，只要你娶了慧儀，咱們就是一家人，我定將一生所學傾囊相授，將你培養成咱們道門絕頂的高手。」

任天翔聽他越扯越遠，急忙擺手道：「晚輩這輩子什麼都不怕，最怕修真練武。道長看在我幫你找回女兒的份上，還是饒了我吧。」

張果大是奇怪，奇道：「有我這等道門數一數二的人物在前，你竟不肯拜我為師？你不拜我為師也就罷了，竟然還拒絕娶慧儀這樣漂亮乖巧的女孩。莫非你心中另有所愛？若是如此，老夫乾脆一刀將你變成太監，讓你永遠也別想再娶別的女人！」

任天翔沒想到張果與玉真公主還真是天生一對，玉真公主剛拿自己的仕途來威脅過自己，轉眼張果又威脅自己做太監。他知道張果行事乖張，不可以常理測度，要是一言不合，真有可能幹出慘絕人寰之事。他想了想，決定冒險一睹。他正色道：

「要我娶你女兒，除非你能答應我一個條件。」

「什麼條件？」張果忙問。

任天翔笑道：「你如果願意還俗娶玉真公主，那我就答應娶你女兒。」

張果一愣，不由僵在當場。任天翔見狀，心中一寬，知道自己賭對了。他知道張果對玉真公主始亂終棄，有了女兒還逃婚不娶，這是對方道德上最大的弱點，只要抓住這個弱點，就能立於不敗之地。

請續看《智梟》5 終南捷徑

大唐秘梟 卷4 世界之都（原名：智梟）

作者：方白羽
發行人：陳曉林
出版所：風雲時代出版股份有限公司
地址：105台北市民生東路五段178號7樓之3
風雲書網：http://www.eastbooks.com.tw
官方部落格：http://eastbooks.pixnet.net/blog
Facebook：http://www.facebook.com/h7560949
信箱：h7560949@ms15.hinet.net
郵撥帳號：12043291
服務專線：(02)27560949
傳真專線：(02)27653799
執行主編：朱墨菲
美術編輯：許惠芳

法律顧問：永然法律事務所 李永然律師
北辰著作權事務所 蕭雄淋律師

版權授權：方白羽
初版換封：2016年12月

ISBN：978-986-352-382-6

總 經 銷：成信文化事業股份有限公司
地　　址：新北市新店區中正路四維巷二弄2號4樓
電　　話：(02)2219-2080

行政院新聞局局版台業字第3595號 營利事業統一編號22759935

定價：280元　特價：199元

國家圖書館出版品預行編目資料

大唐秘梟 ／ 方白羽著. -- 初版-- 臺北市：風雲時代，
2016.08 -- 冊；公分

ISBN 978-986-352-382-6（第4冊；平裝）

857.7　　　　105015223